écriture　新人作家・杉浦李奈の推論 III

クローズド・サークル

松岡圭祐

角川文庫
23049

目次

新人作家・杉浦李奈の推論 Ⅲ

［九人の小説家］

櫻木沙友理（さくらぎ・さゆり）――二十代半ば。『最期のとき』『葵とひかるの物語』

矢井田純一（やいだ・じゅんいち）――二十代後半。『鬼哭の戦記』シリーズ

渋沢晴樹（しぶさわ・はるき）――二十代後半。『未明の殺戮』

蛭山庄市（ひるやま・しょういち）――四十代。『檻の中の少女』

安藤留美（あんどう・るみ）――二十代後半。『筏と少年』

秋村悠乃（あきむら・ゆの）――三十代半ば。『理想の彼氏N』

篠崎由希（しのざき・ゆき）――四十代前半。『キッチンに丸いスポンジ』

那覇優佳（なは・ゆうか）――二十三歳。『初恋の人は巫女だった』シリーズ

杉浦李奈（すぎうら・りな）――二十三歳。『トウモロコシの粒は偶数』

［小説家以外の滞在者］

榎嶋裕也（えのしま・ゆうや）――四十歳。爽籟社の文芸編集者。

曽根貴之（そね・たかゆき）――中年。フリーのスチルカメラマン。

池辺亮介（いけべ・りょうすけ）――三十代後半。調理人兼世話係。

1

講談社の豪華な社員食堂や、贅沢な個室での打ち合わせは、本をだすまでのお客様扱いにすぎなかった。二十三歳の杉浦李奈はそう痛感した。講談社ラノベ文庫で出版した小説が、あまり売れなかったせいかもしれない。気づけばＫＡＤＯＫＡＷＡと同様に、学校の職員室にそっくりの、雑然とするばかりの書籍編集部に招かれていた。担当編集者の事務机の斜め手前が定位置だった。隣の空いた椅子を引っぱってきて座る。呼びだされた生徒と担任教師の構図にも似ていた。ただし説教を食らうわけではない。ある意味それよりずっと恐ろしい、作品への論評がまっている。

三十代半ばの編集者、松下登喜子は机に目を落としていた。プリントアウトされた李奈の原稿が置いてある。ほどなく唸り声を発し、登喜子はささやいた。「あのう。これって……」

李奈は身を硬くした。「つまらない……でしょうか」

「いえ。けっしてつまらなくはないんだけどね。でもなんていうか、穏やかすぎない？ 波風がまったく立たない。随筆文学って感じ」

「随筆ですか」

「幸田文や青木玉を読んだことある？」

幸田露伴の娘と孫だ。李奈は思わず笑顔になった。「大好きです。『季節のかたみ』と『小石川の家』」

「須賀敦子とか白洲正子、庄野潤三は？」

「どの作家も愛読してます。『コルシア書店の仲間たち』『かくれ里』『庭のつるばら』」

「やっぱり」登喜子がため息をついた。「いえ、杉浦さんの文章はとても綺麗。描写もじょうずだし、表現も豊か。でも推理小説としては、とても……退屈」

李奈は肩を落とした。「そうなんですか」

「ひょっとして今回は、ラノベじゃなく大人向け文芸だから、必要以上に行儀よくしようと思ってない？」

「そういうわけじゃないんですけど……。ごくふつうの人のなかにある、普遍的な心の機微を描きたくて」

「じゃ乱歩賞応募作には向いてない」

「ですよね……」

江戸川乱歩賞は一般公募ではあるものの、じつは講談社で小説をだしたことがある新進の作家たちが、毎回こぞって挑戦する。みな担当の編集者による指導のもと、傾向と対策を作品に反映させつつ、年にいちどの勝負に臨む。うまく書きあがれば、応募作の原稿をポスト投函せずとも、担当編集者の手から実行委員会に渡る。便宜を図ってもらえるのはそこまでだ。郵便事故だけは避けられるが、以後の選考については、担当編集者もいっさい口だしできない。

講談社の編集者と二人三脚で乱歩賞に挑むのは、プロの作家ばかりではない。過去の乱歩賞で最終選考まで残り、惜しくも受賞を逃したアマチュアには、早々に編集者がつく。助言を受け、徹底的に添削指導されながら、応募作の完成にこぎつける。むろん彼らこそが受賞の最有力候補になる。K－POPのサバイバル番組に、事務所で鍛え抜かれた練習生が出場するケースに近い。版元の期待を背負ったエリート中のエリートたちの存在。李奈の立場とは比べようもなかった。

登喜子は赤のボールペンを手にした。しかし修正箇所が膨大になると思ったのか、ため息とともにペンを置いた。「前にKADOKAWAさんでだした一般文芸は、もっと緊迫感のあるミステリだったでしょ？『トウモロコシの粒は偶数』だっけ」

「あれは鳴かず飛ばずだったので……。ちがう方向性でいこうと思いました。より日常に近づけるというか」

「でも日常の謎っていうより、ただ日常そのものって感じ。なにも起きない状況が三章もつづくと、読者はどうとらえていいかわからなくなるでしょ」

「たしかに……」

「後半には事件らしい事件が起きるの？　雑貨屋の連続万引き事件以外に」

「いえ……。その万引き犯が誰なのか、自然に炙りだされていく内容なので。やっぱり殺人事件がないと無理でしょうか」

「そうでもない。小さな事件に終始する受賞作もあったけど……。その年ごとに好まれる作風ってものがあるし、選考委員も完成度だけじゃなく、世に受けいれられるかどうかを見るから」登喜子がぼそりと付け加えた。「櫻木沙友理みたいなのが、いまは評判だし」

　でた、櫻木沙友理。

　暗澹とした気分がひろがりだす。いつその名をきくことになるかと、内心びくびくしていた。半ば予想どおりの状況になった。櫻木沙友理のような小説でなければ出版に値しない。もうKADOKAWAも集英社も、新潮社もそんなスタンスだ。

彗星（すいせい）のごとく出現した二十代半ばの女流作家、京都出身の櫻木沙友理。世にでた書き下ろし小説はたった二作、いずれも単行本ながら百万部突破の快挙を達成。たちまち日本じゅうがブームに沸いた。いまや猫も杓子（しゃくし）も櫻木沙友理といっていい。

内容の過激さ、というより常軌を逸した異様さ。とても太刀打ちできるものではない。だから比較対象になりたくなかった。櫻木沙友理の作風とはまるで相反する、静けさに満ちた日常のみを淡々と綴（つづ）ったのも、そんな苦手意識があったがゆえだ。けれども自己流ではやはり太刀打ちできない。現在の出版界が求めているのは櫻木沙友理だけだった。とりわけ女性の若手ミステリ作家となると、明確に二種に分類されている。櫻木沙友理とそれ以外。

登喜子が李奈の原稿を眺めながら、ぶつぶつといった。「これ、終盤で思いきった転調をしてくれれば、櫻木沙友理の向こうを張れるんだけどね……。小手先だけじゃ無理。真似しても読者に見抜かれるし、あそこまでの迫力もだせない」

李奈は憂鬱（ゆううつ）な気分でこぼした。「櫻木沙友理さんの連絡先……」

「知ってるの？」登喜子が目を剝（む）いた。

きょういちばんの食いつきぶり。登喜子だけでなく、周囲の編集者らもいっせいに振りかえった。

「……いえ」李奈は戸惑いがちにささやいた。「講談社さんは連絡先をご存じなんでしょうか、とききたかっただけで……」

なんだ。そういいたげな登喜子の顔に落胆のいろが漂う。ほかの編集者らも、あからさまに失望をのぞかせ、それぞれの机に向き直った。

いまの反応がすべてを表わしている。櫻木沙友理の小説二作を刊行するのは、中堅どころの版元、爽籟社だ。大手各社は彼女に執筆を依頼すべく、爽籟社に紹介を頼んでいるものの、担当編集者が橋渡しをしてくれないらしい。

登喜子がぼやいた。「文芸編集者は作家の連絡先を、互いに教えあうのが業界の不文律なんだけどね。新参の爽籟社はわかってないみたい。当然ペンネームだろうから、住所も調べられないし」

「『週刊文春』に載ってましたよね。櫻木沙友理さんってブランド好きだとか」

「そう!」登喜子が声を弾ませた。「『週刊文春』の記者って、爽籟社の前を長いこと張って、やっと路上でひとこと話しかけるのに成功したんでしょ? 可愛い顔をしてるって書いてあったけど、残念ながら写真は未掲載。業界のコネ使って入手できるかどうか、いちど試してみようかな」

さも楽しげな口ぶり。ファンのごとく心酔しきっているとわかる。どの出版社の編集者もこんな体たらくだった。みな櫻木沙友理に骨抜きにされている。

櫻木沙友理の人となりが判明した『週刊文春』の記事が、ここでもまた話題に上る。どこへ足を運ぼうとも、こんな会話につきあわされるばかりだ。

結局、櫻木沙友理か。どうしてもそこに行き着くのか。李奈は下を向いた。評判をきき一読してみたものの、まったく面白さがわからなかった。以後は拒絶してきた。でもあれを理解するしかないのだろうか、小説家でありつづけるためには。

2

池袋駅前、コートにマフラーを巻いていても、寒気が地肌まで沁みいってくる。木枯らしの吹く明治通り沿いを、李奈は小走りに駆けていった。

ジュンク堂書店のビルに入ると、暖房のおかげで全身が弛緩する。ようやくほっとした気分に浸りきる。文芸書のコーナーに向かおうとして、その必要がないことに気づいた。店頭に専用の販売台が展開されている。櫻木沙友理、パネルにそう大書してあった。

ため息とともに販売台へと歩み寄る。二作のハードカバーの表紙が、それぞれ縦横にぎっしりと並ぶ。どちらも以前、図書館で借りて読んだものの、とても買う気にはなれなかった。けれどもまた目を通さざるをえない。毛嫌いしてばかりはいられないからだ。深く読みこんで神髄を理解せねば……。そんなことが本当に可能だろうか。

櫻木沙友理のデビュー作『最期のとき』。二作目は『葵とひかるの物語』。装画だけを見れば純文学に思えなくもない。

李奈は『最期のとき』を手にとった。冒頭からしばらく、ごくありふれた一家の日常が綴られる。主人公は高校二年生で、下に中学一年の弟がいる。父は会社勤め、母はパート。突然、両親から離婚を告げられ、どちらについていくか選ばねばならなくなる。しかし真剣に悩む姉弟をよそに、父母はときおり仲良さそうな態度を見せたり、また険悪におちいったりと、勝手気ままな関係をつづける。結局ふたりには、本気で別れるつもりはないと知る。娘は進路のことで、親に相談に乗ってもらいたかったのだが、その機を逃してしまう。いつしか弟が不登校になっていたとわかり……。

前半には波乱と呼べるほどの展開がない。たとえ平穏が乱されても、なんとなく修復していく家族関係が、妙にリアルで滑稽に感じられる。だが問題は後半だった。しばしば娘の持つスマホが不気味に唸り、政府からの緊急速報を伝えてくる。北朝鮮からの飛翔体に警戒してください、そんなメッセージが表示される。あわててテレビを点けるたび、飛翔体は日本海に落ち、被害はないとの報道を目にする。スマホの唸りも日常と化し、なにも感じなくなっていたあるとき、雲の切れ間から落下してくる光点を目にする。それはみるみるうちに大きくなり、やがて視界を眩いばかりに覆った。北朝鮮のミサイルの直撃を受け、家族の暮らしはまるごと火炎地獄に包まれる。

この転調はあまりにも衝撃的で、激しい動悸や呼吸困難をおぼえたという報告が、ネット上のレビューにあふれている。描写も硬派で冷酷な視点へと移行し、読者は瞬時に死の世界へと引きずりこまれた錯覚をおぼえる。廃墟と化す街並み、炎上する家、焼けただれる人々。容赦ない筆致は読む者を心底震えあがらせる。

概要だけきけば、ショッキングな展開を狙っただけの際物、そう思えるにちがいない。だが『最期のとき』には、単純にそう括れない異様な持ち味がある。冒頭から中盤にかけての日常は、たしかに家族への愛情に満ち、そこに著者の純粋な思いいれが感じられる。それでも状況は一変し、惨劇が無慈悲に襲う。悪夢と化して以降も、微にいり細を穿つ描写により、本物の地獄絵図をまのあたりにさせる。しかも物語はそのまま破滅とともに終わってしまう。

仮にも小説を書く側だからわかる。日常から非日常への急展開において、読者を戦慄させることだけが目的なら、前半の家族に関する描写はもっとそらぞらしくなる。

心のどこかで登場人物たちを突き放し、執筆は仕事にすぎないと割りきる。作業感を自覚することで、罪悪感や恐怖から著者自身の精神状態を守ろうとする。それが小説家の心理というものだった。一見グロテスクに思える作品も、じつは書き手は読み手ほどには、作中世界に入りこんでいない場合が多い。思いいれが希薄であればこそ、陰惨な描写も可能になる。

けれども『最期のとき』の前半は、著者から登場人物たちへの、並々ならぬ愛情に満ちている。主人公の女子高生は、太宰治が綴る少女のように純粋で、両親や弟も生命力にあふれ、読者を絶えず魅了する。著者が登場人物たちに命をあたえることに成功している。

ところがミサイルの着弾による阿鼻叫喚は凄まじい。それまで心を持っていた人間が、ただ肉の塊にすぎなくなる、その事実から目を逸らすことなく、ひたすら正視しつづける。ここでも著者が自我を守ろうとすれば、前半の登場人物にこめた思いをいったん遠ざけ、感情を閉ざしながら書き進むだろう。著者の心が離れていることは、絶対に文面から読みとれる。

なのに『最期のとき』は、惨劇への転調後も、死にゆく家族たちにしっかりと寄り添う。日常全体が地獄の業火に焼かれていくさまを、一瞬たりとも手を抜かず、著者として最大の関心をもって描く。

大岡昇平の『野火』や、野坂昭如の『火垂るの墓』にさえ、ここまでの表現は見られない。むしろそれら戦争の悲惨さを扱った文学は、現実を直視しきれない著者の人間性が滲みでてこそ、名作たりえているといえる。だが櫻木沙友理という作家のメンタリティは、悪魔的な想像を文章化することに躊躇しない。彼女はすべての表現に、著者としての偽らざる思いを重ねている。日常に泣いて笑う女子高生と、放射線を浴び水疱だらけになった死体を、同じ距離感で見つめる。

思いだすだけでも寒気をおぼえる。いまも最後のほうのページを開くのが怖い。ふつうの小説家には到達困難な、異常心理と呼ぶべき領域。櫻木沙友理は確実に踏みこんでいる。

容赦ない転調は、二作目の『葵とひかるの物語』にも顕著だった。こちらの序盤は青春小説そのもので、女子中学生ふたりがそれぞれ男子と出会い、甘酸っぱい恋模様が描かれる。合唱部を舞台にした淡い恋愛がノスタルジーを誘う。

しかし部活の帰りが遅くなり、暗い夜道を男女四人の中学生が帰路につくと、物語は唐突に悪夢へと呑みこまれる。地元の不良少年グループが襲撃してきて、男子ふたりは無残に殺され、女子ふたりは陵辱される。犯行の一部始終を綴る章が五つ、合計百ページ以上にもおよぶ。

　これも猟奇趣味にうったえるだけの安易さが下地にあるなら、そういう著者の思惑が見え隠れするはずだ。後半の暴力を描きたいがために、前半の歯の浮くような恋愛話をでっちあげる。あるいは逆にバッドエンドなど付け加えにすぎないと割りきり、青春の日々を綴ることに注力する。著者のスタンスはそのいずれかになる。だが櫻木沙友理は悲劇の前後を区別することなく、等しく心をこめて書く。うわべだけの文章表現に逃げたりはしない。

　著者はまぎれもなく女子中学生たちとともに恋をし、不良少年らの襲撃に絶望と恐怖を味わい、殺害時の苦しみと哀れを体感している。櫻木沙友理は死の瞬間までを詳細に綴る。役割演技じみた言葉遊びではない。一行どころか一字一句、曖昧にぼやかした箇所もない。ただ最悪の光景だけを、読者の脳裏に生々しく植えつける。二作とも前半と後半の転調に最大のインパクトがある。悪趣味小説との批判もあがって当然のはずが、そんな声はほとんどきかれない。読者は誰もが圧倒され、ただ言葉を失っている。どうとらえていいかわからないが、とにかく凄い小説だ、そういう感想しか残らない。

過去のあらゆるスリラー小説とも比較にならない。ジャック・ケッチャム著『隣の家の少女』は、とても後味が悪い作品だが、それでも狙いが透けて見える。架空の人物を描くにしても、小説家はここまで鬼畜になりきれない。描写自体がもっと過激な小説なら、古今東西いくらでもあるが、その手の作品群の著者たちは、櫻木沙友理ほど登場人物に同化していない。どこかでかならず著者自身の心を守っている。

読者はメンタルをやられかねない。だが書き手も確実に寿命を削られている、そう信じさせるほどの筆致だった。絶対に真似できない、李奈はあらためてそう思った。

女性の声が話しかけてきた。「杉浦さん」

「はい？」李奈はびくつきながら振りかえった。

シーグリーンのエプロン姿、書店員が立っていた。年齢は二十代後半、黄いろいネームプレートに川田（かわだ）とある。以前に李奈が編集者と、ここに売りこみに来たとき、彼女と挨拶（あいさつ）を交わした。文芸書担当の川田美幸（みゆき）だった。

李奈は頭をさげた。「どうも……。おひさしぶりです」

「どうされたんですか？」美幸は微笑とともにきいた。「やはり杉浦さんも、櫻木沙友理が気になるとか？」

「いえ、あのう……。まあ、そうですよね。すごく売れてるし……」

「きょう、うちだけでも、ほぼ百冊ずつ売れたんですよ」

ハードカバー本が百冊ずつ……。それだけのストックが一店舗にあること自体が驚異的だ。李奈は美幸を見つめた。「どんなお客さんが買ってるんですか」

「さあ。もう話題になってるので、老若男女問わずさまざまなかたが……」

そういっているうちにも、販売台に近づいてきた客が本を手に、続々とレジへと向かっていく。『最期のとき』のほうが『葵とひかるの物語』より売れていた。初めて櫻木沙友理を読むのだろう。二作とも買っていく客も少なくなかった。

李奈は茫然（ぼうぜん）と眺めざるをえなかった。「売れる理由はどこに……？」

「暗い世相のせいでしょう」美幸が答えた。「想像もつかない最悪な事態というものを、みんな恐れてます。櫻木沙友理はそれを体験させてくれます。そのことで現状に安堵（あんど）が得られるんです」

「そういうものなんでしょうか……」

「杉浦さん、お困りじゃないですか？　たぶん版元の編集者さんに、こういうのを書けないかとせっつかれて」

動揺をおぼえる。李奈はたずねかえした。「どうしてそれを……？」

美幸が笑った。「うちに来る作家さんが、みんな愚痴ってるからです。このあいだも那覇優佳さんがぼやいてましたよ。こんなの書けるわけないって」

ああ……。李奈は苦笑いすら浮かべられなかった。同い年の作家仲間も、やはり似た境遇にあるようだ。命を削って櫻木沙友理のように書け、業界はそのように求めてくる。現代作家に可能な所業だろうか。殺人事件も半ば絵空事ととらえながら書いているのに。

3

KADOKAWA富士見ビル三階、打ち合わせ用のDの小部屋で、李奈は担当編集者の菊池荘輔と向かいあった。

作家はもうひとり、同い年の那覇優佳がテーブルについている。茶髪の優佳はトレンチコートを羽織ったまま、浮かない顔で菊池の手もとを眺めた。

三十代半ば、面長に丸眼鏡の菊池が、プリントアウトされた二束の原稿をかわるがわる読む。李奈と優佳の新作小説だった。ひとりずつ打ち合わせするのは面倒とばかりに、まるで異なる二作品を同時に論評する気らしい。

菊池はためらいがちに顔をあげた。「どっちもよく書けてるとは思うよ。でもラノベ市場は年々厳しくなってて、なんかこう、もうちょっとちがった切り口が必要だな。たとえば、そのう……」

優佳が仏頂面でいった。「櫻木沙友理の名がでたら、いまこの場で無敵の人になって暴れてやる」

「おい」菊池が表情をこわばらせた。「冗談でもやめてくれ。うちは騒ぎに敏感なんだよ。またもや警察沙汰なんてまっぴらだ」

「なんで櫻木沙友理ばかりなんですか?」優佳が食ってかかった。「あれの類似作みたいなのを各社がだしてて、ことごとく失敗してるのはご存じですよね? 誰にも真似できないっていう証明じゃないですか」

「だからさ……。真似というよりは、櫻木沙友理みたいに文章が美しくて、ショッキングで、胸にせまるものがあって、斬新で革新的で……」

「やっぱ櫻木沙友理みたいにしろとおっしゃってるだけにきこえますけど? 斬新で革新的って、たとえばどんな作風なら櫻木沙友理に匹敵するんですか?」

「そこを考えるのが小説家じゃないか」

「わたしはいま菊池さんのお手もとにある、それが斬新な作品だと思ってますけど?」

　菊池は深くため息をつき、なだめるような口調に転じた。「不満はよくわかるよ。いまはきみらにとって時期が悪い。ああいう圧倒的な才能がブームになっているあいだは、ほかにどんな小説をだそうが無視されるだけだ」

「ブームが去るまで我慢しろってんですか。ただでさえ苦しいのに、無収入になっちゃうじゃないですか」

「重版がかからなくても、電子書籍が細々と売れつづけてて、そっちからの収入があるだろ。ほかにバイトもやってるだろうし」

　優佳が声を張った。「いまはどんな仕事でも不景気です。余裕ある暮らしにはほど遠いんです。だいたい都内は家賃が高すぎます。そこんとこ考慮してもらって、もっと出版に前向きになってくれるべきでしょう」

「住むところはどこでもかまわないよ。実家で暮らしながら、原稿はメールで送ってくれればいい。ゲラのやりとりだって、どうせ宅配便だし」

「遠くに住んでれば、いちいちこうして訪ねてくることもないから、編集者にとってありがたいって?」

「誰もそんなことといってないだろう。那覇さん、そうむきになるな」

「この数か月、どこの出版社からも刊行を見送られてばかりです。みんな櫻木沙友理、櫻木沙友理ってそればっか」優佳は李奈に向き直った。「ね？」

　菊池が難しい顔になった。「認めるよ。新しい編集長も、とにかく櫻木沙友理みたいなのをだせないかと、その一点張りでね」

　李奈は菊池を見つめた。「実際にKADOKAWAさんのほうで、櫻木沙友理さんの作品の出版予定は？　以前あたってみるとおっしゃいましたけど、話が進んでないんですか」

「爽籟社は小さな会社だから、文芸は榎嶋裕也っていう編集者がひとりで担ってる。櫻木沙友理はそいつが発掘した新人だし、文学賞の出身でもないから、ほかにまったくコネがない。本名すらわからない。だいたい榎嶋って人は……」

　優佳が鼻を鳴らした。「『週刊新潮』のインタビューで読んだっけ。櫻木沙友理を世にだした敏腕編集者ってことで、一躍ときの人。社交的で明るそうで、押しも強そうで、陰キャの文芸編集者には苦手な相手。菊池さんにとっては天敵じゃない？」

「遠慮なくいってくれるね。否定はしない。成功したからって調子に乗ってて、いけ好かない奴だ」

「そうはいっても羨ましいでしょ？」優佳が悪戯っぽい笑みを浮かべた。「週刊誌のインタビュー記事もしっかり読みこんでるとか？」

「そんなに細かくは読んでない。早稲田出身の四十歳で、牡蠣アレルギーで、爽籟社からボーナスをたっぷり弾まれたうえ、将来の役員就任が約束された。おぼえてるのはそれぐらいだ」

「読みこんでるじゃないですか、熱心に」

「まあな」菊池はしかめっ面で頭を掻いた。「編集もシビアな仕事だよ。抱えてた作家がブレイクしてくれりゃ、一気に昇進の道が開ける。こまごまと誤字脱字の校閲校正に精をだそうが、結局は本が当たるかどうかだけ」

　優佳が口をとがらせた。「当てましょうよ。わたしの小説で」

「いまは時期が……。初版三千ならなんとかなるけど、それじゃ不服だろ？」

「三千？　文庫なのに三千⁉　十両編成の満員電車が乗客三千人ですよ。一億三千万人がいる日本に、電車一本ぶんだけの読者しかいないっていうんですか」

「売れりゃ重版がかかるだろう。でなきゃ読む人がいなかったってことだ」

「それは宣伝してくれないから……」

「七百六十円の文庫本新刊一冊に、莫大な広告費なんかかけられない。わかってるだろ」

「百五十円のお菓子ですらテレビＣＭが流れてるのに！」

「読者は同じ文庫本を毎日スーパーで買ってくれるわけじゃない！」

猛然と議論しだしたふたりを、李奈はひとり黙って眺めた。状況が虚しく思えてならない。貧しくつましい文芸界は、テーブル上のチップを総取りする成功者が出現するたび、こんな浅ましさを露呈する。今回のブームはどれだけ長引くのか。来春のアパートの更新時期までに落ち着いてくれるだろうか。

4

阿佐ヶ谷駅の北口から徒歩十七分。住宅街の入り組んだ路地の果て、木造アパート一階の１ＤＫ。そこが李奈の住まいだった。

三つ年上の兄、航輝は世話焼きで、きょうも夕食を作りに立ち寄ってくれている。小さなテーブルに向かいあい、兄のこしらえた鶏肉とカボチャの塩蒸し煮を箸でつつく。自炊の苦手な李奈にとっては、兄のマメさがありがたい。

会社帰りでスーツ姿の二十六歳、航輝が目を輝かせた。「いいじゃないか。ＫＡＤＯＫＡＷＡの菊池さんのいってることが正しいよ。通勤もない仕事なのに都内に住む理由はない」

「もう」李奈はじれったさとともに反論した。「前にもいったでしょ。打ち合わせに飛んでいける距離じゃないと、仕事を干されるんだって」

「あいかわらず自信なさすぎだろ。もう何冊もだしてるんだし立派なプロだよ。原稿がほしいなら取りにこいぐらいのスタンスで……」

「無理」李奈は遮った。「それってどこの横溝正史よ。わたしなんかじゃメールが返ってこなくなって一巻の終わり」

問題はほかにもある。音信不通の親といまさら同居して、心穏やかに執筆できるとも思えない。いずれ親と打ち解けたとしても、どうせ家事手伝いに翻弄される未来しかない。少々厳しくても都内で成功を夢見ていたい。

航輝が眉間に皺を寄せつつ、カボチャを口に運んだ。「地元じゃ江戸川乱歩館が全焼で大騒ぎだ。三重に住む作家がみんなで寄付してる。けっこう大勢いるってことだ」

「少しでも成功してからじゃないと、実家に戻ったところで……」李奈は黙りこんだ。航輝の肩越しにテレビが目にとまったからだ。

音量を絞ったテレビの画面に、夕方のニュース番組が映しだされている。スタジオの女性キャスターが喋(しゃべ)っていた。見出しのテロップに〝櫻木沙友理の出版社が新人作家募集〟とある。

李奈はあわてていった。「ボリュームあげて」

「あん?」航輝がリモコンを手に、テレビを振りかえった。「なんだよ、また」

画面が切り替わった。都心のオフィス街、カメラが小ぶりなビルをとらえる。〝爽籟社〟と字幕がでていた。女性キャスターの声が告げた。「話題の櫻木沙友理さんを世に送りだしたことで知られる爽籟社が、このたび第二の櫻木沙友理さんを発掘すべく、新たに新人作家の募集を始めました」

たかが中堅出版社の公募が、わざわざニュースになるとは、櫻木沙友理ブームの影響の大きさをうかがわせる。李奈が舌を巻いていると、さらに画面が切り替わった。今度は社内らしい。四十歳前後のスーツの男性がマイクを向けられている。日焼けした顔がりりしい。短く刈った髪は黒々とし、肩幅が広かった。編集者というよりプロゴルファーのような体格を誇る。動く姿を目にするのは初めてだった。『週刊新潮』の記事の印象以上に、くだけた態度で愛想よく喋る。テロップには〝爽籟社　榎嶋裕也さん(40)〟とある。

榎嶋は落ち着いた笑いを湛(たた)え、低くよく通る声でいった。「サイトに告知をだしたとたん、このように取材を受けることになり驚いています。櫻木沙友理先生の小説が、いかに広く読まれているかの証だと思います」

インタビュアーがきいた。「大手出版社が主催する、従来の文学新人賞とは異なるそうですが？」

「ええ。私たちは作品だけでなく人間性を見ます。それが作家業において成功する絶対条件だからです。したがって応募していただく短編作を、厳正に審査したうえで、後日面接にもお呼びします」

「榎嶋さんが直接会って話されるわけですか」

「社長も同席します。小説家と編集者はビジネスパートナーです。櫻木沙友理先生もそうなのですが、常識をきちんとわきまえた社会人でなければなりません。選ばれた候補者は全面的にバックアップします」

「具体的にはどのように……？」

「私どもプロ編集者の指導のもと、一年以内に櫻木沙友理先生に匹敵する才能に育てあげます。なかでも最も成長著しい一名を、多額の費用をかけたプロジェクトにより、ベストセラー作家としてデビューさせます」

「最初からベストセラー作家としてデビューですか」

「ええ。肩書きは作家でなく、ベストセラー作家です。そうなりうる人材を発掘し、育成したうえで世に送りだすんです」

スマホの着信音が鳴った。李奈はスマホを手にとった。画面に那覇優佳の名が表示されていた。

さっそくか。李奈は応答した。「はい」

「李奈！ きいた⁉」優佳の声は弾んでいた。「こんなチャンスめったにないよ！」

「まあね……」

「どこの版元も、ださせてやるって上から目線のくせに、ろくな宣伝もないまま、本屋にひっそり並べるだけじゃん。それで売れなかったら無能扱い。でも爽籟社さんはちがうよ。お金かけて売りだしてくれるって！」

「デビュー済みの作家じゃ対象外じゃない？」

「いま公式サイトの募集要項を読んでる。プロアマ問わず応募可、年齢も不問だって。募集する短編は二万字から三万五千字。『最期のとき』『葵とひかるの物語』のように、従来の価値観にとらわれない作品、次世代の才能に期待ともある」

年齢不問といいながら、次世代の才能に期待とは、若手に限ると示唆している。櫻木沙友理のミリオンセラー二作に近い小説と、露骨に要求してもいた。

優佳の声が呼びかけた。「どう？　李奈。一緒にチャレンジしてみない？」

「いえ……。わたしはちょっと……」

「なに？　なんで遠慮する必要があんの？」

「櫻木沙友理みたいな小説だなんて……。あんなショッキングな物語、書こうとしたところで、心が耐えきれるとは思えない」

「まるっきり櫻木沙友理っぽい新人を募集してるわけじゃないでしょ？　従来の価値観にとらわれない作品っていってんじゃん」

「でも指導を受ける過程で、櫻木沙友理寄りの作風に改めさせられるんじゃなくて？　あんな小説を書く作家にはなりたくないかも……」

「まだわかんないでしょ？　榎嶋さんが櫻木沙友理を売りだしたのは事実なんだしさ。わたしや李奈に眠る才能を、うまく開花させてくれるかもよ？　売れる小説を書く秘訣さえ学んじゃえば、もう怖いものなし」

「もしそうなったとして、爽籟社さん以外でも出版できるの？」

「……それはわかんないけど、まさか専属契約じゃないでしょ？　給料をもらうわけじゃないんだし、ほかで書かせないなんてありえない」

航輝が耐えかねたようにいった。「李奈。こんなのはただ話題性を狙ったイベントだ。爽籟社のブランディングだよ」

「ブランディングって……？」李奈はきいた。

「中堅の名もない出版社が、偶然にも一発当てただけだろ？　櫻木沙友理のブームを利用して、一流の版元だと世間に印象づけるとともに、次の人材をほしがってる。熱が冷めないうちに才能を募集すれば、儲けがさらに増える」

「そううまくいくのかな」

「この手のベンチャーは怖いもの知らずだ。大手が苦言を呈しても、ブームがつづいてるうちは負け犬の遠吠え扱いされる。でもどんな会社も、やがて凋落を迎える。爽籟社の看板作家なんて、と見向きもされなくなる」

スマホから優佳の声が抗議した。「ちょっと。お兄さんは予言者かなにか？　なんでそんなことがいえんのよ」

航輝は李奈への説得をつづけた。「KADOKAWAや講談社で本をだしてきたじゃないか。なのにまた新人扱いから再出発する気か？」

新人扱い……。いまもそう変わらない。売れた本のない作家は実績なしと変わらない。

優佳の声が早口にまくしたてた。「櫻木沙友理のミリオン二連発は事実でしょ。それが彼女の才能なのか、榎嶋さんの見る目なのか、指導力なのか。裏側を知れりゃ儲けものじゃない？」

胸の奥に小さな火が灯る気がした。李奈は黙ってテレビを眺めた。もう画面はCMに切り替わっている。それでも榎嶋裕也の自信ありげな顔が焼き付いて見えた。たしかに売れる秘密があるなら知りたい。もう後がない。藁にもすがる思いとはこのことだろうか。

5

海浜幕張駅の改札をでると、冬空は水いろに晴れていた。李奈は優佳とともに、就職試験に臨むようなスーツ姿で、ペデストリアンデッキを歩いていった。行く手に幕張メッセが見えてきた。赤いアーチ状の三連屋根を掲げるエントランスは、以前イベントで来たときにお馴染みだった。

下りエスカレーターで地上に降り立った。李奈と優佳は揃って絶句した。

看板に〝爽籟社新人作家候補面接会場〟とある。スーツの群れがぞろぞろと、国際展示場のエントランスに吸いこまれていく。

「……ちょ」優佳が啞然とした表情でつぶやいた。「これじゃまるっきり合同企業説明会……」

まったくそのとおりだった。スーツ姿の男女ばかり、中年以上の高齢者はほとんど見あたらない。やはり年齢不問は方便だったようだ。

優佳が合格通知書をとりだす。李奈もそれに倣った。エントランスに並ぶ列に目を向けると、みな同じ通知書を携えている。

李奈は唸った。「合格者、いったい何千人いたの……？」

「まさかと思うけど」優佳も不審そうに応じた。「いちおう小説として成り立ってれば、全員が合格だとか？」

「応募総数は八万を超えてたんでしょ？　いちおう絞りこまれてない？」

ふたりで列の最後尾につく。近くで係員が拡声器を手に、周りに呼びかけている。合格通知書をご用意のうえお並びください、そう声を張っていた。

爽籟社の社員が総出で仕切っているのか、イベント業者に委託したのか。列のなかを徐々に前に進み、やがてエントランスに達した。

薄暗いロビーを経て、会場となるホールへと急ぐ。これまた広々としたフロアに、やはり合同企業説明会よろしく、複数のブースが縦横に設置されていた。

優佳とは別々のブースに振り分けられた。パーティションで正方形に仕切ったブースの外に、待合用のパイプ椅子が並ぶ。李奈とそう年齢の変わらない男女らが、身を硬くして座っている。李奈も端に着席し、黙って順番をまった。

そのうち女性に呼びだされた。「杉浦李奈さん」

「はい」李奈はあわてて立ちあがった。そそくさとブースのなかに進む。

内部はさらにパーティションにより、いくつかの小部屋に分けられ、それぞれで面接がおこなわれていた。そのうちのひとつに李奈は通された。

榎嶋裕也とはまるで別人の、白髪の交じったスーツが、面接用テーブルについている。李奈は一礼したのち、椅子を勧められるのをまった。ほかには誰もいない。小部屋はふたりきりでいっぱいになるほどの狭さだ。

年配の男性の手もとには、小説をプリントアウトした束があった。李奈が応募した短編だとわかる。

男性は着席したままいった。「おかけください」

「失礼します」李奈は男性の向かいに着席した。

「ええと、杉浦李奈さんね。応募してくれた短編小説は『奇数のキス』でまちがいない？」

「KADOKAWAでライトノベル三冊、文芸書二冊、講談社でもラノベ一冊……。すごいね、ベテランですね」

「いえ。とんでもない……。まだ始まったばかりです」

「下読みの人間が水準以上の原稿だと評価してるし、経歴も申しぶんない。逆に杉浦さんのほうから、なにか質問はありますか?」

「……あのう。たしか面接は榎嶋さんがおこなうとのことでしたが、それとはちがうんでしょうか? 社長も同席なさるというお話でしたが」

「ああ。それは公募開始直後の報道発表だね」男性は淡々と告げてきた。「応募総数が途方もなく膨らんでしまってね。一次合格者も大勢になり、こういうかたちでしか捌(さば)けなくなったんだよ。私も関連会社の人間なので、詳しいことはわからないけども」

関連会社。爽籟社の社員ですらないのか。たしかにテレビで見た社屋の規模からすれば、そんなに多くの社員がいるはずもなかった。

下読みの人間が水準以上の原稿だと評価、さっきこの男性はそういった。どの文学新人賞の公募にも、まず応募作品に目を通す下読みのスタッフがいる。手早く読んで可否を審査し、一次選考に残すか否かを判定する。下読みはプロのライターから社員までさまざまだ。出版界にはありふれた仕組みだった。

李奈は軽い失望をおぼえた。文学新人賞の一次選考通過と同じか。榎嶋裕也が作品の価値を認めてくれたのではない。いちおう小説として体裁が整っている、そこだけが判断基準かもしれない。

男性が別の書類をとりだしたのち、李奈を見つめてきた。「こちらから質問してもいいかな？」

「はい。もちろんです」

「起承転結の転にあたる箇所で、社会を巻きこんだ騒動に拡大するのか、あくまでふたりの恋愛を軸にするのか迷ったふしがある。最終的にふたりの恋物語を選んだ理由は？」

李奈は思わず言葉を失った。男性はボールペンの先を書類に当て、李奈が返答ししだい、なにか記入しようとしている。

予想外の質問だった。だが的を射ている。前半から後半への転調について、執筆中はおおいに悩まされた。何度となく書き直したものの、結果として登場人物らの葛藤（かっとう）に、著者の躊躇（ちゅうちょ）が反映されてしまったかもしれない。

正直に答えるしかなさそうだ。李奈はいった。「本当は執筆当初から、恋愛に終始すべきと考えていました。けれども櫻木沙友理さんのように、思いきってスケールを大きくしたほうが、爽籟社さんのニーズに合うのではないかとも考えました」

「そうしなかった理由は？」

「やはり自分が納得のいくように書いてこそ、自分の小説といえますので……」

「爽籟社や櫻木沙友理のことは、とりあえず脇に置こうと？」

「いえ。けっして忘れたわけではありません。自分なりに『最期のとき』と『葵とひかるの物語』を読みこみ、新しさをだそうと腐心したつもりです。櫻木沙友理さんの愛読者にも、方向性はちがえど楽しんでいただける、そんな作風をめざしました」

男性はうなずき、手もとに視線を落とした。しばしペンを走らせたのち、ふいに男性は苦笑いを浮かべた。「私にはよくわかっていないんですけどね。榎嶋からの申し送りをもとに質問してるだけなので」

李奈は驚いた。「榎嶋さんがお読みになったんですか」

「そりゃそうだよ。下読みだけじゃ面接対象にならない」

「ここに来ている全員の原稿に目を通されたんでしょうか」

「全員じゃないな。とてもひとりでそこまでできるとは……。いや、さっきもいったように、細かいことはわからない。ただこの原稿には、榎嶋本人の質問メモが添えてある。もうひとつたずねてもいいですか？」

「どうぞ」

「夢野久作の『ドグラ・マグラ』をどう思う？」

これまた核心を衝いた質問だった。むしろ喜ばしい、李奈はそう感じた。

櫻木沙友理の作風を分析するうち、夢野久作との共通項をみいだせるのでは、ぼんやりとそう感じた。多様な文体を駆使しながらも、いちいち適切な描写。自分探し。唯物論への疑問。ミステリ的展開にこめられた強烈な牽引力。衝撃的な転調。特に語感の調子のよさが潤滑油となる。終盤には虚無が増すものの、リーダビリティはむしろ向上していく。

夢野久作のふりをした作品が、あの異常性に到底およばないように、櫻木沙友理も模倣による追随を許さない。そう悟ればこそ踏んぎりがついた。櫻木沙友理を真似ようとするなどもってのほか、夢野久作の贋作を手がけるようなものだ。常人に可能なわざではない。

李奈は思いのままにささやいた。「『ドグラ・マグラ』は唯一無二です。時代を超えた名作です」

「学ぶものがあるかな?」

「なにも学べません。……わたし個人の意見ですけど」

男性は何度もうなずきながら、しきりにペンを走らせた。一枚の用紙がいっぱいになると、急ぎ次の用紙に移り、なおも書きつづける。医師が難病の患者を前に、カルテに取り組むかのようでもある。

「なるほど」男性は書類を伏せて置いた。「期待どおりのお答えでした。結果は後日、郵送で伝えられます。本日はご苦労様でした」

「ありがとうございました……」李奈はおじぎをした。立ちあがってからふたたび頭を下げる。

胸にぽっかりと穴が空いたような気分を残し、李奈はブースをでた。ホール内にある無数のブースのあいだを歩いていく。就活生に似たスーツ姿の若者たちが、パイプ椅子に連なる。名前を呼ばれると立ちあがり、ブース内に消えていく。これが新人小説家の選考の風景だろうか。ある意味『ドグラ・マグラ』の世界観並みに奇妙な状況ではないか。

通路を小走りに優佳が駆けてきた。優佳は笑顔できいた。「もう終わったの?」

李奈はうなずいた。「優佳は?」

「こっちも終了。なんだか小説のことを全然知らないおじさんでさ。役所の窓口って感じ」

「どこもそんな感じなんだね……。夢野久作についてきかれた?」

「夢野久作?　いえ。小栗虫太郎(おぐりむしたろう)をどう思うかって質問はあったけど」

「なんで小栗虫太郎?」

優佳が苦笑とともに歩きだした。『葵とひかるの物語』の転調が、ようするに『黒死館殺人事件』みたいなもんだなって、どっかで思いながら短編書いてたから……。それを櫻木沙友理っぽくするにあたって、いつしか小栗虫太郎を意識してたのかも。それをみごと榎嶋さんに見抜かれたってこと」

同じだ。櫻木沙友理作品の解釈に困り、過去の奇書になぞらえて考えると、そこを的確に指摘される。榎嶋裕也は優秀な編集者なのかもしれない。会ったこともない作者の短編から、執筆時の発想を読みとるとは。

近くのブースから駆けだしてくる人影があった。二十代半ばの女性が顔を真っ赤にし、嗚咽(おえつ)を漏らしている。パイプ椅子の待機組が驚きの表情で見上げる。面接でなにかショックを受けたのだろうか。

別のブースからは男性の怒号がきこえてきた。なんでそんなことがいえるんだ、小説のことをわかってもいないくせに。大声でそう告げていた。

優佳が不安な顔を向けてきた。李奈も同じ気分で見かえした。ふたりの歩調は自然に速くなった。いつしか小走りに駆けだした。

状況のすべてがなんとも理解しがたい。業界にとって初めての試みだからだと思いたい。実を結ぶことは果たしてあるのだろうか。

6

千代田区富士見二丁目、早稲田通り沿いの居酒屋で、李奈は座敷にいた。椅子ではなく畳、四人用の食机を囲む一角が、ボックス状に独立している。表通りに面したガラス戸が開くのが見えた。ステンカラーコート姿の兄、航輝が入ってきた。

李奈は伸びあがって声をかけた。「お兄ちゃん、こっち」

ほかのボックス席はほぼ埋まり、店内は賑やかだった。航輝が足ばやに歩いてくる。畳の上に事務カバンを載せ、コートをハンガーにかけた。航輝は座敷にあがると、李奈の隣の座布団に腰を下ろした。

向かいに座る優佳とKADOKAWAの菊池が、こんばんはと揃って挨拶した。

菊池が航輝にきいた。「なに飲まれます？　みんなもう頼んじゃってますけど」

「恐れいります」航輝が応じた。「でもクルマで来てるので、ノンアルコールビールかな」

「ノンアルコールひとつ」菊池は従業員にそう告げてから、航輝に向き直った。「コインパーキングに停めたんですか？　うちの会社の駐車場を利用なさってもよかったのに」

「とんでもない。妹のことでそんなに甘えられませんよ」

李奈は航輝にささやいた。「本気にしなくていいから」

優佳がイカゲソを頬張りながらいった。「そう。役員じゃあるまいし、そんなこと上に頼めるわけないじゃん」

菊池がむっとした。「いや。爽籟社のデビュー候補に残った期待の新人が対象だよ。担当としても鼻高々だし、駐車場のひとつやふたつぐらい用意できる」

「ってことは菊池さんが偉くなったわけじゃないんだよね？」優佳は大判の封筒を高々と掲げた。「ほらこれ。わたしたちの努力のたまもの」

「威張る作家は干されるよ」菊池が硬い顔でいった。「業界の慣例だ」

「冗談ですって」優佳は上機嫌そうに笑った。

李奈はまだ本気で喜べずにいた。幕張メッセの面接から二週間、優佳に届いたのと同じ大判の封筒が、李奈のアパートにも送られてきた。最終選考の結果、貴殿は合格しました、そのように書いてあった。

にわかには信じがたい。ほかにも大勢が合格しているのではないか。李奈はそう疑い、SNSや掲示板を検索してみたが、それらしい発言は見あたらなかった。面接自体が意味不明と揶揄する声が、いくつか目についた、そのていどだった。

情報が制限されているのは当然かもしれない。面接前に届いた手紙に、さまざまな禁止事項が載っていた。内情をネットで公開してはならない、そんな項目もあった。ほかに何人の合格者がいるのだろう。爽籟社に電話したが、榎嶋裕也は多忙らしく留守だった。代わりにでた社員が、合格者はたしか八名ときいています、そんなふうに告げてきた。

飲み物がテーブルに並べられた。優佳はレモンサワー、菊池はジョッキのビール。李奈はウーロン茶だった。航輝がノンアルコールビールのグラスを掲げた。「じゃ……」

優佳が真っ先に歓喜の声を響かせた。「かんぱーい!」

乾杯。李奈は応じた。四人でジョッキやグラスを打ちつけあう。それらの音の強弱にも、各々の思いが表れている。

　菊池が優佳にきいた。「榎嶋さんには会ったのか？」

「いえ」優佳が首を横に振った。「爽籟社へも招かれてません」

「なんだ。最終合格者といいながら、ずいぶんな扱いじゃないか」

「会社はビルの二フロアだけで、小規模だからって……。代わりにこれ」優佳が封筒から紙をとりだした。「じゃーん。瀬戸内海のリゾートアイランドにご招待！」

「なに？」菊池が頓狂な声をあげた。「どういうことだ」

「岡山県と香川県のあいだ、小豆島や直島に近い汐先島。オフシーズンだから高級宿泊施設を貸し切りだって。合格者全員が招かれるんです」

「冗談だろ？」

「残念ながらどっかの大手とちがって、爽籟社にはいま潤沢な予算があるらしいんです。もともと櫻木沙友理の写真集撮影のために、島ごと三日間借りてあったそうですけど、そこで祝賀会と今後の説明会があるって」

「櫻木沙友理の写真集？　そんなものをだすのか？　ってことはきみら、櫻木沙友理と会うのか」

「もちろん。爽籟社が櫻木沙友理の露出を控えてきたのは、写真集への関心を高めるためでもあったらしくて。話題性があれば小説以外にも注目が集まるんだね」

菊池が不機嫌そうに鼻を鳴らした。「ずいぶん調子に乗ってるな。商売はいつまでもうまくいくわけじゃない。そのうちきっと下降線をたどる」

「だから後継者を育てるべく、わたしや李奈が見いだされたんですよ。来年わたしの写真集がでたら、菊池さんにも送ってあげるから」

「いい」

優佳がしかめっ面になり、また菊池と毒を吐きあう。航輝が李奈を見つめてきた。李奈は困惑ぎみに目を逸らした。

航輝がささやいた。「きいてないぞ」

「きょう話そうと思ってた」李奈は応じた。

「まだよく知りもしない会社の招待で、三日も離島に泊まる気か？」

「ちょっと」李奈は苦笑した。「わたしもう二十三だけど？　心配しすぎ」

「せめて地元にもっと近いところなら……」

「ミキモト真珠島のほうがよっぽど風変わりじゃん」

優佳が割って入ってきた。「そのとおり。乱歩の『パノラマ島綺譚』のもとになったんでしょ、ミキモト真珠島って」

航輝はなおも気遣わしげな態度をしめした。「その汐先島……だっけ？　そこはなんの問題もない島なのか？」

「当然」優佳が紙を見つめた。「住民はいない島だけど、シーズン中は年間のべ十万人の観光客が訪れるって。映画のロケや写真集の撮影にもよく使われてる。高級宿泊施設の名前は〝クローズド・サークル〟……」

四人がしんと静まりかえった。誰もが互いの顔いろをうかがいだす。

菊池が赤ら顔を優佳に向けた。「無人島のクローズド・サークルに泊まるって？　三日もか？」

優佳がさも愉快そうにいった。「ひとりずつ殺されちゃったりなんかして！」

げらげら笑うふたりと対照的に、航輝の眉間に皺が寄った。李奈は気づかないふりをした。

たしかに李奈も通知を目にしたとき、宿の名が胸にひっかかった。けれどもジョークみたいなものだろう、そう思って受け流すことにした。

縁起が悪い。そんなふうには考えないように努めた。八万名の応募のなかから勝ち残った八名だ。これが幸運でないはずがない。

7

新幹線が東京駅を出発した午前中、寒空に小雪がちらついていた。岡山に着くころには晴天に恵まれた。李奈は優佳とともに旅行用トランクを転がし、瀬戸大橋線の快速マリンライナーに乗り換えた。

ふたりともコージースタイルにフェイクファーを羽織るていどの軽装だった。どんな着替えがふさわしいかわからないため、カジュアルからセミフォーマル風のドレスまで、手当たりしだいに詰めこんできた。

トンネルを抜けると、陽射しが車内を明るく照らしだした。眼下に紺碧の瀬戸内海がひろがる。息を呑むような高さ、まるで飛行機のようだった。穏やかな海原の遠方に、丸い島々がぽつぽつと浮かぶ。

瀬戸大橋。二階建て構造の上部に高速道路、下部に鉄道。六つの橋と四つの高架橋で、本州と四国を結ぶ。李奈は絶景に目を奪われたが、優佳のほうは関心がなさそうにスマホをいじっている。やがて橋を渡りきると、山と平野ばかりの素朴な風景が車窓に流れだす。四国に入ったようだ。

高松駅に着いた。思いのほか規模の大きい、近代的な駅舎だった。人は少なく閑散としている。早くも陽が傾きかけていた。午後三時すぎ、冬の日中は極端に短くなる。ごく近くの高松港、埠頭には小豆島へ向かうフェリーが接岸する。そこから少し離れた場所に、小ぶりなクルーザーが停泊していた。いちおうキャビンを備える船体だ。つなぎを着た中年の男性が立っている。〝爽籟社ご関係者様〟と書かれた札を手にしていた。

李奈と優佳は歩み寄りながら、男性におじぎをした。優佳が話しかけた。「すみません。汐先島へ行くのはこちらで……?」

「はい」男性が無表情に応じた。「お名前は?」

「那覇優佳と杉浦李奈です」

男性が手帳をとりだし、鉛筆を走らせた。旅行用トランクに手を伸ばす。「乗ってください。荷物は運びますから」

「ありがとうございます」優佳は先に船内に乗りこんでいった。

李奈も後につづいた。狭いキャビンのなかには誰もいなかった。ふたり並んで硬い椅子に腰かける。男性は船長らしい。窓の外でロープをほどくと、ひょいとデッキに乗り移り、キャビン屋根上の操縦席に上った。ほどなくエンジンが始動し、船体が埠頭を離れだした。

優佳が顔をしかめた。「なんだか無愛想……」

「しょうがないよ」李奈は笑ってみせた。「オフシーズンの貸し切り。少人数の送迎。あまり収入にもならないんじゃない？」

「島も貸し切りなんでしょ？　オーウェン氏はもう着いてるのかな？」

「オーウェンって……。やめてよ」

クローズド・サークルという名の宿泊施設だが、公式サイトの画像で見るかぎり、コロニアル建築風の美しい平屋だとわかった。ミステリにありがちな不気味な洋館にはほど遠い。島も緑が豊かで、たしかに写真集の撮影に向いているようだ。

船は高速でぐんぐん進んだ。十五分も経つと、周りに小島のひとつも見えなくなった。オレンジいろに輝く海原ばかりに囲まれている。

やがて前方に新たな島が見えてきた。船が減速した。島の外周には味気ない波消しブロックが並ぶ。緑地ばかりで建物が目につかない。接岸する埠頭も最小限で、これといった設備もない。

埠頭にはひとりの男性が立っていた。白の調理服に、白のダウンジャケットを羽織っている。面長の顔に顎髭(あごひげ)、年齢は三十代後半ぐらいか。体型は中肉中背だった。

船の接岸後、李奈と優佳はキャビンをでた。微風が吹きつけるものの、磯の香りはしない。打ちつける波の音もきこえなかった。

白ずくめの男がおじぎをした。「池辺亮介といいます。滞在中のお世話をさせていただきます。よろしく」

優佳が応じた。「こちらこそ。荷物があるんですけど……」

「私が運びますよ。小径に沿ってどうぞ。すぐ追いかけます」

ふたりで礼をいいながら下船した。舗装されたスロープを上る。李奈は後方を振りかえった。池辺がふたつの旅行用トランクを、左右の手で転がしてくる。船長のほうはロープをほどきにかかっている。すぐに出航するのだろう。

なんとなく気が滅いりだした。冬場のリゾートアイランド、風に揺れるススキは枯れ、裸木がいたるところに見受けられる。小径沿いの鉄柵は錆び、路面のアスファルトも割れていた。

わきの斜面を見下ろすと浜辺があった。夏なら海水浴客で賑わうのだろう。いまはただうら寂しい。まるで見捨てられた孤島のようだ。

キャスターの転がる音が背後に接近してきた。池辺が追いついた。「ほかの方々は、みなさんもうお着きです」

「へえ」優佳が反応した。「オーウェン氏も？」

「誰ですって？」

李奈は思わず笑った。「爽籟社の榎嶋裕也さん……」

「あー。もちろん榎嶋さんは真っ先にお越しになりました。主催者なので」

優佳がほっとした顔でぼやいた。「なんだ。もうミステリの定石から外れてんじゃん」

櫻木沙友理も来ているのだろうか。李奈は池辺にきいた。「全員で何人ですか」

「ええと……十人前後じゃないですか？　すみません。すべてのゲストをお出迎えしたわけじゃないんです。厨房で作業に追われてるので」

「調理師さんなんですか」

「ええ。三日間雇われただけです。貼ってあった求人広告を見つけてね。調理師免許を持ってて、清掃や世話係もまかせられる人材、募集一名のみ」

さっさと内情を明かしたがる態度に、激務か薄給のどちらかへの不満がのぞく。李奈はたずねた。「雑務すべてを引き受けてらっしゃるんですか」

「押しつけられてるというべきかな。この季節には、ふつう島の宿泊施設も閉まってるし、日数限定の貸し切りなんで、人手も最小限に済まそうってことなんでしょう。

仕事があってよかったですよ。古馬場町で水商売をやってたけど、このところずっと無職で」

「食事を作るだけでも大変でしょう」

「そうでも……。ほとんど冷凍食品だらけで、解凍して盛りつけるだけの仕事になるので」

　優佳がつぶやいた。「〝フレッド・ナラコットが、毎朝きてくれます。パンとミルク、それに郵便物を運んできて、注文をとって帰ります〟」

　池辺が妙な顔になった。「なんです?」

『そして誰もいなくなった』の兵隊島、物資供給のきまりだった。オーウェン氏は兵隊島の謎の招待主。李奈は池辺に問いかけた。「毎朝、さっきの船が食材を届けにくるとか?」

「いや。ほんの三日ですからね。充分な量のレトルトが搬入済みです。あ、ちょっと興ざめでしたか」池辺が冗談めかした口調に転じた。「しっかり手料理を振る舞いますんで」

　優佳が苦笑した。「いまさら遅いって」

　スロープを上りきった。小高い丘の向こうに芝生地帯がひろがっている。寒々とした裸木が連なる林の向こう、ラップサイディングの大きな平屋が見えていた。切妻屋根にはドーマーや煙突、カバードポーチに上げ下げ式の窓。あれが宿泊施設のクローズド・サークルだった。

そこへ向かう石畳の道の途中に、ふたりの男が立っていた。どちらも二十代後半か。カジュアルないでたちで、ダウンジャケットを羽織る。ひとりは眼鏡をかけた丸顔、もうひとりは神経質そうな痩身（そうしん）だった。

「どうも」池辺が頭をさげた。

眼鏡の丸顔が歩み寄ってきた。「きみらも小説家？　招待された合格者？」

優佳がうなずいた。「那覇優佳です。彼女は杉浦李奈」

「矢井田純一（やいだじゅんいち）。よろしく」丸顔が痩身のほうを振りかえった。「彼は渋沢晴樹（しぶさわはるき）。代表作は……」

渋沢が浮かない顔になった。「やめろよ」

優佳はハンドバッグのなかをまさぐった。角川文庫の『初恋の人は巫女だった5』をとりだす。「そういわないで、はい、これ。わたしの著書。ほかにも持ってきてるけど、トランクのなかだから、またのちほど」

文庫を受けとった渋沢が、おどおどと応じた。「僕の著書も部屋に置いてあるから……。よければあとで」

「ありがと。李奈も自分の本を持ってるから、みんなで名刺交換ならぬ著書交換しましょ」

「ん？」矢井田の探るような目が向けられた。「どっかで見たなぁ……。杉浦さんって、ひょっとして有名人？」

「いえ。べつに……」

渋沢が矢井田にささやいた。「たぶん岩崎翔吾（いわさきしょうご）の取材で……」

「ああ、そうか！」矢井田が笑顔になった。「ノンフィクション本が専門じゃなかったのか。小説も書くんだね？　へえ」

本業の小説がいかに認知されていないかがわかる。李奈は落ちこんだ。世間に忘れ去られるのも、思いのほか早い。

矢井田が胸を張った。「俺の代表作は『鬼哭の戦記』シリーズあたりかな。といっても女子には馴染（なじ）みがないかも。架空戦記ものでね」

優佳が曖昧（あいまい）な笑みでうなずいた。李奈も似たような反応をとった。まるできいたことがない題名だった。むろんすでに売れている作家なら、爽籟社の公募に関心をしめすはずもない。島を訪ねる小説家らは、みなどんぐりの背くらべだろう。

李奈はクローズド・サークルに目を向けた。「ほかのみなさんは宿のなかですか」

「そう」矢井田が応じた。「見てのとおり娯楽施設があるわけじゃないし、冬場はまったくやることのない島みたいで……。ふらふら出歩く奇特な手合いは、俺たちふたりのほか、櫻木沙友理ぐらいのもんだよ」

優佳が驚きのいろを浮かべた。「櫻木沙友理さん、もう会ったんですか？」

「ああ、会ったよ」矢井田が声をひそめた。「なんてことはない、ふつうの若い女性だ。きみらのほうがよっぽど華がある。ほんとに写真集だす気かな」

渋沢がいった。「カメラマンが来てるんだから、そりゃだすんだろ」

「でもよ」矢井田が渋沢を振りかえった。「なんであんなに愛想がねえんだろうな。挨拶もかえさねえなんて」

「しょうがないだろ。人づきあいが苦手っていうか、ありゃ性格に難が……」

「ああ……。性格はたしかにちょっと……」

ふたりの男性若手作家は神妙な顔で、なにやらぼそぼそと話しあった。

櫻木沙友理。初対面したふたりの男性が、早くも苦手意識をのぞかせる。いったいどんな女性だろう。

優佳がため息とともに歩きだした。「ひとまずチェックインしなきゃ。李奈、行こ」

李奈は優佳に歩調を合わせた。池辺もトランクふたつを転がしながらつづく。矢井田と渋沢も黙って同行した。

平屋は近くで見るとずいぶん大きかった。左右にひろがるばかりか奥行きもかなりある。建物わきの草地は、手前にロープが張ってあった。立入禁止の札が見える。

池辺が足をとめた。「ロープの先には行けませんので注意してください」

「なんで？」優佳がきいた。

矢井田が笑った。「俺たちも到着時にいわれたよ。トリカブトが群生してるってさ」

「トリカブト？」優佳が思いだした顔になった。「あー、公式サイトに注意事項として載ってた。でも花なんか生えてない……」

やれやれという表情で池辺がいった。「みんな同じ反応ですね。花が咲くのは夏場で、この季節は地上部を枯らして越冬します。根にも猛毒があるので、掘り起こすと危険だとか」

「わざわざ掘り起こそうとする人なんている？」

「詳しいことはよく知りません。規則に基づいてご案内しただけで」

優佳がスマホをいじりだした。検索で調べようとしているらしい。ところがその表情が曇った。「電波が入らない……」

渋沢が不満そうにうなずいた。「やっぱり？　僕らのもずっと圏外だ。ワイファイも飛んでない」

矢井田が池辺に抗議した。「無線LANぐらいあるよな？　点検してくださいよ」

池辺はじれったそうに首を横に振った。「設備のことはわかりません。オフシーズンだから使えない機能もありますと、部屋の注意書きにあったでしょう」

李奈もスマホをとりだしたが、表示はやはり圏外だった。ケータイ電波がまったく届いていない。島に基地局がないのだろうか。電話すら無理のようだ。困惑とともに李奈はきいた。「この島のライフラインは……？　電気や水道は問題ないんでしょうか」

「ええ」池辺が答えた。「電力は海底ケーブルによる供給だそうです。水道はたしか地下水を汲みあげて浄化してるとか？　ロビーにパンフレットがあったから、気になるなら見ておいてください。私もそれしか知らないんで」

「浄水場に人がいたりするんでしょうか」

「無人です。島の管理側の人間は不在ときいてます。ご滞在中の世話だけは、私が仰せつかってますけど、難しいことは管理会社さんにどうぞ。部屋に電話があるんで」

　李奈は安堵した。「固定電話はあるんですね……」

　空が赤みを濃くしてきている。夕焼けに近づきつつあった。そのうち暗くなる。一行は黙々と平屋に向かった。

　建物の正面、少し離れて立つ支柱の上端に、郵便受けが設置されている。アルミ製のかまぼこ型で、前部の蓋を開けるタイプだった。いちど扉を開閉すると、横にある小さな旗が直立する仕掛けだが、いまは斜め下に向いていた。配達はあるのだろうか。シーズン中のみ船便で届くのかもしれない。

　エントランスはカバードポーチの奥らしい。前面に張りだした庇の下、ウッドデッキの上で、なにやらきしむ音が反復する。木製のブランコに小柄なチェスターコートが揺れる。ナチュラルボブの髪型の女性だった。櫻木沙友理かと思ったが、すぐにちがうと気づく。年齢は三十代半ば、丸眼鏡をかけている。

　李奈と優佳は頭をさげた。優佳がいった。「初めまして。那覇優佳といいます。こちらは……」

「杉浦李奈さんでしょ。知ってます」女性は笑みひとつ浮かべず、ブランコから立ちあがった。「テレビでお顔を拝見したことがあるから。本名？」

矢井田が鼻を鳴らした。「小説家の集まりだよ。みんなペンネームだろ」

「いえ」李奈は尻込みしながら応じた。「わたしは本名でして……」

女性が自己紹介した。「秋村悠乃です。もちろんペンネーム」

ぞろぞろと三人が新たに姿を現わした。李奈と優佳は各々と挨拶を交わした。

背の低い小太りで、四十過ぎの女性、ボアジャケット姿が篠崎由希。

もうひとりの女性は二十代後半、巻き髪を明るく染めているが、顔のつくりは没個性的な安藤留美。

残るひとりは年齢不詳、おそらく四十代の男性だった。長髪が肥え太った丸い顔の両頬を覆い隠す。無精髭が生えていた。ぼそぼそと告げた名は蛭山庄市。

優佳はトランクをウッドデッキに横たえると、なかから文庫をまとめて取りだした。すべて那覇優佳著だった。

新刊がでるたび、出版社から著者見本が十冊もらえるため、自著は増えて仕方がない。李奈もトランクのなかに十冊の自著を持ってきていた。そのことを打ち明けると、ほかの小説家たちも名刺代わりに、著書を用意してきたという。小説家らはいったんそれぞれの部屋に引き揚げていき、自著を抱えて戻ってきた。ウッドデッキで著書の交換会とサイン会が始まった。

渋沢晴樹のノベルスは『未明の殺戮』。猟奇殺人ものらしい。

矢井田純一はさっき道端で自慢していた『鬼哭の戦記』シリーズの第一巻。

安藤留美は純文学風のハードカバー『筏と少年』。

篠崎由希も薄いハードカバーで『キッチンに丸いスポンジ』。

さっきブランコに揺られていた丸眼鏡の三十代、秋村悠乃は青春恋愛もの『理想の彼氏N』。

みな折り返しにサインをし、本をプレゼントしてくれた。李奈のもとにも、たちまちたくさんの本が積まれた。正直なところ、初めて目にするカバーばかりだった。題名にも著者名にも見覚えがない。それでもバーコードとISBNが印刷されている。正式に流通している本だろう。版元は大手でなく中堅以下が大半だった。自費出版ではなさそうだ。

人のことはいえない。鳴かず飛ばずという意味では李奈も同様だった。

四十代とおぼしき、内気そうな蛭山庄市のみ、なぜか一冊の本も持参しない。交換会にもサイン会にも加わらなかった。ただ黙って立ち尽くしている。

秋村悠乃がきいた。「蛭山さんの著書は？」

「いや……。私は、あのう」

矢井田が笑い声をあげた。「無理無理！　みなさん、彼が本を持ってこなかったのは、ちゃんと空気を読んでるからですよ」

渋沢も真顔でうなずいた。「蛭山庄市ときけば、僕ら男性陣には、それなりにお馴染(なじ)みというか……。いわゆる十八禁、官能小説が専門だよ」

「そうとも」矢井田は蛭山の肩を軽く叩(たた)いた。「この場でなんとか題名を口にできるのは『檻の中の少女』だっけ？　ほかの題名はちょっと女性陣の前では、いうのが憚(はばか)られるよな。カバーもかなりえげつないし、持ってきてたらみんなドン引きだよ」

すでにドン引きの反応がひろがっているが、矢井田は高らかに笑った。渋沢も同調した。

李奈と優佳は、互いに本を交換しなかった。双方ともこれまでの著書は、過去にプレゼントしあってきた。いまさらこの場でサインするなど、なんとなく気恥ずかしい。社交的な優佳は一同と和気あいあいとしだした。李奈は会話に入れず、ただ途方に暮れていた。

平屋のわきをぼんやりと眺める。そのときふいに人影を目にした。立入禁止の草地があるのとは逆側になる。李奈はひとりそちらに歩いていった。

カバードポーチのウッドデッキから地面に降り立つ。平屋の角をまわり、建物の側面に向かう。

　李奈は驚いた。夕焼け空の下、スチル撮影のセッティングがひろがっている。照明スタンドが立てられ、三脚に一眼レフカメラが据えてある。ベンチや木製テーブル、小物類も用意されていた。

　スタッフらしき姿はない。ただひとり、革ジャンにデニム姿の痩せた中年男性が、カメラのファインダーをのぞきこんでいる。被写体のいないベンチにレンズを向け、ひたすら調整作業に没頭する。

　李奈は声をかけた。「あのう」

　スチルカメラマンらしき男性が視線を向けてきた。日焼けのせいで老けて見えるが、実年齢は四十前後かもしれない。男性がきいた。「どう見ても櫻木沙友理さんじゃないね？　誰？」

「杉浦李奈といいます」

「ああ。榎嶋さんが集めた小説家さんのひとり？　櫻木沙友理さんを見なかった？」

「いえ……。いま着いたばかりで」

「そっか」男性はため息まじりにささやいた。「どうだ、この紅いろに染まる絶景。こんなシャッターチャンス、そうあるもんじゃない。肝心のモデルはどこをほっつき歩いてるのやら」

「写真集の撮影ですか」

「そうだよ。俺は曽根貴之、どうぞよろしく」

「おひとりですか？」

「いまどきフリーのカメラマンは、助手を連れて遠出なんてできなくてね。必死にセッティングしたのに、陽が沈んだらまたバラさなきゃ」

「大変ですね……」

「まったくだよ。榎嶋さんもどこへ行っちまったんだ？　スマホが通じなきゃ呼びだすこともできない。いまどきなんでこんなに不便な環境……」

別の男性の声がきこえてきた。「メールやSNSで情報を流出されては困るからだよ。合格者とはいえ、まだ馴染みのない小説家ばかりを集めているんでね」

李奈ははっとして振りかえった。背後に榎嶋裕也が立っていた。

スーツにチェスターフィールドコートを羽織っている。両手をポケットに突っこんでいた。夕陽に照らされた全身が赤く染まる。きちんと七三に分けた髪が微風にそよぐ。

前にテレビで観た印象より、スマートな体形に思える。背もそんなに高くない。威圧感はあまりなく、逆に物静かな印象がある。押しの強い編集者のはずが、ずいぶんおとなしい態度をしめす。

カメラマンの曽根が榎嶋に不満をぶつけた。「おかしいだろ、こんなに電波が入らないなんて。まさかわざわざジャマーを仕掛けて、ケータイ電波を妨害してるとか？」

「さあね」榎嶋は無表情のままだった。

「おい。勘弁してくれ。フリーの身だから、仕事の依頼に返事しないのはまずいんだよ」

「基地局のない離島なので電波が届かない。シーズン中はこの宿泊施設のワイファイが生きてるが、いまは死んでる」

「櫻木沙友理を撮る際の注意事項、まとめておいてくれるはずだったろ？　なにもらってないぞ」

榎嶋が内ポケットから厚手の封筒をとりだした。「なかの書類にぜんぶ書いてある」

曽根は鼻を鳴らしながら受けとった。「どうせ肌を露出した写真を撮るなとか、性的な興味を煽(あお)る構図はよせとか、そんなところだろ。芸能人の事務所からよく釘(くぎ)を刺される」

「そのあたりのことは常識だろうから、いちいち書いてない。櫻木沙友理が魅力的に見える角度や、照明の当て方、メイクについてまとめてある」

「本人に会ったほうが早いのに、いったいどこに行った？」

「その書類、まだ見ないでくれるか」

「それも本人の意向か？」曽根が封筒を木製テーブルに投げ落とした。「写真集一冊ぶんを撮り下ろさなきゃいけないのに、貴重な一日目を無駄にしたぞ」

「ほかのゲストたちと遊んでいるかもしれん。きいてみる」榎嶋は踵をかえし、平屋の正面へと向かいだした。

　李奈はあわてて追いかけた。「初めまして、榎嶋さん。わたしは杉浦李奈といいます」

「ああ」榎嶋は李奈を一瞥したものの、足をとめず歩きつづけた。「たしか『奇数のキス』だったかな。地味な小品だが光るものがあった」

「恐れいります……。きょうはお招きいただき、本当に感謝しております。こんな豪華なお祝いをしていただけるなんて」

「櫻木沙友理の売り上げで、うちの会社は儲かってる。経費の支出は節税対策として必要だよ。もちろんきみらの門出を祝う重要な催しでもある」

「いまのカメラマンさん……。片づけを手伝ってあげたほうが……」

「彼は大学生のころからの知り合いだよ。仕事でも気兼ねなくつきあってる。きみが心配する必要はない」

会ったばかりだというのに、部下に対する上司のような物言いだった。おとなしく思えたのは勘ちがいかもしれない。

カバードポーチに戻った。優佳はすっかり打ち解けたらしく、ほかの小説家たちと談笑していた。全員の目がこちらに向く。榎嶋を見たからだろう、一同が緊張の面持ちに転じた。

榎嶋が真顔のままいった。「そんなに硬くなるな。学校じゃないんだ。招待した小説家は、みんな揃ったようだな。櫻木沙友理は?」

作家らが顔を見合わせた。二十代後半の安藤留美が榎嶋に告げた。「昼食を一緒にと誘ったんですけど……」

四十代の篠崎由希がうなずいた。「サンドイッチだけ包んで、ひとり離れていったんです。どっかでピクニックしてるのかも」

二十代後半の渋沢晴樹が頭を掻いた。「こういっちゃ悪いけど、なんだかつきあいにくい感じの人ですよね。無愛想を通り越して喧嘩腰……」

同世代の矢井田純一が相槌を打った。「そのとおり。不機嫌なのを露骨に態度に表わしてた。榎嶋さん。櫻木沙友理に会わせてくれたのは嬉しいですけど、時期尚早だったんじゃないですか？」

「時期尚早とは？」榎嶋がたずねかえした。

三十代の秋村悠乃が丸眼鏡を外し、レンズをハンカチで拭いた。「櫻木さんにしてみれば、たちまち後継者選びがおこなわれるなんて、自分の存在が軽んじられてるみたいで不愉快でしょうね」

優佳が辺りを見まわした。「もうすぐ暗くなるのに、戻ってこないなんてまずくないですか？　捜したほうがいいかも」

榎嶋は平然といった。「ここは素朴なリゾートアイランドだよ。ごく小さな島だし、特に危険な場所はない」

「でも立入禁止の区画も……」

「ちゃんと説明してある。みんな自己紹介は済んだな？　九人の小説家諸君と、編集者の私、いろいろ手伝ってくれる池辺君。あっちにいるカメラマンの曽根君。以上が島にいる全員だ」

渋沢がこぼした。「九人の小説家のうち、八人がこうして集まってる。あとひとりがどうも協調性をしめしてくれないな」

　だが榎嶋は表情ひとつ変えず、手帳をとりだすと、さらさらとペンを走らせた。

「誰か、これを宿のビジネスセンターのパソコンで清書してくれないか。私たち全員の氏名一覧だ。プリントアウトして壁に貼ってほしい」

　榎嶋が破りとった一枚を、女性作家のなかでは年長の由希が受けとった。

　由希はエントランスへと向かいだした。「ついでに着替えてきます」

　ほかの小説家らも同調しだした。池辺も小走りに建物内に消えていく。厨房での用意があるからだろう。おかげで李奈と優佳のトランクはほったらかしになった。

　李奈は呆気にとられながら優佳を見つめた。優佳も茫然と李奈を見かえした。苦笑とともにみずからの手でトランクを運び始める。

　エントランスを入ると小ぶりなロビー、次いで天井の高いリビングルームがあった。内装はいわゆるカリフォルニアスタイルで、サーファーハウスという形容がぴったりくる。暖房によって暖められた空気を、シーリングファンが部屋じゅうに拡散していた。壁一面を覆う書棚には、週刊誌のバックナンバーがぎっしりとおさまっている。まともな書籍は一冊もない。

榎嶋がいった。「娯楽のない島だから、週刊誌が毎号送られてくる契約らしくてね。捨てるのが面倒になって、こんなに溜めこんでしまったようだ」

半開きのドアの向こうに、隣の室内が見えている。パソコンやコピー機が備えてあった。事務室というわけではなさそうだ。宿泊客が利用可能なビジネスセンターだろう。

ほかの小説家らの流れに加わり、奥へと延びる廊下を歩きだした。無垢材の床にトランクのキャスターを転がすと、かなりの騒音が響き渡った。

前を歩く二十代後半、安藤留美が振りかえった。「奥の二部屋が空いてる。ふたりで好きなほうをそれぞれ選んで」

「ありがとうございます」李奈は礼をいい、優佳とともに廊下を進んだ。突きあたりの手前、ふたつ並んだドアがある。李奈はいった。「わたしは奥でいいから」

「いいの？」優佳がきいた。「少しでもリビングに近いほうがよくない？」

「そんなに変わらないし」

「じゃわたし、こっちの部屋に入るね。またあとで」

優佳がドアのなかに消えていく。李奈も自分の部屋に入った。

大きな横開きのサッシ窓から、真っ赤な陽光が射しこんでいる。窓の外には葉をつけない木々が、シルエット状に黒く浮かびあがっていた。

　十畳ほどの広さがある。フローリングの真んなかに、セミダブルのベッドがひとつ。壁の額縁に入っている写真は、ビキニ姿の白人女性だった。プロのモデルにちがいない。

　引き戸の向こうは洗面室とバスルーム。オフシーズンのせいか備品がまるで置かれていない。最低限の生活用品を持ってきてよかった。

　ふたたび部屋のなかに目を転じる。クローゼット、それにライティングデスク。タブレット端末が据えてある。画面をタップしてみたが、やはりインターネットにはつながらなかった。

　代わりにドアの画像とともに、一文が表示された。〝翌朝七時、この扉が開く〟。

　李奈はため息とともに、タブレット端末を机上に戻した。謎めかした演出。なんのイベントだろう。

　身体をベッドの上に投げだす。天井を仰いだ。九人の小説家。変な童話が壁に貼ってあったりはしないか。不安とともに上半身を起こし、室内を見まわす。目に入ったのはビキニの白人女性、その写真だけだった。

8

夜七時、窓の外は真っ暗になっている。李奈は一張羅のパーティードレスに着替えた。優佳は推理作家協会の懇親会のときとは、異なるドレスを身につけている。女性作家らもそれぞれにお洒落(しゃれ)な服装で現れた。男性作家たちはせいぜいジャケット姿で、セミフォーマルと呼べるほど堅苦しくはない。

チェックイン時には気づかなかったが、リビングルームのビジネスセンターとは反対側の壁に、ダイニングルームにつづく短い廊下があった。みなでそちらに向かう。洋間に十二人が座れる大きな円卓が据えてあった。ダイニングルームの印象にかぎれば、クローズド・サークルの名もあながち的外れではない。

壁一枚を隔てた隣は厨房だった。ドアのない大きな開口部を通り、自由に行き来できる。かなりアットホームな造りのせいか、なかなか飲み物や食べ物が運ばれてこない状況に、小説家はかわるがわる席を立っては厨房に入っていった。手伝いましょうか、という声が壁越しにきこえては、池辺のぶっきらぼうな声が応じる。いいです。そのたびテーブルに居残る面々が、やれやれと苦笑いの顔を突きあわせる。

　李奈は列席者が気になっていた。自分を含め八人の小説家、編集者の榎嶋、カメラマンの曽根がいる。席はふたつ空いていた。ひとつは池辺の席らしく、調理が終われば合流するらしい。もうひとつは櫻木沙友理が座るはずだった。

　テーブル上にはまだなにもない。李奈は榎嶋にきいた。「櫻木沙友理さんって、宿に戻ってきていませんよね？」

「心配ない」榎嶋の顔にはなんのいろも浮かんでいなかった。「近くをうろうろしていると思う。かまってもらえない以上、わざと靴音を立ててリビングを横切ったりするだろう」

　矢井田が笑った。「いかにもやりそうな女の子だよ。歳のわりに子供っぽいっていうか」

　三十代の悠乃が表情を曇らせた。「さっきリビングで見かけましたけど？」

「ええ」二十代後半の留美がうなずいた。「ひとりでソファにいて、声をかけようとしたらダイニングルームへ駆けていって……」

　優佳がたずねた。「ここに来たんですか？」

「ええ。誰よりも早く」

「そのあとは？」

「追いかけるように思われるのもなんだから、わたしと悠乃さんはビジネスセンターに立ち寄りました。そのうちみなさんの声がきこえたので、こちらに合流したんです。ところが櫻木さんはもういなくて」

榎嶋が淡々といった。「気遣いをさせてしまい申しわけない。しかし見てのとおり、ああいう性格でね。人と馴染むのに少々時間がかかる。まるで猫だよ。追いかければ逃げる。それもあって逃げ場のない孤島に連れてきたんだが」

一同が笑った。李奈は戸惑いをおぼえた。優佳も目を泳がせている。

ジョークと受けとるべきなのだろうか。どうやら櫻木沙友理といちどでも顔を合わせれば、いまの榎嶋の言いぐさも笑い話と解釈できるらしい。だがどんな意味にとらえているのか。列席者らの表情を見るかぎり、あまり櫻木沙友理に好感を持っていないようにも思える。

池辺がワゴンを押してきた。列席者に飲み物を配る。ほとんどがシャンペンだった。榎嶋と曽根がウィスキーの水割り。李奈はひとりオレンジジュースだった。

列席者に飲み物が行き渡ると、池辺がテーブルのわきに立ったまま、当惑ぎみにいった。「すみません。メインディッシュが一名ぶん消えてるんですが。パンも少々」

カメラマンの曽根が眉をひそめた。「消えてるって？　どういうことだ？」

「鴨肉ソテーのストロベリーソースがけが、ひと皿まるごとなくなっていて」

優佳が妙な顔になった。「でも調理はこれからなんでしょ？」

ほかの小説家らが苦笑しだした。四十代の由希が優佳にささやいた。「さっき厨房をのぞいたけど、ほとんどレトルトっていうか、盛り付けまで終わってるのを温めてるだけ」

渋沢がうなずいた。「できあがった料理に、サランラップがかぶせられて並べてあった。順繰りに電子レンジで温めるんだろう」

池辺が恐縮しつつも反論した。「榎嶋さんがオーダーなさった内容が、三日とも冷凍でしたので……」

「そのわりにはやけに時間がかかってるね」

「ええ。冷凍された料理を解凍するのには、一個につき七分かかります。電子レンジが一台しかないので、うまく人数ぶん温めて、いっせいにおだしするのが難しくて。時間差を考慮し、最初のうちに電子レンジにいれる料理は、なるべく熱くしておかないと」

四十代らしき官能小説家、蛭山がうつむきながらぼそぼそといった。「そんなに裏事情を暴露されたら、食欲も失せてくるよ」

矢井田が椅子の背に身をあずけた。「サランラップをかぶせてあったひと皿を、櫻木沙友理さんが持っていった。部屋でひとり食べる気かな」

留美が悠乃にきいた。「部屋に戻ってるの？」

悠乃は首を横に振った。「カバードポーチか、外の芝生にいるかも」

優佳がつぶやいた。「まさか。この寒いのに……」

榎嶋は池辺にご苦労様と声をかけた。池辺が厨房に立ち去ると、榎嶋は水割りのグラスを掲げた。「ひとまずこれからの才能、きみたちに乾杯しよう」

列席者たちが応じ、グラスを掲げようとする。李奈には受け容れがたい状況に思えた。一同に李奈はうったえた。「櫻木さんが来るまで待ちませんか？」

すると榎嶋が浮かない顔になった。いったんグラスをテーブルに戻す。榎嶋が低い声を響かせた。「櫻木沙友理と会った人は、もうおわかりと思うが……。性格にとても難がある。新しい作家を早々に公募し、育てようとする弊社の方針も、理解していただけたのではないかと」

李奈と優佳を除く六人の小説家が、大なり小なり同意をしめす。驚きの状況だと李奈は思った。島に着いた最初の夜から、いきなり櫻木沙友理の欠席裁判が始まっている。

カメラマンの曽根は当惑をあらわにした。「なんだ？　話が見えん。榎嶋さんは彼女の写真集をだすつもりで、この島を借りたんだろ？」

「もちろんそうだよ」榎嶋は乾杯してもいないグラスの酒をすすった。「彼女が希望したからな。もう小説は書きたくない、だすなら写真集をだせと要求してきた。櫻木沙友理の才能に惚れた弱みで、いろいろ我儘につきあわされたが、これで縁切りだ。いまのうちなら世間の関心も高いし、写真集でひと儲けはできる」

「縁切りって」曽根が深刻な顔になった。「榎嶋さん。櫻木沙友理とこじれてたのか？　それで彼女は撮影現場に姿を現してくれないのか？　写真が撮れなくても俺のせいじゃないぞ」

「気にしなくていい。明日以降はちゃんと予定どおりに撮影できる。さっき渡した撮影の注意事項、まだ読んでないな？」

「ああ。モデルがいなきゃ読んでも仕方がないだろう」

「櫻木沙友理にはしっかりいってきかせておく。彼女はカメラの前に座って、きみの指示にしたがうよ。そこは保証する」

「俺へのギャラの支払いも保証してくれよな」

なんとも不穏な空気が漂いだした。李奈は堪りかねていった。「榎嶋さん。失礼ですが、今回の背景には櫻木沙友理さんとのトラブルがあったということでしょうか？」

写真集撮影は櫻木沙友理への餞別か。せっかく借りた島に、後任候補の小説家らを招き歓待する。榎嶋が櫻木沙友理に意地を張っているだけではないのか。彼女が卒業しても、次の手はもう打ってある、そのように思い知らせるのが目的だ。要するに喧嘩だった。大ベストセラーを記録しただけに、途方もなく金がかかっているが、たんなる小説家と編集者の対立だろう。櫻木沙友理がへそを曲げるのも無理はない。

池辺がワゴンを押してきた。「おまたせしました。オードブルとスープになります」

李奈と優佳以外、一同の表情が無邪気に明るくなった。テーブル上に高価そうな料理が並ぶ。いわれなければ冷凍とはわからない、みごとな出来映えだった。実際に冷凍前は、腕のあるシェフが調理したようだ。池辺も気どって説明した。アボカドとエビのカクテルソース、本格テリーヌ、ブルターニュ風、牡蠣のクリームスープ。

池辺がいった。「エビは江の島産です」

すると榎嶋が池辺を見上げた。「なに？」

「江の島産……。ああ、いえ。榎嶋さんとお呼びしたんじゃないんですよ」

列席者らが笑い声をあげた。榎嶋も口もとを歪めた。初めて見せた笑顔だろう。優佳はしらけた顔をしている。李奈も同様の気分だった。

榎嶋の前にのみカレースープが置かれた。事前にそう注文したらしい、榎嶋は妙な顔ひとつしない。一同を見まわし、榎嶋が声を張った。「明朝七時になれば開くドアがある」

李奈は榎嶋に問いかけた。「あのタブレット端末ですか？」

「そうとも」榎嶋が李奈をじっと見つめてきた。「ドアの向こうを見れば、きみにも合点がいくよ」

意味がわからない。李奈のなかで疑念が募った。だが榎嶋は平然とスプーンを手にとり、スープをすすりだした。腹が減っていたのか、やけに食欲旺盛だった。もう李奈に見向きもしない。

優佳も腑に落ちなそうにいった。「榎嶋さん。タブレット端末、わたしの部屋にもありましたけど？　あのドアの画像、いったいなんですか？」

カメラマンの曽根は怪訝な面持ちになった。「タブレット端末？　俺の部屋にはそんな物なかったが」

六人の小説家らは、妙に思ったようすもなく、黙って食事をつづけている。それぞれの部屋にも、同じタブレット端末が置かれていたのだろう。もったいぶった情報開示の予告に、みなたいして興味をしめしていない。それより空腹を満たすほうに忙しいようだ。

李奈もスプーンを手にとった。どろどろとした内部事情を知らざるをえないのも、名物編集者とお近づきになれた以上、仕方ないのかもしれない。明日からはどんな説明がなされるのだろう。櫻木沙友理と会ってから修羅場を迎えなければいいが。

突然、呻き声がきこえた。榎嶋が身体を痙攣させている。額に汗が滲んでいた。スプーンがテーブルの上に落ちた。

悠乃がきいた。「榎嶋さん。なにか……?」

次の瞬間、榎嶋はのけぞるや天井を仰いだ。口から濁った液体を噴出し、周りにぶちまけた。激しい嘔吐だった。女性らが悲鳴を発し立ちあがる。榎嶋の意識は朦朧としだしたらしく、虚ろな表情になり、身体も前後に揺れだした。そのうち椅子ごとばったりと後方に倒れた。榎嶋は椅子から投げだされ、床の上に仰向けに横たわった。半目が開いたままだった。

一同の絶叫が響き渡った。李奈を除く全員がテーブルを離れ、壁際へと退避していく。厨房から池辺が駆けだしてきた。手にしていたトレーを落とし、池辺は引きつった顔で絶句した。

気づけば李奈ひとりだけが、榎嶋のすぐそばにたたずんでいた。激しい焦燥に駆られる。一同を振りかえり呼びかけた。「すぐ手当てをしなきゃ」

しかし誰もが壁際に後ずさったまま、顔面蒼白で寄り添うだけでしかない。カメラマンの曽根や、調理師の池辺までもが恐怖をあらわにしている。女性作家陣は優佳を含め、ひたすら震えあがっていた。

なぜか自分だけは、いくらか理性の働きを保っている。李奈はそう自覚した。榎嶋のわきにひざまずいた。李奈は声を張った。「榎嶋さん！　榎嶋さん、きこえますか」

反応がない。もはや痙攣はなかった。半目が開きっぱなしで、表情が固まっている。

「ＡＥＤ」李奈は部屋を見まわした。「どっかにＡＥＤは……？」

壁にアクリル製の収納ボックスが設置してあった。なかにオレンジいろのケース、ＡＥＤの表示が見てとれた。自動体外式除細動器。だが李奈がそちらに目を向けても、部屋にいる人々は動きださない。小説家らは怯えた反応をしめすばかりだ。

やがて優佳だけは動きだした。勇気を振り絞るようにＡＥＤへと駆け寄った。ケースを取りだすや李奈のもとに走ってくる。ひざまずきながらケースを床に置いた。

「どう使うか知ってる?」

李奈は榎嶋の腹部を見つめた。たしか十秒観察して、呼吸が認められないようなら、蘇生措置が必要と判断される。

息をしていない。李奈は手を伸ばし、榎嶋の口の上にかざした。やはり吐息は感じられない。いよいよまずいことになった。李奈は両手を組み合わせ、榎嶋の胸の中央にあてがい、体重をかけながら押しこんだ。すぐ身体を浮かせ、また押しこむ。それを何度となく繰りかえした。

さすがにみな傍観するばかりではなくなった。駆けてくる靴音がきこえる。曽根と池辺だった。李奈と優佳以外の小説家らは全員、まだ壁際で震えあがっている。曽根がいった。「代わろう」

交代後の曽根が両手を榎嶋の胸にあてた。猛然と胸骨を圧迫しては浮かす。榎嶋はなおもぐったりしている。李奈はＡＥＤに目を移した。震える手で説明書をひろげる。まず電源をいれる。二枚のパッドをとりだす……。

曽根が切羽詰まった声を響かせた。「だめだ。ＡＥＤしかない」

身を乗りだしたのは池辺だった。榎嶋のシャツのボタンを外し、胸部を露出させる。李奈はパッドの粘着面を覆うシートを剝がした。図面を参照しながら指定の位置に貼りつける。一枚は右前胸部、すなわち右鎖骨の下で胸骨の右。もう一枚は左側胸部、脇の五センチから八センチ下。

パッドを貼り終えると、曽根の手がＡＥＤのハートマークのボタンに触れた。「スイッチをいれるぞ」

ボタンを押したとたん、鋭い音とともに榎嶋の身体がのけぞった。電気ショックによる筋肉の収縮、その反応でしかない。心拍や意識が戻ったわけではない。さらにもういちどボタンが押される。通電のたび榎嶋の筋肉が痙攣する。白目を剝いた状態に変わりはない。

電気ショックのノイズをきくうち、李奈の脳裏に閃く光景があった。川沿いの草むらのなか、ある有名作家の遺体をまのあたりにした。腐敗が進み、ただれた肌の下に骨がのぞいていた。

いまでもときおり悪夢に見る。当時の李奈は取り乱し、やがて意識を喪失してしまった。ただ忌まわしいことに、過去の経験を通じ、人は異常な状況にも慣れてくる。いまも冷静さを保っていられるのは、こうした状況が初めてではないからだ。

曽根がボタンを押すのをやめた。電気ショックは中断された。榎嶋は無反応のままだった。李奈は榎嶋の手首に触れた。まだ肌が温かいものの、脈は途絶えていた。李奈が手をひっこめると、池辺も脈拍の停止を確認した。

たちまち池辺の表情が曇った。「死んでる」

壁際で女性作家らがくずおれる。男性作家らが抱き留めるかと思いきや、同じようにへたりこんだ。腰が抜けることは責められない。李奈も以前はそうだった。

矢井田が部屋の隅に這っていった。棚に設置された電話に近づき、受話器を手にとる。何度か受話器を戻しては、また耳に当てる。矢井田が震える声でうったえた。

「おい。電話が通じない。なんの音もしない」

池辺が立ちあがった。「固定電話がどんな仕組みか知らないが、ビジネスセンターにスイッチがあるとか、マニュアルで読んだけど……」

「行ってみよう」矢井田が起きあがり、足ばやにドアへと向かった。池辺も一緒に部屋をでていった。

優佳が恐怖に満ちたまなざしを向けてきた。「李奈……どうしよう。これからどうなるの？」

変死体に二度も遭遇したのは、おそらく李奈ひとりにちがいない。慄然としながらも、多少なりとも思考が働きうるのは、李奈だけかもしれない。事実は小説より奇なり。クローズド・サークルが現実になってしまった。

9

医療従事者がひとりもいない状況で、一同は遠巻きに遺体を見下ろし、ただ途方に暮れた。大の大人が揃っていながら、みな互いの顔いろをうかがうだけでしかない。

李奈はささやいた。「このまま放置しておくのはまずいでしょう……」

「なんで？」安藤留美がきいた。「警察が来るまで触っちゃいけないんでしょ？」

矢井田と池辺が駆けこんできた。息を切らしながら矢井田がいった。「通報できない。電話が通じない」

秋村悠乃が泣きそうな顔になった。「どうしてよ？　ビジネスセンターにスイッチがあるとかいってたくせに」

池辺は弱りきったようすで応じた。「ルーターやモデムらしき物があって、電話線はそこにつながってた。でも電源をいれても無反応なんだよ。懐中電灯を持って、建物の外にでてみたんだが……」

矢井田がうなずいた。「壁の保安器みたいなのが壊されてる。配線が根こそぎ引きちぎられ、地面に落ちてた。修理できる人、誰かいる？」

誰もが視線を交錯させた。悠乃は渋沢に目を向けた。「機械とか詳しそうじゃない？　少しはわからないの？」

「詳しくないよ」渋沢が投げやりにいった。「人を見た目で判断すんな。俺の小説に科学的な記述があったか？　本をあげたろ。『未明の殺戮』だぜ？」

悠乃が怯えた顔で退いた。「猟奇殺人の小説よね……？　あなたまさか……」

「馬鹿いうな！　こんなのは、あのう、病死かなにかだろ。心不全だかなんだか知らねえが、とにかく変死じゃないよ」

「なんでそんなことがいえるの？　病気で亡くなったんだとしたら、誰が電話を不通にしたの？」

「おい。勘弁してくれ」渋沢がスマホをとりだした。あわただしく画面をタップし、苦々しげな声を響かせた。「なんで通じねえんだよ！　警察も呼べねえってどういうことだ。緊急時の連絡方法とかねえのかよ？」

一同がいっせいに池辺を見つめた。池辺は腰が引けたようにつぶやいた。「電話が通じなくなるなんて、誰も予想できやしない……。こんなことが起きるのも想定外だ。俺はただのバイトだよ。二日後に迎えが来るまで、あちこち掃除して、飯どきに食べ物を温めるだけだ」

　男性作家のなかでは年長の蛭山が狼狽しだした。「まさか。三日も死体と一緒に過ごすのか？　ボートは？　船をだしてくれよ」

　池辺が首を横に振った。「この島に船の類いはない。昼間にボートハウスを見たが、一艘の係留もなかった」

「無線は？　遭難無線だかなんだか知らないけど、そういうやつは？」

「ない。っていうか知らない。無線ＬＡＮさえもオフになってたんだ」

「ならオンにしろよ」

「引きちぎられた線のなかには、光ファイバーもあったと思う。無線ＬＡＮ親機の電源をいれたところで、ネットにつながるとはとても……」

　陰気に見えた小太りの四十代、蛭山はにわかに激昂し、池辺につかみかかった。「いいからやってみろよ！　死ぬ気でなんとかしろよ！　管理人みたいなもんだろ。おまえがどうにかしなきゃ僕たちは……」

　四十代の女性作家、篠崎由希が割って入った。「まって。喧嘩してる場合じゃないでしょ。とにかくみんな、いちど冷静になって。これからどうするか考えなきゃ」

　室内が静まりかえった。カメラマンの曽根がため息まじりにいった。「三日ってことは、あさってには迎えの船が来るんだよな？　それまでじっとしてりゃいい」

矢井田が遺体に顎をしゃくった。「これをほったらかしにしてか？」

「現場は保存が原則……じゃなかったか？　ミステリを書いたことのある人たち、どうなんだ？」

今度は李奈と優佳に対し、一同の視線が注がれた。優佳がおずおずとささやいた。「ドラマで観るぐらいのことしか知らない……。ミステリ書いててもそのていどの知識しかない」

「なんだよ」矢井田が吐き捨てた。「空想でものを書いてるだけか」

優佳が食ってかかった。「当然でしょ。ほんとに人殺ししなきゃ、犯人の心理は書けないっていうの？」

渋沢が腰に両手をあてた。「そんなことはねえ。読者の猟奇趣味を満足させりゃいいだけだからな。ただ妄想を書き連ねるだけだよ」

留美は目を真っ赤に泣き腫らしていた。「ほっとくって、そのあいだわたしたちはどうするの？　同じ建物で寝泊まりするのに」

曽根が留美を見つめた。「ダイニングルームは閉鎖して、誰も入らなきゃいい」

「だけどこんな……。亡くなった人が転がったままだなんて」

また沈黙が生じた。曽根は唸った。「たしかにな。とても安眠できるような状況じゃない。何時間で腐ってくるのか知らないが、ドア一枚隔てた向こうに死体があると知ってて、呑気に過ごせやしない」

渋沢が同意した。「そうだよ。隣のリビングルームを通らなきゃ出入りもできねえ。こんな惨状のままにしとけない」

曽根は池辺に向き直った。「ジップロックのでかいやつとかないか？　全身がすっぽり入るやつ」

「ええと」池辺が目を泳がせた。「たしか何枚かある。ジップロックじゃないけどな。生ゴミをぜんぶまとめて、最終日に搬出する予定だったので……」

「それに収めよう。どこにある？」

池辺と曽根が厨房へと移動しだした。小説家らはそれにつづいた。誰もここに留まりたくない、そう思っているようだ。李奈と優佳も一同に歩調を合わせた。さすがに取り残されるのは望まない。

厨房に入った。李奈は初めてここに足を踏みいれた。かなり広かった。L字型の調理台のほか、テーブル上に料理を載せた皿が並んでいた。さっき耳にしたように、すでにできあがった料理にラップがかぶせてある。小さめのジップロック、すなわち密閉可能な透明の袋が開封され、何枚もゴミ箱に捨ててあった。解凍前の料理が入っていたにちがいない。

アルコール除菌シートが置いてある。李奈と優佳はシートを引き抜き、両手を丹念に拭いた。

池辺が棚を開け、大容量のファスナー付きビニール袋をとりだす。たしかに遺体がまるごと収まりそうなサイズだ。

曽根は渋沢と蛭山を見た。「男はみんな手伝え」

蛭山が抵抗の素振りをしめした。「嫌だよ」

「おい」曽根が苛立ちを募らせた。「男の作家のなかじゃ年長者だろ」

「年長でもなんでも、嫌なものは嫌だ」蛭山はひきつった顔を李奈と優佳に向け、必死にうったえてきた。「きみら、推理作家なんだろ。特に杉浦さんは、死体を見ても平然としてたじゃないか」

李奈は複雑な思いとともにいった。「平然とはしてません……」

曽根が蛭山の腕をつかんだ。「いいから来い」

「嫌だ！」蛭山は曽根の手を振り払い、厨房の隅に逃げた。肥満ぎみの身を小さくしてうずくまる。

渋沢が曽根をうながした。「俺たちでさっさと済まそうぜ」

「だな」曽根はダイニングルームへと向かいだした。池辺と矢井田が同行する。

李奈も出入口に立ち、四人の男たちによる遺体処理を見守った。池辺と渋沢がビニール袋をひろげる。矢井田と曽根が遺体を持ちあげ、袋のなかに収める。みな表情が凍りついていた。人の死んだ姿であることを極力認識しまいとしている。李奈もずっとそんな心境だった。

優佳の声が呼びかけた。「ねえ、李奈。ちょっと」

厨房に向き直る。女性らが一か所に寄り集まっていた。李奈もそこに赴いた。

みな床を見下ろしている。優佳が指さした。「これ、なんだと思う？」

タイルの上に散らばっているのは粒状の物体だった。かなりの量になる。粉末というほど小さくはない。なんらかの実をすりつぶした物だろうか。形状もサイズもまちまちだ。

これが妙に思えるのは、厨房でまともな調理がおこなわれた形跡がないせいだ。料理はいずれも解凍しただけでしかない。塩や胡椒すら振りかけたように思えない。

四人の男たちが戻ってきた。ただちに調理台の流しで蛇口をひねる。かわるがわるハンドソープをたっぷり手につけ、しきりにてのひらをこすりあわせる。曽根がいった。「死体を袋に収めたはいいが、どこに置く？　冷凍室とかあるのか？」

池辺が憂鬱そうに応じた。「冷凍庫はそこにある物だけだ。明日以降の食事が入ってる」

「ならどっかに運ばないと……」

矢井田がため息をついた。「建物の裏に物置があったよな。とりあえずそこじゃないか？」

留美が声をかけた。「池辺さん。こっちに来て」女性陣が床を指しめす。

眉をひそめながら池辺が歩み寄ってきた。

「ん？」池辺が首をかしげた。「なんだこれ。解凍前の袋に入ってたのかな？」

李奈は間近のテーブルに手を這わせた。「ここ、まだ温かいんですけど、ひょっとしてスープを置いていましたか？」

「ああ、置いてたよ。レンジからだした皿をそのへんに並べてた」

「榎嶋さんのカレースープも……？」

「あの人は牡蠣アレルギーだから、ひとりだけ別のスープがいいとおっしゃって……。そうだ。そのテーブルの角だった。真っ先にワゴンに移せるように、端に置いてた」

「最後に温めたんですか？」

「いや。最後じゃないな。最初でもなかったと思う。もとは固形だった。皿のなかに固めてあって、レンジで解凍すると液体になる仕組みだよ。早い段階で温めたから、なるべく熱くしといた」

「ラップを剝がしたのは、温めた後ですよね？」

「そう。ワゴンで運ぶ寸前に、まとめて剝がしたほうが、保温にはいいからな」

「温める前、固形物の上に、これらの粒が振りかけてあったと思いますか？」

「わからない。スープはオードブルと一緒にだすから、最初からそこに並べてあった。レンジにいれる前も、ずっとラップをかぶせておいたんだ」

だがラップの端をわずかに剝がし、粉状の物体を皿のなかにいれることは、充分に可能だろう。

「ああ」池辺がふと思いついたように付け足した。「雑穀ごはんやコーンの粒々が、固形のカレースープの表層に、無数に浮きあがってたんだよ。だからその上にこういう粒を振りかけても、ラップ越しならまず目立たない……」

優佳が怯えた顔を向けてきた。「李奈……」

李奈はうなずくしかなかった。「いちど外を見てみるべきかも」

なにをいっているのか、一同はたちどころに理解したらしい。数人がダイニングルームへと動きだした。残る全員がそれを追う。ダイニングルームの遺体から顔をそむけ、みな逃げるように廊下に駆けだす。リビングルームを通り抜け、エントランスから外にでた。

真っ暗な島内に冷たい風が吹いていた。裸木が枝をすりあわせ、かさかさと音を立てる。夜空を埋め尽くす星々だけは、不気味なほど綺麗だった。懐中電灯は矢井田が手にしている。ほかの面々もスマホの懐中電灯機能で闇を照らす。全員がひとかたまりになり、平屋のわき、ロープの張られた区域に向かった。

ロープをまたぎ、立入禁止の札より先、雑草地帯に分けいる。剝きだしの地面がひろがっていた。懐中電灯の光が縦横に走る。

李奈は絶句した。一見荒れているだけに思えるが、よく目を凝らせば、あちこちに掘り起こされた痕がある。しかもまだ真新しい。植物の根があらわになり、一部は地表に投げだされていた。そこいらじゅうを探したらしく、掘られた箇所はそれぞれ数メートルずつ離れている。広範囲に十箇所以上の穴が分布する。

池辺が震える声でささやいた。「トリカブトだ……。根っこを探して掘り起こし、すりつぶして粉にしたのか」

留美が辺りを見まわした。「じゃ櫻木沙友理さんが……?」

一瞬の静寂ののち、蛭山が絶叫を響かせた。誰もがその声にびくっとした。人の迷惑も顧みず、蛭山はあたふたと平屋に逃げ帰っていった。

「あの馬鹿」曽根が吐き捨てた。その声が合図になったかのように、全員が蛭山の後を追いだした。建物をめざし、競うように走っていった。

李奈はいつしか優佳と手をつないでいた。優佳は呻きとも嗚咽ともつかない声を発した。李奈の心拍も恐ろしいほど速まっている。暗がりのなかをひたすら走りつづけた。一同はカバードポーチのウッドデッキに上ると、エントランスに駆けこんだ。

薄明かりのリビングルームに、息を切らした十人が戻った。それぞれ脱力しながら椅子やソファに身を投げだした。

悠乃のうわずった声が反響した。「櫻木沙友理さんがやったんでしょ。わたしたちより先に、ひとりでダイニングルームに入っていったときに、きっと厨房にも足を運んで……」

由希がきいた。「厨房には池辺さんがいたんでしょ？」

池辺は目を剥いた。「ずっといたわけじゃないんだ。厨房の裏に小さな貯蔵室があるし、そこに出入りしてた。櫻木さんとやらが自分の食事を持ち去ったんだろうが、とても気づけなかった」

留美は身体を震わせていた。「そのときトリカブトを皿にまぶしたの？　でもカレースープが榎嶋さんのだって、どうしてわかった？」

　矢井田が硬い顔でつぶやいた。「榎嶋さんはインタビューで牡蠣アレルギーに言及した。『週刊新潮』の記事を読んだ人間なら、誰でも知ってる」

　悠乃がうなずいた。「櫻木沙友理さんは、担当編集者の榎嶋さんと親しかっただろうし、記事を読むまでもなく知ってたかも」

「さっき俺と池辺さんで、ビジネスセンターと外をたしかめたとき、櫻木沙友理の部屋にも立ち寄った。廊下のいちばん手前だからな。でも荷物だけ置きっぱなしで、彼女はいなかった。鍵もかけないままだ」

「まさか……逃げたとか？」

「島内にはいるだろ」

　誰もが口をつぐんだ。沈黙がつづくなか、異様に空気が張り詰めていく。そんな感覚があった。

　蛭山がぼそりといった。「櫻木沙友理さんのしわざじゃなかったら？」

　ふいに悪寒が駆け抜ける。李奈の身体も思わず震えた。

　渋沢が嫌悪をあらわにした。「年上で先輩なのを承知でいわせてもらう。無責任なエロ小説家は黙ってろ」

「まて」曽根が身を乗りだした。「考えてみればそれもありうる。櫻木さんが外をほっつき歩いてるからって、犯人ときめつけていいかどうか」

由希が驚きをしめした。「なにをいうの。櫻木さんは榎嶋さんと仲が悪かったんでしょ？ ほかの誰が榎嶋さんに恨みを持つの？ 小説家はみんな初対面なのに」

「本当に初対面かどうかはわからん。過去の因縁なんて他人に知るよしもない。食事が運ばれてくる前、厨房に立ち入った者は？」

矢井田が顔をしかめた。「よせよ」

「そうもいかん。事実の確認が重要だ。とにかくスープが厨房にあるうち、接近できた人は手をあげてくれ」

しばらくは無反応だった。やがて渋沢がためらいがちに手をあげた。「飯どころか、飲み物がでてくるのもやたら遅かった。だから急かしにいった。ほかにもみんな、かわるがわる厨房に立ち入ったろ？」

矢井田も同調した。手をあげながら周りに呼びかけた。「正直に認めたほうが、へんに疑われずに済むぜ？」

女性作家の三人も困惑ぎみに挙手した。矢井田と渋沢がじれったそうな目を蛭山に向ける。蛭山もうつむいたまま手をあげた。

いまだ挙手していないのは、李奈と優佳、曽根だけだった。

池辺が曽根を見つめた。「あなたも厨房をのぞきに来たでしょう?」

「ワインはないのかときにいっただけだ。ほんの一瞬だよ」

「いえ。俺が貯蔵室にいたとき、あなたが呼んだんです。厨房に顔をのぞかせると、あなたが立ってて、ワインはないのかときいた。その前の行動は不明だし……」

「わかったよ」曽根が憤然としながら手をあげた。「池辺さん。あんたこそずっと厨房にいた」

「俺は……」池辺は言葉を切った。渋々といったようすで挙手に転じた。

手をあげていないのは李奈と優佳、ふたりだけになった。みな状況を確認すると、仏頂面で手を下ろした。

曽根が隣のビジネスセンターを眺めた。「パソコンはネットにつながらないのか?」

「無駄だ」池辺が浮かない顔で応じた。「さっき矢井田さんと確認した。パソコンは表計算ソフトかなにかの専用で、そもそもオフラインだった」

「畜生」曽根は頭を掻きむしった。「死体は男ども全員で、裏の物置に運ぶとして、その先は……」

渋沢が蛭山にぴしゃりといった。「今度はちゃんとつきあえよ」

留美は青ざめた顔で周りにきいた。「みんなで一緒に、ここで寝たほうがよくない？」

悠乃が激しく首を横に振った。「ひとりずつ部屋に戻って、ちゃんと鍵をかけたほうがいいと思う」

みなそれぞれにうなずいた。曽根が腰を浮かせた。「死体を物置に運んでからは、あさってまでなにもせず、なんとか凌ごう。へたに外を出歩くのは危険だ」

矢井田が吐き捨てた。「櫻木が戻ってきても相手にするな。各自、自己責任で身を守れ。ったく榎嶋さんも榎嶋さんだよな。櫻木沙友理とどんだけ深い因縁があったのか」

優佳がうろたえながら問いかけた。「あのタブレット端末、明朝七時になにが表示されるの？」

小説家らが顔を見合わせた。女性作家のなかで年長の由希がささやいた。「たしかに気になる。あんな物が部屋に置いてあったのはなぜ？」

渋沢が神妙な面持ちになった。「俺も榎嶋さんにきいたけど、朝七時になればわかるといって、それっきりだった」

曽根は八人の小説家を見渡した。「作家先生たちの部屋には、みんなひとつずつタブレット端末があったわけか？」

八人がばらばらにうなずいた。李奈は曽根にいった。「明朝七時に扉が開くと書いてあって、ドアの画像が表示されてるんです。いまはまだタップしても無反応。電波も入らないみたいだし、そもそもネットブラウザが開けません」

「ひょっとして七時になったら、ネットがつながるってことは？」

「さあ……。そこになにか意味があるんですか？」

「俺にきいてもわからん」

蛭山がつぶやいた。「推理作家のふたりだけが容疑者から外れてるのか。よくできてる」

「ちょっと」優佳がむっとした。「それどういう意味ですか」

曽根が呼びかけた。「落ち着け。むやみに疑心暗鬼になるな。とにかくみんな、部屋に戻ろう。いまはそれしかできない」

矢井田も立ちあがった。「朝七時をまって、タブレット端末の画面を観るしかねえな」

留美と悠乃が腰を浮かせ、矢井田を追い越すように、自室への廊下を駆けていった。

由希もそれを追いかけた。蛭山も退室しようとしたとき、渋沢が咳ばらいを響かせた。ぎくっとして蛭山が立ちどまる。曽根が顎をしゃくると、男性陣はダイニングルームへ向かいだした。遺体を物置に移すのだろう。

優佳がふらふらと歩み寄ってきた。「李奈……。怖い。朝まで一緒にいない？」

変死体の前では、あるていど冷静さを保ったものの、いまになって恐怖にとらわれつつある。李奈は身体の震えがおさまらなかった。「わたしも優佳にそういおうと思ってた」

10

李奈は自分の部屋に籠もり、ベッドに仰向けに寝て、ただ天井を見上げていた。明かりは点けっぱなしだった。暗がりは怖い。

優佳も一緒に寝ている。ふたりともパジャマではなく、セーターとスカートの普段着に着替えていた。靴下も穿いている。いつでも起きだせるようにしておきたかった。

ふたりとも横になる前にシャワーを浴び、全身を丁寧に洗った。歯磨きもしっかり済ませた。まさかとは思うが、爪のあいだに毒が残っていて、それが口に入ることなどあってはならない。不潔恐怖症にも似た強迫観念からは、ようやく解き放たれたものの、いっこうに眠くならなかった。

「ねえ」優佳がささやいた。「李奈」

「なに？」

「トリカブトってさ……。いちおう調べたことがあるんだけど」

「わたしも」

「李奈も？やっぱりね」優佳がため息をついた。「日本を舞台にしたミステリだと、凶器とか毒とか、かなり制限されるもんね」

同感だと李奈は思った。「医師でないと手に入らない毒じゃ、設定の自由度が低いし」

「横溝正史の『八つ墓村』で初めて知ったの」

「わたしも。自然に群生してる毒の花なんて、まさか本当だとは思わなかった」

「実際にトリカブトを使った事件も、過去に起きてるんだよね？あの根っこに、毒がどれぐらい含まれてるかわかる？」

おぼろげな記憶を李奈はたどった。「小説を書いたときに調べたけど、たしか毒成分の三から四ミリグラムで致死量だとか。でもトリカブトは国内だけでも三十種以上あって、地域や季節によって毒性の強弱も変わるから、一概にいいきれない」

スマホがネットにつながれば、検索で難なく調べられるのだが、いまは記憶の断片を頼るしかない。たしか主な毒成分は、ジテルペン系アルカロイドのアコニチン。オスカー・ワイルドの『アーサー卿の犯罪』にもでてくる。ほかにもアコニンやメサコニチン、ヒパコニチン、アチシン、ソンゴリンなどの毒成分を含む。根に多くの毒を宿すと、文献に書いてあったように思う。

経口から摂取後、わずか数十秒で嘔吐(おうと)、呼吸困難、臓器不全を生じる。たちまち死に至る即効性がある。榎嶋はまさしくそうなった。

「でも」李奈はいった。「葉っぱをほんのちょっと粉状にすりつぶして、飲み物に混ぜて殺人を起こすって話を書いたら……。校閲のエンピツが入った。さすがに少なすぎるって」

「葉っぱや根っこが、どれぐらい口に入ったら致死量なの?」

「よくおぼえてないけど、葉っぱ一グラムで致死量になるはず。だけど葉っぱをすりつぶした粉末の分量に換算すると、かなり多くなっちゃうの。根っこも同じだったかな……。校閲スタッフが資料用に本のコピーを添付してた。『完全毒殺マニュアル』だっけ」

「えげつない題名……」

「むかしのサブカルって、行きすぎてたところがあったよね。トリカブトの具体的な使用法をネットで検索すると、その本しかでてこないらしくて」

「そこに根っこをすりつぶす方法も載ってた？」

「たしか掲載があったと思う。厨房に落ちてた粒の大きさなら、三十から四十ぐらいは必要じゃないかな」

「かなり多いね。そんなのをラップの下にまぶしておいて、電子レンジで温めたら、スープに溶けこむの？」

「さあ。アコニチンは水に溶けにくいって書いてあったと思うけど、根っこの粒がどうなるかは……」

優佳が寝返りをうってきた。にわかに声をひそめ優佳がたずねた。「ひょっとして、誰かの小説に書いてない？　トリカブトの毒について」

「きょうみんながくれた小説？」

「犯人が著書に、うっかり知識を露呈しちゃうこともあるかも」

「それ、櫻木沙友理さんが犯人じゃないって前提？」

「わかんない。でも櫻木さんにしたって、ずっとここに帰ってこないなんておかしいよ。なにかあったのかもしれない」優佳が深刻な面持ちでつぶやいた。「誰も信用できない……」

「単独犯じゃなくて、櫻木さんと誰かとか、複数の共犯もありうる」

「それならかえって好ましいよね」

なにが好ましいのか、ミステリ作家なら理解できる。〝ふたりの共犯〟であるなら、物証を処分せず、温存している可能性があるからだ。

ミステリのパターンのひとつだった。犯人にしてみれば、証拠をすべて処分してしまうと、秘密を知る者は自分と共犯者だけになる。よって口封じのため、共犯者どうしが互いに命を狙い始める事態におちいる。それを避けるため、物的証拠をどこかに隠しておく。いわば殺し合いにならないための保険だ。現実にはそんなふうに、都合よく展開してくれるとは思えないが。

李奈は通じないスマホの画面を見た。午前一時十三分。まだ七時は遠い。六人の小説家たちの著書を通じ、それぞれの内面を窺い知ろうとするのは、無駄な行為ではないだろう。

上半身を起きあがらせる。李奈は思いを口にした。「怖いのは渋沢さんかな。『未明の殺戮』って」

「蛭山さんも……。たぶん性犯罪とか小説にしてるんでしょ？　作中にトリカブトがでてきたりする？」

「あの人は本をくれなかったから……」李奈はベッドを抜けだし、旅行用のトランクのわきに目を向けた。とたんに困惑をおぼえる。「あれ？」

「どうかした？」優佳がきいた。

「みんなからもらった本……。ここに積んであったはずなのに」

しまいこんだのを自分でも忘れてしまったのだろうか。トランクを開けてみる。贈呈された本は一冊もない。李奈が持ってきた自著の残りだけだ。李奈は立ちあがり、室内をうろつきまわった。クローゼットやライティングデスクの引き出しも調べたが、本はすっかり消えていた。

なんともいえない薄気味悪さが漂う。李奈は優佳を見つめた。優佳も不安のまなざしを向けてきた。

「まさか」優佳がベッドから起きだした。「わたしのも……？」

「行ってみる？」

「怖いけど……。たしかめたい」

李奈は優佳とともに部屋の出入口に向かった。そっとドアを開ける。ほの暗い廊下にはひとけもなく、ただ静まりかえっていた。

　ふたりで寄り添いながら優佳のドアに近づく。優佳が鍵を挿しこんでひねる。解錠しドアを押し開けた。部屋のなかに立ち入る。

　室内を一見し、優佳が李奈を振りかえった。泣きそうな顔で優佳がささやいた。

「ない……」

「本当なの？」李奈は驚きとともにきいた。

「あのライティングデスクの上……。まちがいなく置いといた」

　いま机上にはタブレット端末があるだけだ。李奈は室内の真んなかに立ち、辺りを見まわした。優佳がずっと李奈の部屋にいたため、ここはまったく散らかっていない。蛭山を除く五人の小説家からもらった五冊の本。一冊でも床に落ちていればひと目でわかる。それが見あたらない。煙のごとく消えてしまった。

　李奈は不安に駆られた。「優佳。タブレット端末をとって。わたしの部屋に戻ろうよ」

「そうする」優佳がデスクに駆け寄り、タブレット端末をすくいあげるや、すぐにドアへと引きかえした。「なんで本がなくなるの？　しっかり鍵をかけてあったのに」

　ふたりで廊下を小走りに戻る。李奈の部屋に帰ってきた。隣の部屋に行き来しただけだというのに、もう疲労感がある。李奈と優佳はそれぞれタブレット端末を手にし、一緒にベッドに横たわった。

タブレット端末の画面をタップしてみる。やはりドアの画像が表示された。メッセージも変わっていない。〝翌朝七時、この扉が開く〟。それだけだった。ほかの操作はいっさい受けつけない。

「もう」優佳がタブレット端末で顔を覆い、涙声でつぶやいた。「なんなのこれ……。やだよ。なんでこんなことになったの？」

李奈は優佳の手にやさしく触れた。励ましの声をかけようにも、空虚な言葉しか思いつかない。なにもいえなかった。ふたりで身を寄せ合いながら、ただひたすら朝をまつしかない。

時間の経過が極端に遅く思える。スマホの画面で時刻を確認すると、まだ二時にもなっていない。だが緊張と苛立ちに、いつしか疲れがとって代わっていった。自然に瞼が重くなり、ほどなく目を閉じた。眠りを歓迎したい、そう願いながらも、恐怖心からまた目が開く。時刻をたしかめると、まだ数分しか経っていない。そんなことを繰りかえしながら、徐々に目を閉じていられる時間が延びていった。

浅い眠りから、いちど意識が戻った。午前五時すぎだった。優佳の寝息がきこえる。

身じろぎしたら起こしてしまうかもしれない。李奈は静止したまま、またも目を閉じた。じれったさが睡魔のなかに溶けていくのを、ひたすら待つしかなかった。

いつの間にかまた眠っていたらしい。ふいに優佳の声が呼びかけた。「李奈。起きて」

李奈ははっとして目を開けた。優佳の顔がのぞきこんでいる。窓の外はわずかに明るくなり、藍いろの空が見えていた。

優佳がいった。「もうすぐ七時」

ベッドの上で上半身を起こす。スマホの時刻は六時五十八分。優佳は隣りで俯せに寝そべり、タブレット端末の画面を凝視している。

いよいよ朝七時か。李奈も自分のタブレット端末をタップした。あいかわらずドアの表示。いまのところなんの変化もない。このタブレット端末の内蔵時計は、一秒の狂いもなく機能しているだろうか。ネットにつながっていないのなら、自動調整はおこなわれないだろう。早まるぶんにはむろん歓迎できるのだが。

六時五十九分を過ぎた。まだドアの表示は変わらない。三十秒が三十分に思える。驚くほど時が経つのが遅い。ようやく二十秒を切った。あと十五秒。十秒。五秒。四、三、二、一……。

タップせずとも、画像のドアがアニメーションで開いた。画面全体が真っ白になり、新たなメッセージが表示された。

昭和八年、太宰治が初めてそのペンネームで『サンデー東奥』に発表した小説は？

・逆行　・ロマネスク　・列車　・虚構の春　・魚服記　・道化の華

「はあ!?」優佳が声をあげた。「なにこれ？　クイズ？」

李奈は優佳のタブレット端末を見た。同じ文面が表示されている。ため息とともに李奈はいった。「答えなきゃ先に進めないってことね」

「『逆行』でいいんだっけ？」

「いえ。『逆行』は昭和十年、『文藝』二月号でしょ。太宰治のペンネームで、初めて発表したのは『列車』」

選択肢のなかから『列車』をタップする。正解したらしい。また新たな問題が表示された。

櫻木沙友理著『最期のとき』、聡美（さとみ）が弟の誕生日にプレゼントしたのは？

・プーマのスポーツタオル・ハンバーガーマグカップ・コンバースのペンケース

優佳がたずねてきた。「これたしか、ペンケースだったよね？」

「そう」李奈は『コンバースのペンケース』をタップした。また正解したようだ。

今度は井伏鱒二に関する問題がでた。その次は櫻木沙友理の『葵とひかるの物語』に関する問題。次いで川端康成についての知識を問われた。どうやら文豪と櫻木沙友理にちなむ問題が、交互に出題されるらしい。

五問目を正解したとき、画面が切り替わった。島全体の地図が表示された。

この島は東西に長い楕円形で、現在地のクローズド・サークルは、南端の埠頭近くにある。北西に延びる岬の先に、星印が点滅していた。そこには〝夕陽が見えるガゼボ〟と記されている。

優佳がベッドの上であぐらをかいた。「ガゼボって、東屋のことだよね？　公園とかによくある、屋根つきのベンチみたいなやつ」

「そこへ行けってことかな……？」

ふたりは沈黙した。ふいにドアをあわただしく叩く音が響き渡った。李奈の心臓は喉もとまで跳ねあがった。優佳もびくついた。

男性作家、矢井田の声が呼びかけた。「杉浦さん。いるのか?」

李奈の動悸は速まったまま、いっこうに落ち着かなかった。ベッドから抜けだし、急ぎドアに駆け寄る。解錠し、そっとドアを開けた。

廊下には矢井田と渋沢が立っていた。ふたりともダウンジャケットを羽織っている。揃って目の下にくまができていた。矢井田がきいた。「みんなからもらった本、部屋にあるか?」

「いえ」李奈は首を横に振った。「一冊残らずなくなってます。優佳のぶんも」

「やっぱり」矢井田が深くため息をついた。「俺と渋沢もそうだ。ほかの連中もかな?」

渋沢が李奈を見つめた。「タブレット端末、表示を見たか?」

「へんなクイズのあと、北西の〝夕陽が見えるガゼボ〟に星印が……」

矢井田がうなずいた。「みんな同じだな」

すると渋沢がからかうようにいった。「あんたは途中でクイズの答えをまちがえて、ドロップアウトだったじゃねえか」

「いいんだよ。正解者はみんな〝夕陽が見えるガゼボ〟だろ? きっとゴールは同じだ」

　李奈は当惑とともにたずねた。「そこへ行くべきなんでしょうか?」

「単独行動は危険だ。みんなで一緒に準備しよう。リビングルームで落ち合うか、五分後に」

「わかりました」李奈はドアを閉めた。

　室内を振りかえると、優佳がさも心細げに、ひとりたたずんでいた。

　物怖じする小鹿のような表情で、優佳が問いかけた。「外にでないほうがよくない? 櫻木さんが待ちかまえてたらどうする?」

　李奈はクローゼットを開け、コートをとりだした。『そして誰もいなくなった』の最初の五人は、みんな屋敷のなかで犠牲になった。序盤は外のほうが安心かも」

「……なんか李奈、変わったね。肝が据わったっていうか」

　じっとしていても状況は打開できない。このところの経験から、それを学んだ。李奈はコートを羽織った。「なんなのか知らないけど、このアガサ・クリスティーごっこから生きて帰らなきゃ」

11

李奈は優佳とともにリビングルームに赴いた。全館暖房らしく、ここも部屋と同等に暖まっている。そろそろ夜明けだ。窓を覆うレースのカーテン越しに、薄明かりが室内に届いていた。

リビングルームにいた男女は、四十代の作家ふたり、蛭山庄市と篠崎由希だった。それぞれ離れた場所に腰かけている。ふたりの共通点は、もともと肥満ぎみなうえ、防寒のため着膨れしていることぐらいだ。由希はすぐに立ちあがり、李奈たちに気遣いのまなざしを向けてきた。対照的に蛭山のほうは、不愉快そうにそっぽを向いた。

由希がきいてきた。「ふたりとも怖い目に遭わなかった？　わたしの部屋には泥棒が入ったみたいで」

優佳が由希を見つめた。「みんながくれた本ですよね？」

「あなたたちも……？」由希が怯えきった顔になった。「ああ、でもなんでこんなことに……。ディナーのあいだも、部屋のドアには鍵をかけてあったのに」

「池辺さんは合鍵を持ってたんでしょうか？　いちおう管理人も兼ねてる人ですよ

ね？」

「さあ。さっきまでここにいたんだけど、話しかける余裕もなくて」

廊下から矢井田と渋沢が姿を現した。矢井田が妙な目で室内を見まわした。「ほかの連中は？」

由希が応じた。「悠乃さんと留美さんは、先に出発しちゃって……。待つようにいったんだけど」

「あいつら」矢井田が苛立たしげに頭を掻いた。「集団行動を原則にしようって、さっき確認しあったばかりだぜ？」

渋沢が由希にたずねた。「池辺さんや曽根さんは？」

座ったままの蛭山がぼそぼそといった。「女の作家ふたりがでかけてから、しばらく経って、カメラマンとバイト管理人もでていった」

由希もうなずいた。「悠乃さんと留美さんをほうっておけないって」

「ったく」矢井田が憤然と吐き捨てた。「どいつもこいつも身勝手きわまりねえな。俺がガキのころでも登下校の足並みぐらい、みんな揃ったもんだ」

すると蛭山が鼻を鳴らした。

「なんだよ」矢井田は食ってかかった。「エロ小説家のおっさん。なにかいいたいことあんのか」

渋沢も同調した。「みんなの部屋から本を盗んだのは、蛭山さんじゃねえのか。ひとりだけ本を持ってこなかったせいで、爪弾き(つまはじ)にされた腹いせによ」

優佳が苦言を呈した。「いまはそんなことといってる場合じゃないでしょ。早く行こうよ。ガゼボとやらになにがあるのかたしかめなきゃ」

矢井田はじれったそうにいった。「ああ、そうだな。蛭山さん、あんたもさっさと立て。さあみんな、でかけるぞ。はぐれるなよ」

六人はひとつのグループとなり、建物のエントランスをでた。上空に朝焼けがひろがっていた。空気は冷えきっている。吐息が煙のごとく白く染まる。芝生にも霜が降りているのが見てとれた。

凍りついたウッドデッキから地面に降り、平屋を裏手へと迂回(うかい)する。大きなスチール製の物置があった。スライド式のドアは固く閉ざされている。

渋沢が物憂げにつぶやいた。「榎嶋さんはあのなかだ」

由希は立ちどまり、物置に向かい両手を合わせた。李奈も同じようにした。優佳は先を急ぎたがっていたが、なにもしないのは後ろめたく思えたらしい、やはり合掌し頭(こうべ)を垂れた。

男たちは先に進んでいた。矢井田が振りかえった。「急げよ」

優佳が不満げにささやいた。「罰当たりな奴ら」

きこえたようだ。矢井田が背を向けながらいった。「俺たちはゆうべ遺体を運んだときに、お悔やみは済ませたんだよ」

一行の歩が自然に速まる。物置から遠ざかりたい心理は、誰もが同じらしかった。

緩やかな小径がつづく。木立のなかに入った。リゾートアイランドだけに散策ルートが敷かれている。未舗装ではあっても、足場の悪い箇所はなかった。

とはいえこの先どれぐらい歩くのだろう。小さな島なのは承知しているが、実際の面積までは知らない。公式サイトには表記があったにちがいない。さっきタブレット端末に表示された地図にも、隅に縮尺が載っていた。しかしどちらもよく見なかった。

李奈はきいた。「場所はわかるんですか」

先を歩く矢井田が振り向きもせず応じた。「きのう渋沢と散策したとき、岬のガゼボを見た。一キロもないと思う」

南端から北西の岬まで一キロ弱か。たしかに小さな島だ。周回も四キロていどだろう。整備が行き届いている。いまがオフシーズンというだけで、例年きちんと手入れされるらしい。

だが櫻木沙友理はどこへ行ったのか。極寒のひと晩を屋外でどう凌いだのか。あるいは宿のほかにも建物があるのだろうか。

優佳も同じことを考えていたらしい。疑問を口にした。「櫻木さん、凍死してない？」

渋沢が淡々と答えた。「島に来たときには、でかいリュックを背負ってたはずが、部屋には残ってない。寝袋かひとり用のテントぐらい収まってそうだった」

由希が優佳にいった。「わたしも見た……。小さな身体なのに、荷物はやけに多くてね」

「櫻木さんと話しましたか」優佳が由希に問いかけた。

すると由希がスマホを差しだした。静止画が映っている。クローズド・サークルの前、由希が見知らぬ若い女と一緒に写っていた。

冬場だというのに、若い女は白いワンピースの薄着、麦わら帽子をかぶっている。大きなリュックサックを背負っていた。色白の細面で、童顔という印象はあるものの、目つきがきりっとして鋭い。

会ったことはない。だがなぜか櫻木沙友理だと直感的にわかった。大学の文芸サークルによくいそうな、内向的ながら頑固な性格の持ち主にも思える。少なくとも社交的な態度はしめしていない。アイシャドウが妙に濃いせいもあるだろう。美人にはちがいないのだが、お洒落の感覚は世間からずれているようだ。

　胸騒ぎがしてくる。ふしぎなことに、ずっとむかしに見たおぼえのある顔、そんなふうに思えてきた。デジャヴだろうか。

　由希がため息をついた。「この記念撮影のあと、荷物を持ってあげましょうかときいたんだけど……」

　李奈は由希を見つめた。「櫻木さんはどんな反応を……?」

「うるせえババア。それだけ」

　矢井田と渋沢が歩きながら笑った。渋沢がスマホをいじり、画面を向けてくる。彼らふたりと櫻木沙友理のスリーショットだった。埠頭から丘に上るスロープの途中だとわかる。沙友理はいっそう不機嫌そうな顔をしている。

　渋沢がぼやいた。「俺たちへの態度も似たり寄ったりだった。見た目はそう悪くない女だけど、なんであんな尖ってんだか」

「でもよ」矢井田がいった。「『週刊文春』が書いてるほど、ルックスに恵まれちゃいないよな。印象は記事のとおりでも、アイシャドウが濃すぎだぜ? すっぴんなら平凡な顔だ」

「写真集の撮影だってのに、プロのヘアメイクを拒否して、自分でやるといったたってよ。でもこのへんてこなアイシャドウだろ？　頭のネジが飛んでる」

「あんな小説は、どっか異常でなきゃ書けねえ」

李奈は困惑を深めた。やはり以前に見た顔に思えてならない。ところが会ったという実感はまったくない。

もちろんこの島にいる女性たちとは、似ても似つかないばかりか、体型もなにもかもちがう。なぜこの顔が記憶に残っているのだろう。いったいどこで目にしたのか。

「なあ」矢井田が一同に声を張った。「俺たちはみんな、応募した短編が榎嶋さんに評価されて、面接に進んだ。合格通知を受けとって、この島に招かれた。でもそれはなんのためだ？」

優佳が顔をしかめた。「なんのためって、合格祝いと今後の説明会だって書いてあったじゃん。榎嶋さんが懇切丁寧に指導して、いちばん脈のある人材を、ベストセラー作家として売りだす。そんな予定だったんでしょ」

渋沢が鼻で笑った。「この事件をノンフィクション本にまとめたほうが、ベストセラーを狙えるかもな」

矢井田がちらと振りかえった。「杉浦さんは前にそういう本をだしたよな？　あれ売れたのかよ」

　李奈は投げやりに応じた。「売れてません」

　沈黙が生じた。矢井田が世間話のような口調でいった。「どうにもわからん。俺たちは本当に、櫻木沙友理の後継作家候補なのか？　なんで中年エロ小説家が選ばれてる？」

　蛭山が小声で抗議した。「言葉に気をつけろよ」

　矢井田と渋沢は揃って笑った。身体ごと振りかえった矢井田が、後ろ向きに歩きながらいった。「蛭山さん。あんたがいるおかげで、どうも胡散臭く思えて仕方がねえ。俺たちは櫻木沙友理への当て馬、もしくは噛ませ犬じゃねえのか？」

　優佳がうんざりした顔できいた。「どういう意味ですか」

「ディナーの席での榎嶋さんの言動だよ。櫻木沙友理との対立をカミングアウトしながら、じつは未練たっぷりだった。できればビジネス上の関係を取り戻したいと思ってたんだろう。だから大勢の後継候補を島に呼び、櫻木に揺さぶりをかけた。いうことをきかないと、おまえは用なしになっちまうぞ、ってな」

「榎嶋さんは櫻木さんを改心させたかっただけで、わたしたちを育てるつもりはなかったってこと？」

「もちろんそれなりに芽がでそうなら、爽籟社で出版するつもりはあったんだろう。だが今後も頼みの綱は櫻木沙友理だったんだ。写真集を撮るあいだ、なだめすかして説得を試みる。俺たちはそのためのこけおどしさ」

「まさか。あんなに大々的に募集して、この島で歓待までして……」

「爽籟社もいまは金がある。櫻木沙友理は異常な性格の持ち主だからな。説得のためのお膳立(ぜんだ)てが、どんどんエスカレートしちまったんだろう」

「それが本当なら」優佳の憂いの目が李奈に向いた。「わたしたち、巻き添えを食っただけじゃん」

そのとき矢井田が行く手を見つめ、ふいに手をあげた。「おい。あれは……。池辺さん！　曽根さん！」

木立のなかを延びる小径に、ふたりの男が先行していた。ダウンジャケット姿の曽根と池辺が、揃って立ちどまり振りかえった。矢井田と渋沢が小走りに駆けだした。置き去りにされるわけにはいかない。李奈たちもつづかざるをえなかった。

一行は曽根と池辺に追いついた。四十代の由希と蛭山が、荒い息遣いを響かせる。

矢井田が嚙みついた。「曽根さん。なんで先に出発した？」

カメラマンの曽根は一眼レフを首から下げていた。「女性作家がふたり、先にでかけたと知って、ほうっておけないと思ったんだよ」

「こっちもほっとかれちゃ困る。そのカメラは？」

渋沢は探るような目を池辺に向けた。「あんたさ、合鍵持ってる？」

「なにかあったら撮るつもりだ」

「いちおう預かってた」池辺が困惑のいろをのぞかせた。「でもどっかにいっちまった」

「なくしたのか？　どういうことだよ」

「ゆうべはディナーの準備に忙しくて、合鍵は厨房のテーブルに置きっぱなしだった。誰かが持ち去ったんだ」

「ほんとか？」

「なんだよ」池辺は口をへの字に曲げた。「なぜ疑う？」

「俺たちが交換し合った本が、部屋から消えてる」

「本？　悪いけどな、俺は読書になんか興味ねえ」

由希が穏やかにいった。「池辺さん……。いちおうわたしたちの世話を焼いてくださるお仕事よね？　もうちょっと言葉遣いに気をつけてもらえないかしら」

「悪かったな、おばさん。俺はただの短期バイトなんだよ。やめときゃよかったと後悔してる。サイコパスの殺人事件に巻きこまれるなんてな」

李奈はたずねた。「サイコパス？」

「ああ」池辺が語気を強めた。「櫻木沙友理ってのはサイコパスだろ？　小説家と編集者のいざこざが、殺しにまで発展しちまうとはな。やっぱ巨額の金が動く世界はろくなもんじゃねえ」

矢井田がつぶやいた。「ちがいねえな。サイコパスだからあんな小説が書けるんだよ」

渋沢もうなずいた。「人をうならせるほどの芸術家は人格破綻者だ。櫻木沙友理もそんな女だ」

会話は途絶えた。一同は黙々と木立のなかを歩いていった。李奈はなにもいえずにいた。不安が募る一方だった。警戒心が高まり、やたら敏感になる。風が吹きすさび、裸木の枝を揺らすたび、櫻木沙友理が現れるのでは、そんな恐怖に駆られる。

やがて木立を抜け、ふいに視界が開けた。緩やかな上り坂、草地の幅は狭まっていき、大きな船の舳先のように尖っている。行く手は長さ百メートルほどの岬だった。

潮風が強く吹きつけてくる。けさの瀬戸内海は荒れていた。海原は隆起と沈降を繰りかえす。白い波飛沫がそこかしこに立つ。

曽根が歩きながら海を眺めた。「筏を作って島を脱出するのは無理そうだな」

矢井田は首を横に振った。「冗談だよな？　俺はそんなもんに乗りたかねえ。もし犯人が櫻木沙友理じゃなかったら、筏の上じゃ逃げ場なしだ」

また心が細る。安全を意図しての集団行動のはずが、同行者まで危険な存在に思えて仕方がない。優佳が手を伸ばしてきた。李奈は優佳と手を握りあった。朝の気温の低さにもかかわらず、ふたりともてのひらに汗をかいていた。

岬の途中に小さな建造物があった。ドーム型の屋根を備え、ギリシャ建築風の柱が支える。鉄筋コンクリート造のようだ。屋根の真下に、やはりコンクリート製のベンチが、円形に設置されている。その真んなかに、ダウンジャケットを着たふたりの女性が立っていた。

先頭の男たちが駆けだした。またも李奈らは追いかけざるをえなかった。視界にぽつんと存在していたガゼボが、ぐんぐん大きく見えてきた。安藤留美と秋村悠乃の顔も視認できるようになった。ふたりとも憂いのいろを浮かべている。

一行はようやくガゼボに達した。矢井田が真っ先にふたりの女性を怒鳴りつけた。「なんで勝手にでかけた!?　リビングルームで待ち合わせようといったろ」

二十代の留美は申しわけなさそうな表情になったが、三十代の悠乃はむっとした。

年下の態度が気に障ったらしい。悠乃は矢井田を睨みつけた。「タブレット端末はそれぞれに与えられてたでしょ。正解者から順にここへ来てもおかしくないはず」

「俺たちをだし抜こうとしたのか？　無事に島をでる方法がここにあったとしたら、真っ先にありつくつもりでよ」

「なにその言い方。人聞きの悪い……」

曽根が仲裁に入った。「まった。それで安藤さん、秋村さん。なにか見つかったのか？」

悠乃はばつが悪そうに下を向いた。留美も首を横に振った。

渋沢がため息をつき、ガゼボに立ち入った。「探そう」

全員がガゼボのなかをうろつきだした。身をかがめ、ベンチの脚もとをのぞいてまわる。李奈はたちまち途方に暮れた。ちっぽけなガゼボだ。しかも吹きっさらしで、ベンチ以外には特に設置物もない。鳥の糞ばかりがこびりついている。

ガゼボの向こう、岬の先端側には、視界を遮る物はなにひとつない。

ふとひとつの思いが頭をかすめた。屋根の下で李奈はいった。「ひょっとしてタブレット端末を持ってくるべきだった？」

優佳が残念そうな顔になった。「あー。そうかも。ここに持参してれば、なにか反応があったかもね。ポケモンGOみたいに」

　矢井田も唇を嚙んだ。「部屋に置いてくるなんて非常識だったたな。誰か持ってきてないか?」

　小説家らは困惑のいろを浮かべた。李奈と同様、みな急いで外にでたい一心だったのだろう。

　カメラマンの曽根が嘆いた。「なんだよ? 誰かひとりぐらい、タブレット端末を携えてきそうなもんじゃねえか。小説家のくせに頭が働かなかったのか?」

　作家陣がいっせいに抗議の声をあげた。全員ではない。蛭山は黙々と捜索をつづけている。李奈もそれに倣った。口論している場合ではない。なにも発見できなければ、タブレット端末を取りに戻るだけだ。

　ふと頭上を仰いだ。屋根の裏側、なにかが目にとまった。李奈は指さした。「ねえ、あれなに?」

　亀裂に紙が挟まっているように見える。ただし高さがそれなりにある。李奈はベンチの上に立った。手を伸ばしたが、まだ一メートルほども足りない。

　曽根もベンチに上ってきた。両手を組み合わせ、低い位置にかまえる。「足場にしろ」

李奈はそこに足をかけ、大きく伸びあがった。曽根が両手を持ちあげ、李奈の身体をリフトアップした。

垂直方向に腕を伸ばす。指先が届いた。亀裂から紙を抜きとった。曽根がゆっくりと両手を下ろす。李奈はガゼボの床に飛び降りた。

四つ折りの紙、開いてみると一枚の便箋だった。男らしく力強い字が並んでいる。かなり達筆でもある。

一同が周りを囲み、手紙をのぞきこんだ。優佳がきいた。「榎嶋さんの書いた物？」

由希が財布をとりだし、一枚のメモ用紙を引き抜いた。「これ、榎嶋さんの字」きのう榎嶋が書いた、島内にいる全員の氏名一覧だ。便箋の字と見比べたが、同一の筆跡だとわかる。これは榎嶋からの手紙だった。

この手紙をご覧になった貴方へ

朝早くから酔狂な試みを申し訳ない。しかしどうしてもお伝えしたいことがある。

これまでいっさい事実を明かせなかった。じつは櫻木沙友理という女性は、あの作風から想像しうるように、極度の異常性格者である。彼女は類い希なる創作者だが、同時に反社会性パーソナリティ障害という、もうひとつの顔を持つ。度重なるマスコミの取材攻勢を受けながら、彼女の素性を公表できなかった理由はそこにある。

貴方がこれを読んでいるからには、私の身になにかが起きている。なぜなら、けさ七時に私が無事だった場合、私は貴方より先にこの手紙を回収するつもりだからだ。したがって文面が貴方の目に触れることはない。タブレット端末の表示だけが貴方へのメッセージになる。

これはイベントではない。私がこの手紙に綴っていることは正真正銘、すべて事実である。くれぐれも冗談などと思わないでほしい。貴方の身があまりに危険だ。

このようなかたちでしか警告を発せられない。彼女は私のすぐそばにいて、絶えず監視の目を光らせているせいだ。

櫻木沙友理とともに、貴方を含む小説家諸氏をこの島に招いたのは、大きな過ちだったと認める。私が新たな小説家の育成をきめたのも、櫻木沙友理によきプレッシャーを与えるためだったが、どうやら失策に終わった。彼女は激昂し、いまや手がつけられなくなった。

きょうはもう二日目だ。明日、迎えの船が来るまで、警戒を怠らないでほしい。無事に帰れることを祈っている。このような緊急事態を生じさせてしまい、心からお詫び申しあげる。

E・Y

また心拍が急加速していく。途方もない不安を抱えながら顔をあげる。優佳が恐怖のいろを浮かべていた。ほかの全員が同じ表情だった。朝の陽射しが赤く照らすなかでも、なお蒼白とわかる。誰もが絶句していた。

池辺がうわずった声でいった。「帰ろう」

みなそれぞれガゼボから立ち去りだした。自然に歩が速まる。矢井田が呼びかけた。

「離れるな。ひとりじゃ危険だ。集団行動に徹しろ」

そういいながら矢井田と渋沢は、ほとんど全力疾走も同然に駆けだした。みな必死で後を追わねばならなかった。李奈も優佳と手をつなぎ、がむしゃらに走った。木立に入るや周囲が気になる。どこから櫻木沙友理が現れるかわかったものではない。

猜疑心を抱くのは怖がりなせいかもしれない。だが榎嶋の直筆による警告があった以上、取り越し苦労とは思えなかった。漫然と島内を歩いてはいられない。一刻も早くクローズド・サークルに戻りたい。真相など判明しなくてもいい。ただ無事に明日を迎え、この島を去りたい。

12

辺りがどんどん明るくなっていく。鳥のさえずりがきこえる。木立を抜けると、クローズド・サークルなる平屋、その裏手が見えてきた。忌まわしい物置も目に入る。

一行は息を切らしながら走りつづけた。建物の脇を迂回し、正面へと向かう。

李奈も優佳と手をつなぎ、死にものぐるいで駆けていった。何度となく足がもつれ、転倒しかけたものの、ふたりで助けあいながら先を急いだ。早く部屋に閉じこもってしまいたい。明日まで二度と外にでたくない。

ようやく平屋のエントランス側にまわりこんだ。先頭集団はもうカバードポーチの下に達しようとしている。だが矢井田が足をとめた。建物の前にある郵便受けを振りかえる。

「おい」矢井田がつぶやいた。「変じゃないか……?」

ふと李奈の歩は緩んだ。かまぼこ型の郵便受けを見つめた。たしかにおかしい。蓋の開閉をしめす小さな旗が、なぜか垂直に立っている。

優佳がじれったそうに手を引いた。「早くなかに入ろうよ」

「まって」李奈は郵便受けに向かった。

矢井田も近づいてきた。優佳を含め三人が郵便受けに群がったからだろう、ほかの面々も気になったらしい。誰もが遠巻きに見守る。

開けるのが怖い。李奈が躊躇していると、矢井田が意を決したように手を伸ばした。把っ手を引き、郵便受けの蓋を開けた。

一見なにもないように思えた。だがよく目を凝らすと、切手大の物体が横たわっていた。矢井田が指先につまんだ。SDカードだった。

李奈は矢井田と顔を見合わせた。なんともいえない不気味さが漂う。矢井田が平屋に走りだした。李奈は優佳とともに追いかけた。一同がなにごとかと後につづく。

ウッドデッキにあがりエントランスを入る。リビングルームから隣のビジネスセンターに向かった。デスクトップパソコンの電源は落ちていた。矢井田が椅子に座るや、SDカードをスロットに挿す。ただちにパソコンを起動させた。

一同が室内にひしめきあい、パソコンを囲んだ。モニターにアイコンが並んだ。矢井田がマウスを操作し、SDカードに記録されたデータを開く。

なかにはふたつのファイルがあった。ひとつはテキストファイルで〝Read me〟と題されている。もうひとつはワードファイルで、こちらには書名のようなタイトルがついていた。『更生の行方』とある。

矢井田はカーソルをテキストファイルに合わせた。クリックするとウィンドウが開いた。簡素な文面が表示された。

直筆の感想文を郵便受けに入れておいてください。適切な感想文を書けた人だけが、榎嶋さんと同じ運命を回避できます。郵便受けを見張ることなく、各自の部屋で待機してください。
対象者＝小説家のみ　〆切(しめきり)＝正午

誰もが絶句していた。暖房に異常はないにもかかわらず、室内の温度が下がったかに感じられる。

留美が震える声でささやいた。「なんなの……？　感想文って？」

矢井田はマットの上にマウスを滑らせた。「たぶんこのワードファイルだろうな」

クリックとともにワードファイルを開く。最初のページには書名と著者名が表示された。

更生の行方

櫻木沙友理

ビジネスセンター内にはため息ひとつきこえない。全員が息を呑んでいるのがわかる。

矢井田の操作により、モニター内の文書がスクロールされた。小説だった。左下に表示された数値によれば、十五万字以上に及ぶ長編になる。文庫に換算すれば三百二十ページぐらいか。

いったんファイルが閉じられる。矢井田が右クリックでファイルのプロパティを確認した。モバイル機器専用のOSにより作成されたファイルとわかる。櫻木沙友理はノートパソコンを携帯しているのだろう。

悠乃が嗚咽を漏らし、しゃくりあげながらつぶやいた。「感想を書けだなんて……」

年上の由希が悠乃の肩を抱き寄せた。「正午までに書くの？　パソコンが一台しかないのに、みんなで読むのは無理でしょ」

「いや」矢井田が腰を浮かせた。「ケーブルがプリンターにつながってる。印字さえできれば……」

渋沢がロッカーを開けた。なかから未開封のA4コピー用紙の束を、次から次へと複数とりだし、机の上に積みあげた。ため息とともに渋沢がいった。「そこの棚を見ろよ。インクカートリッジの箱もたっぷりある。ごていねいにクリップも」

全文を印刷した原稿の束を、八人の小説家全員に行き渡らせることも可能だ。直筆の感想文もコピー用紙に書けばいい。

悠乃の目に涙があふれていた。鼻の頭が真っ赤になっている。「適切な感想文ってなによ？　櫻木さんが選んだ一名だけが生き残るってこと？」

留美が激しく首を横に振った。「ちがうでしょ。一名だなんて書いてない。ちゃんと書けた人は全員助かる」

「ちゃんと書けた人？」悠乃は泣きながら笑いだした。「誰が判断するの？　櫻木さんのさじ加減ひとつじゃないの。こんなの馬鹿げてる。やってられない」

「落ち着いて。悠乃さん」

「ふざけないでよ！」悠乃の顔全体が紅潮しだした。「厨房(ちゅうぼう)の料理を食べなきゃ危険はないんでしょ。わたし、持ってきたお菓子で明日(あした)まで凌(しの)ぐから」

蛭山が醒(さ)めた顔でぼそりといった。「毒殺じゃないかも」

室内は静まりかえった。悠乃が両手で顔を覆った。肩を震わせながら噎(むせ)び泣いた。

留美が憤りをあらわにした。「蛭山さん。怖がらせないでよ」

不満げに蛭山が黙りこくった。ふてくされたように視線を逸らす。

そんななか池辺が軽い口調でこぼした。「対象は小説家だけか。俺は関係ないな」

一同が池辺を睨みつけた。とりわけ渋沢が憎悪のまなざしを池辺に向けた。「厨房で昼飯の準備をするって？　毒を盛る皿、まちがわねえように頼むぜ」

「おい」池辺が表情を険しくした。「そりゃどういう意味だ」

「べつに。冗談だよ」

「冗談でもいっていいことと悪いことがあるだろうが！」

池辺が渋沢につかみかかる。矢井田が割って入った。女性作家らがうろたえだした。悠乃は泣きじゃくっている。室内は混乱するばかりだった。

宿の名はクローズド・サークルだが、アガサ・クリスティーばりのミステリというより、ポピー・Z・ブライトの『絢爛たる屍』に近い。異常者に追われるばかりのスプラッター・ホラー。そんなシチュエーションと解釈するほうがしっくりくる。

李奈は提案した。「早く印刷を始めたほうが……。時間もないし」

矢井田がコピー用紙の包装を破りだした。「そのとおりだ。まずは人数ぶん印刷しなきゃ話にならねえ」

状況が落ち着いてきた。池辺が憤然と隅の椅子に腰かけた。渋沢は池辺に目もくれず、紙の束をプリンター内に補充した。インクカートリッジのセットも終える。

矢井田が印刷開始のボタンを押した。プリンターが唸りながら作動を開始する。印字した一ページ目、書名と著者名が吐きだされた。次いで本文がでてくる。横向きにしたA4の紙に、縦書きでびっしりと印刷されている。そんなページがどんどん積みあがっていく。

靴音があわただしく駆けこんできた。カメラマンの曽根が息を切らし、一同に問いかけた。「封筒を見なかったか。少しかさばってるやつ。杉浦さんは知ってるだろ、きのう外で榎嶋さんがくれた……」

李奈は応じた。「櫻木沙友理さんを撮影するときの注意事項とか……?」

「そう、それだ。きのう外のテーブルに置いてから、照明機材をバラしたとき、封筒も一緒に回収したと思ってた。でもよく考えてみると、手にとったおぼえがないんだ。いつの間にか消えてた気がする」

渋沢が鼻で笑った。「そんなの誰が持ってくんだよ。撮影時の注意事項?」

「モデルへの光の当て方や角度だろうと考えてたが」曽根は真顔になった。「案外もっと重要な内容だったのかもな。櫻木沙友理にとって知られたくないなにかが、あれに載ってたとしたら……」

また重い沈黙がひろがった。李奈は曽根にたずねた。「封筒の中身、まだご覧になってないんですか」

「ああ、見てない。モデルに会ってから見ればいいと思ってた」

矢井田が硬い顔を曽根に向けた。「いつ抜けだしたんだ?」

「なに?」

曽根が矢井田を見かえした。「なんのことだ」

「いまだよ。集団行動をとるべきなのに、いつの間にかひとりでこの部屋をでてた」

「あのな、俺はカメラマンだ。ふと封筒のことが気になり、部屋に探しに行った。取りこみ中すまなかったとは思う。だがいまきみらの懸念材料は、小説家だけが対象だろ?」

「よく知ってるな」

「きみがファイルを開くとこまでは一緒にいた。関係ないと思ったから、いったん退室したんだ」

「あんたに直接関係なくても、櫻木沙友理からの脅迫文だとはわかっただろ。気にならなかったのかよ」

「気になったからこそ封筒を重要視したんだ」

矢井田がむっつりと黙りこくった。口論は途絶えた。険悪な空気が部屋に充満している。重い静寂のなか、プリンターの作動音だけが響き渡った。

全文印刷が終わった。原稿の最初の束ができた。感想を書く時間を考慮すれば、早く読み始めたほうが有利になる。八人の小説家はジャンケンをした。勝者は悠乃だった。悠乃は目を赤く泣き腫らしていた。

クリップでとめた原稿の束が悠乃に渡された。憂鬱な面持ちで、自分の部屋に戻る、悠乃はそういって退室した。

プリンターの印刷はつづいた。ジャンケンの順番により、二番目の原稿の束を受けとるのは渋沢にきまった。刷りあがった原稿の束を携え、渋沢は立ち去りかけた。

「リビングで読むか。ほかのみんなも、そうしたほうがよくねえか?」

ところが渋沢が部屋をでるより早く、悠乃がまたドアに姿を現した。茫然とした表情で悠乃がささやいた。「タブレット端末……。なくなってる」

一同が視線を交錯させる。誰もがいっせいに動きだした。作動中のプリンターを後にし、リビングから廊下へと急ぐ。李奈と優佳もそのなかにいた。いちばん奥にあるドアに向かう。李奈は鍵を開け、優佳とともに入室した。

ベッドの上を見た。タブレット端末はそこに置いてあったはずだ。優佳も朝まで一緒に過ごした。退室前、ふたつのタブレット端末は、たしかにベッド上に残していった。

だがふたつとも消え失せていた。李奈は部屋のなかをあたった。狭い部屋だけに、捜索は一分とかからなかった。タブレット端末はどこにもない。

優佳が潤んだ目でつぶやきを漏らした。「どういうことよ、これ……」

廊下が妙に騒がしい。李奈は優佳とともに部屋をでた。

小説家たちは廊下にひしめきあっていた。矢井田が池辺の胸倉をつかみ、額に青筋を浮かべながら怒鳴った。「てめえ、いい加減にしろよ！　いったいなんのための鍵だよ⁉」

池辺が矢井田の手を振りほどこうともがく。「俺にはわからんといってるだろ。ただのバイトだ」

「管理責任はあんたにあるんだろが。合鍵をなくしやがって、いったいなんの役に立ったっていうんだよ、あんたは⁉」

曽根があいだに入り、力ずくでふたりを引き離した。「よせよ。それより探せるところを探そうぜ？」

矢井田がなおも怒りに満ちた顔でいった。「なら櫻木沙友理の部屋だ。鍵は開いてる」

一同が足ばやに廊下を引きかえす。李奈と優佳もつづいた。リビングルームに最も近い客室のドアだった。矢井田が乱暴に開け放った。全員がぞろぞろと立ち入る。

ベッドには寝た痕跡がない。旅行用トランクがひとつだけ置かれている。ほかに荷物はなかった。櫻木沙友理は大きなリュックを背負っていたらしい。重要な物はそこに詰めこみ、屋外でひと晩野宿したのだろうか。

渋沢が躊躇なくトランクを開けた。なかにはブランド物の箱ばかりが収まっていた。エルメスやヴィトン、シャネル。着替えやパジャマも最高級の新品を用意してきたようだ。かまわず男の手でつかみだし、ベッドの上に放りだす。女性陣は眉をひそめたものの、苦言を呈したりはしなかった。死者がでている。この期におよんで遠慮は無用、内心では誰もがそう思っている。

タブレット端末はひとつもなかった。代わりにトランクの底には、櫻木沙友理の著書が収めてあった。『最期のとき』が四冊、『葵とひかるの物語』が四冊。計八冊。八人の小説家に贈呈するつもりだったのだろうか。

みな複雑な表情になった。李奈も困惑せざるをえなかった。櫻木沙友理の意図がまるで判りかねる。

スマホや手帳、財布などはない。情報を得られそうな物は皆無だった。一同は浮かないようすで退室しだした。

李奈と優佳も集団行動に加わっていた。廊下をリビングルーム方面に向かおうとする。ところが蛭山ひとりだけは一行から外れ、廊下を逆方向に歩いていった。

渋沢が呼びとめた。「蛭山さん。どこへ行くんだよ。ジャンケンの順番じゃ、次に刷りあがった原稿はあんたのだ」

「知るかよ」蛭山は振りかえらなかった。「俺はつきあわない」

「なにいってる? つきあうとかつきあわねえとか、そういう問題じゃねえんだ」

「俺は読まない。感想も書かない。もうほっといてくれ!」蛭山は吐き捨てると、自室のなかに消えていった。ドアが閉ざされ、施錠の音が響く。

舌打ちした渋沢が悪態をついた。「万年エロ小説家が。勝手にしろ」

ぎすぎすした空気が漂う。蛭山を除く全員が、いったんビジネスセンターに戻った。

矢井田が刷りあがった原稿の束をクリップでとめた。四十代の由希に差しだす。「あんたのだ」

由希が憂鬱そうに首を横に振った。「それは蛭山さんのだから……」

「あいつは辞退したよ。次のあんたが繰りあがりで受けとりゃいい」

「蛭山さんの気が変わって、戻ってくることもあるでしょ。次に印刷した原稿をもらいます」

「やれやれ」矢井田は原稿の束を一部、わきにどかした。新たに用紙をセットし、全文印刷を始める。

原稿の束は完成しだい小説家らに渡されていった。ほどなく七人全員が『更生の行方』を手にした。誰も自室には戻らなかった。リビングルームのソファや椅子におさまり、それぞれに読みふける。李奈と優佳も並んでソファに座っていた。部屋の鍵が意味を持たない以上、ここに寄り集まっているほうが、いくらか気が楽にちがいない。

李奈は『更生の行方』を読み進めていった。また前二作とは異なる作風ながら、情緒に満ちた文体が特徴的だった。テーマに合わせ文章表現を根本的に変えられるらしい。主人公の少年は生い立ちに恵まれず、年少のころから不良グループとつきあい始める。だがある中年の補導員に出会ったことから、暮らしぶりに変化が生じる。少年は発達障害を抱えているらしく、極度に不器用な性格だったが、補導員には少しずつ心を開いていく。澄みきった水流のような文章。少年と補導員が織りなす感情のやりとりが素晴らしい。

ところが後半になると、いつものような転調が始まった。立ち直るかに思えた少年は闇に引きずりこまれてしまう。思春期の不安定な情緒は、いつも危うく、いつでも極端に傾きうる。少年は夕食に招かれた補導員の家で、いきなり凶行におよぶ。まず補導員の妻をナイフで刺殺する。中二の娘を陵辱したうえ、首を絞めて殺す。惨状を知り、制止にかかった補導員をも手にかけてしまう。さらには近所の家々をめぐりながら、残虐な犯行を繰りかえしていく。

読むに耐えない。けれども作品が心をとらえ離れない。いままでと同じだった。ショッキングな展開への転調には、著者の作為性がまったく感じられない。まさしく少年の解放された情動の爆発を、ありのままに綴っている。後半の文体は狂気を帯びていた。本気で殺戮を楽しむようすが、あらゆる表現を駆使しつつ、読者に共感を迫ってくる。少年に思いを重ねずに読み進めるのは難しい。けっして突き放せない。

少年と補導員に芽生えた友情は本物と信じられる。一方で異常者に転じてからの少年も、まぎれもなく本物だった。冒頭から結末まで、いっさいごまかしのない小説といえる。一貫して心をこめながら、これを書ききるとは、いつもながら常人になせるわざとは思えない。ふつうなら罪悪感に押し潰される。

ふと顔をあげると、二十代後半の留美が原稿を読みながら、大粒の涙を滴らせていた。留美がこちらを見かえし、あわてたように目もとを拭う。

李奈はささやきかけた。「だいじょうぶですか」

「ええ……」留美の頰をなおも涙が流れ落ちた。「なんていうか、あまりにも衝撃的で」

わかる。読書中はまさに悪夢を見ているようだ。猟奇殺人犯に取り憑かれたような気さえしてくる。

『未明の殺戮』の渋沢も、痛ましい顔をしながら読みふけっている。渋沢にあんな表情を浮かべさせるとは尋常ではない。

やがて小説家たちは作品を読み終えたらしく、それぞれにため息を漏らした。険しい表情でA４の白紙に感想文を書き始める。テーブルを用いる者もいれば、原稿の束を下敷きにする者もいた。李奈は優佳とサイドテーブルを半分ずつ分けあった。

ボールペンを持つ手がときおり止まる。なにを書くべきかわからなくなる。純粋に読書感想文を綴るべきだろうか。それならただ怖かった、虚しかったというだけに終始する。しかし『更生の行方』には、過去の櫻木沙友理の小説同様、目を背けられないなにかがあった。

ゆうべ人の死をまのあたりにした以上、現実と切り離した作品論など不可能だ。李奈は『更生の行方』の持つ圧倒的な力について綴った。とても自分には書けない、すなおにそう記した。そのうえで櫻木沙友理に問いかけた。沙友理さん、いまなにを望んでいますか。小説とはなんだと思いますか。なぜこれを書こうと考えたのですか。ご自身をどのようにとらえていますか。どんなお気持ちですか。

優佳の書きかけの感想文を見た。ボールペンを持つ手が震えている。この読書は恐怖でしかない。でもそれは小説のせいなのか、いま自分の置かれた環境ゆえか、きのうの悪夢のためか。理由は判然としない、優佳はそう書いていた。〝せいなのか〟〝ゆえか〟〝ためか〟と、こんなときでも文末をいちいち変えるあたり、いかにもプロの小説家だった。

「ねえ」留美が声をかけてきた。「杉浦さん。ちょっといい?」

「ええ。なんですか」

留美はスマホを差しだしてきた。映っているのは島内で撮ったとわかる画像だ。麦わら帽子に白のワンピース。櫻木沙友理だった。いかにも反抗的にカメラを睨みつけている。戸惑いがちに留美がいった。「この顔、どこかで見覚えがあるんだけど」

「安藤さんもですか?」李奈の胸は高鳴った。「わたしもです」

悠乃が身を乗りだしてきて、留美のスマホをのぞいた。「あー、櫻木沙友理さんのことだよね? わたしにもなんとなく、ずっとむかしに記憶がある気がして」

優佳は首をかしげた。「そう？　画像だけじゃなんともいえない。直接会ったらわかるのかな」

直接会っていないのは李奈も同じだ。けれども李奈はなぜか櫻木沙友理の顔に見覚えがあった。ここにいる女性陣の顔とはまったく異なる。目にしたのはたしか、中学生のころではないか。そんな気もしてきた。

渋沢が椅子から腰を浮かせた。「できた」

李奈も感想文を書き終えていた。渋沢と目が合った。互いに歩み寄り、感想文を見せあった。終盤の猟奇趣味を渋沢は絶賛していた。その代わり前半は退屈きわまりないと書いていた。

「さて」渋沢がエントランスに向かいかけた。「投函（とうかん）してくる」

当惑が頭をもたげてくる。李奈は渋沢にきいた。「みんなで一緒に投函したほうがよくありませんか」

「もうじき昼だ。ぐずぐずしてると間に合わない。書けた人から投函すりゃいい」渋沢は返事を待つ素振りもしめさず、さっさと外にでていった。

誰も苦言を呈さなかった。李奈は窓から外のようすを眺めた。薄いレースのカーテンの向こう、渋沢が最初の感想文を郵便受けに収めた。蓋（ふた）を開閉した際、小さな旗が上がってしまうため、それを手で下げておく。

由希と悠乃も感想文を完成させたらしい。さすが文筆業の集まりだけに、短時間でも続々と書きあがる。やはり相互に感想文を見せあった。みな文章が綺麗だった。衝撃を伝える表現力もそれぞれ秀逸に思える。

悠乃が李奈の感想文を一読し、憂いのいろを浮かべた。「これ……。書いてもだいじょうぶ？」

櫻木沙友理への問いかけを危惧しているらしい。李奈は不安をおぼえたものの、ほかに書けることはない、そう思い直した。「いまのわたしのすなおな気持ちですから……」

女性作家ふたりが外にでていく。優佳もソファから腰を浮かせた。早く投函したい、優佳の目がそううったえている。李奈は優佳とともに外へと向かった。

もう空は青かった。冬の脆い陽射しが、辺りの緑をやさしく照らしだす。風も朝の岬とちがい、わずかに頬を撫でるにすぎない。

ふたりで投函を終え、小さな旗を下げたのち、平屋のなかに引きかえした。リビングルームに戻ったとき、矢井田の書きかけの感想文が目に入った。殺人者への罵詈雑言を書き連ねている。この文章こそ提出して危険はないのだろうか。

留美は進みぐあいが遅かった。李奈は通りすがりに文面をのぞいた。前半の少年と補導員について、深い考察をおこなっている。そのぶん後半の衝撃的展開からは目を背けていた。なるべく考えることを遅らせようとしているようでもある。

矢井田が先に書き終わった。投函しに外にでていき、ほどなく戻ってきた。留美は辛そうにペンを進めていたが、やがてため息とともに手を止めた。紙を携えながら立ちあがった。

四十代の由希が廊下の手前に立ち、李奈たちを呼んだ。「杉浦さん、那覇さん。それに池辺さん、曽根さん」

李奈と優佳は由希に歩み寄った。池辺と曽根も妙な顔で近づいてきた。

由希が声をひそめていった。「蛭山さんのことだけど、いまからじゃもう原稿の全文は読めないと思う。でもできるだけ読んで、短くても感想文を書くよう、説得すべきじゃないかと思うんだけど」

優佳が戸惑いがちに問いかえした。「なんでわたしたちに相談するんですか？」

「それは……」由希がうつむいた。

曽根がため息をついた。「いちどだけきいてみよう。それで駄目なら、あいつが選んだ運命ってことで、べつによくないか？」

留美が室内に戻ってきた。リビングにいる七人の小説家は、みな感想文の投函を終えた。

李奈はきいた。「ここでみんなが窓の外を見てちゃ駄目なんですよね?」

「ああ」曽根が腕組みをした。「指示に従わなかったといって、櫻木沙友理に逆上されちゃかなわん」

池辺の眉間に皺が寄った。「櫻木はこのまま野放しか?」

「……いえ」李奈は窓を眺めながらいった。「監視しない手はないと思います」

13

矢井田が場を仕切り、全員をそれぞれの部屋に退去させようとする。李奈と優佳も従わざるをえなかった。だがどの部屋も平屋の奥に位置するため、窓から郵便受けを見ることはできない。

李奈は優佳とともに自室に入ったものの、ドアの近くに留まった。わずかにドアを開けたまま、廊下のようすをうかがう。小説家たちと曽根、池辺が暗い顔で、各自の部屋へと戻っていく。矢井田も最後に自分の部屋に籠もった。

すぐに李奈はドアを開け、忍び足で廊下にでた。

優佳が呼びかけた。「ちょっと、李奈。どこへ行くの」

「しっ」李奈はささやきかえした。「ついてきて。足音を立てないように」

ふたりはゆっくりと廊下をリビングルーム方面に向かった。壁に並ぶドアの向こうに、足音が届かないよう、絶えず細心の注意を払う。

かなりの時間をかけ、ようやくリビングルームに着いた。李奈は歩を速め、窓辺に近づいた。

戸惑い顔の優佳が小声できいた。「どうするの？」

李奈はスマホをとりだした。画面をタップしたが、当然のごとく圏外のままだ。しかしスマホカメラは機能する。動画撮影に切り替え、録画ボタンを押した。スマホを窓枠に立てる。レンズを外に向け、ガラスにもたせかけた。

見張っていると思われたくない。李奈は優佳をうながし、すぐに窓辺を離れた。いったんソファの背もたれに隠れる。

優佳も同じようにしながらきいた。「隠し撮り？」

「そう。あの場所の定点カメラなら郵便受けが映る」

「まだ櫻木沙友理さんは来てない？」

郵便受けの小さな旗が上がっていなかった。もっとも蓋を開閉後、手で旗を下げればそのかぎりではない。だが李奈たちがいったん廊下に引っこんだ、ごく短い時間に接触があったとは思えない。櫻木沙友理にしてみれば、あまりにリスクが大きすぎる行動だ。

とはいえそれは櫻木沙友理が、本当に屋外に潜んでいる場合だ。

李奈はつぶやいた。「ミステリの定石として、櫻木沙友理には誰か協力者がいるかも」

「……ああ」優佳も同感という顔になった。「ならじつは建物のなかにいて、誰かの部屋に匿（かくま）われてるとか？」

「または櫻木沙友理がそもそも島に来ていないとか」

「そういうパターンもよくあるよね。だけどみんな会ったって話してるよ」

「一緒に撮った写真は、なんらかの理由で以前に島を訪ねたときのものだった。今回はなんらかの理由で、じつはまだ遠目にしか見ていない。なんらかの理由で、誰かが櫻木沙友理になりすましている」

「ぶっきらぼうに振る舞ってたのは人を近づけないため、じつは別人の変装だったから……とかね。ありがち」

「だとしても」李奈は頭を掻いた。「なんらかの理由ってのがわかんない」

　優佳が力なく苦笑した。「実際こんな目に遭うと、ほかの人のなりすましなんて、ちょっと考えにくいよね。小説じゃアリだけど」

「みんな揃って嘘をつくとかもね……。あらためてこの場の空気を考えるに、そんなにうまくいかないだろうなって思えてくる。曽根さんや池辺さんも本当のことをいってるっぽいし、なにより……」

「ええ」優佳がうなずいた。「櫻木沙友理さんの存在をひしひしと感じる。これが気のせいだといわれたら、かえす言葉もないんだけどね。いまここにいなきゃわからないものがある」

　そのとおりだと李奈は思った。現実に体験しなければ納得できないだろう。だが島内に櫻木沙友理が潜んでいるのは、疑いようのない事実と感じる。

　とはいえ作家心のせいか、あらゆる可能性を考えたくなる。李奈は窓の外を眺めた。

「じつは櫻木沙友理はここにいる誰かだった。そんなパターンもよくある」

「あー。でも誰？」

「さあ……。みんなが話してることと矛盾するし、榎嶋さんの遺書ともつじつまが合わない。写真集の撮影も……。やっぱ裏があるって考えるほうが無理筋かも」

「ミステリ書いてるときによくあるよね。意外な真相にしようとこねくりまわした結果、なんでそんなことすんの、ってとこの理由づけが希薄で」

すなおに考えて、櫻木沙友理が激しく憤り、榎嶋を毒殺してしまった……。やはりそう信じるべきだろうか。さらに後継候補の小説家たちをも目の敵にしているのか。事実がそうであるなら、そこに特化した対策が求められる。どうにかして櫻木沙友理を説得せねばならない。

外で音がした、そう思えた。李奈のなかに緊張が走った。いまソファから身をのぞかせれば、窓の外に櫻木沙友理がいた場合、目が合ってしまうかもしれない。しばらく静寂があった。ふいにガラスの割れるような音が響いた。建物の正面ではない、別の方角だ。男性の叫び声もきこえた。鳥肌が立つ思いだった。李奈は優佳を見つめた。優佳もびくついて李奈を見かえした。

もうじっとしてはいられない。ふたりとも立ちあがった。窓の外を一瞥したが、郵便受けの周辺には誰もいなかった。急ぎ廊下へと向かう。リビングルームから廊下への出入口に達したとき、思わず立ちどまった。

もう廊下は騒然としていた。誰もが各自の部屋から飛びだし、蛭山のドアの前に群がっている。渋沢が激しくノックしながら呼びかけた。「蛭山さん！　どうした。なにかあったのかよ!?」

　矢井田がこちらに目を向けた。李奈は廊下に歩を進めようとして、ふと立ちどまった。

「優佳」李奈はいった。「ここにいてくれる?」

「は？　どういう意味?」

「誰かが建物をでようとすれば、絶対にここを通らなきゃいけない。だから見張ってて」李奈は廊下を駆けていった。

「ちょっと。李奈……」

　呼びとめようとする優佳をその場に残し、李奈は混乱の現場に近づいた。やはり以前に事件をふたつ経験したからだろう、ほかの面々より冷静でいられる、そんな自覚があった。廊下にひしめきあう顔ぶれをたしかめる。五人の小説家、曽根、池辺。ここにいるべき全員が揃っている。優佳は廊下とリビングルームの境に待機中だった。あとは部屋のなかにいる蛭山だけだ。

　矢井田がドアを叩いた。「蛭山さん、ここを開けろ！　どうしたってんだ!」

　ドアの把っ手をつかんで引っぱる。施錠されているらしく、びくともしない。由希が声を張った。「蛭山さん！　返事をして」

するとと物音がきこえた。解錠したとわかる。ドアがそろそろと開いた。

蛭山の無残な顔がのぞいた。顔の半分に黒々と痣ができ、片頰が大きく腫れあがっている。口の端から血が滴る。泣きそうな顔で蛭山が呻いた。

一同が蛭山に駆け寄り、室内へとなだれこんだ。李奈はあえて廊下に留まった。部屋の奥、横開きのサッシ窓が開け放たれているのが見てとれる。ガラスは割れていた。外から解錠するためだろう。

床にはガラス片が散らばるほか、キッチンで使うすりこぎ棒が転がっていた。赤い血がこびりついている。蛭山は手で顔を押さえながらベッドに座った。ほかの面々が蛭山を囲む。

矢井田がきいた。「なにがあったんだ？」

蛭山は窓を指さし、涙声でうったえた。「あの女がそこから……」

「逃げたのか？」矢井田はすりこぎ棒を拾った。「こいつで殴られたのか？」

池辺が手を伸ばした。「貸してくれ。……こりゃ厨房にあった物だ。ゆうべから見かけないと思ってたら」

留美が憤りのいろを浮かべた。「また？　なんでいわなかったの？」

「持ち去られたなんて疑いもしなかったんだよ」

ブーイングがあがるなか、渋沢が周りを手で制した。「みんな静かにしてくれ。蛭山さん。櫻木沙友理はどっちに？」

「わからない。でも走って逃げていった」

一同がざわっと反応した。廊下に留まっていた李奈は、ただちにリビングルーム方面へと駆けだした。

蛭山が危害を加えられた。ひとりだけ感想文を書かなかったのを、櫻木沙友理が知ったからか。ならもう郵便受けを……。

優佳と目が合う。あわてたようすで優佳が告げてきた。「誰もこっちに来てない」

知っている。蛭山の部屋には全員が揃っていた。ほかに何者かがいるとすれば、櫻木沙友理以外に考えられない。ガラスも外から割られていた。

リビングルームに駆けこむ。優佳も追いかけてきた。そのままエントランスへと向かう。玄関のドアは開けず、わきの小窓から外を眺める。

一同が追いついた。渋沢が李奈にきいた。「誰かいるか？」

「いえ」李奈は見たままを報告した。「ひとけはない。郵便受けの旗も下がったまま」

みな固唾（かたず）を吞（の）んでいる。優佳がささやいた。「旗は下げただけかも」

李奈もその可能性を感じていた。櫻木沙友理にしてみれば、旗が上がったままにしておくと、ただちに建物内の人々が飛びだしてきてしまう。郵便受けのなかをたしかめたのち、蓋の開閉後に旗を下げておけば、すぐには気づかれずに済む。

迷っている場合ではない。李奈はドアを開け、ウッドデッキへと踏みだした。「全員で一緒に行きましょう」

集団で建物をでた。カバードポーチの下を抜け、庭先に降り立つ。郵便受けへと近づいていく。周りに人影は見えない。李奈は背後を振りかえった。全員が後につづく。蛭山も手で顔を押さえながらついてくる。

郵便受けの前に着いた。蓋を開ける。みないっせいになかをのぞきこんだ。

背筋に冷たいものが走る。一枚のプラスチックカードが横たえられていた。代わりに小説家たちが投函した感想文は消えている。

李奈はそのカードをとりだした。診察券だった。大山町メンタルクリニック。初診は四月十八日とあるが、以降の予約日は記載されていない。なぜか氏名欄がヤスリで削りとられている。

矢井田が渋い顔でいった。「櫻木沙友理は渋谷区大山町のマンション住まいだ。『週刊文春』のインタビューにも載ってたよな」

「でも」李奈は疑問を口にした。「なぜ名前を削ったんでしょうか」

「櫻木沙友理はペンネームだろ？　そこに本名が書いてあったんじゃねえのか」

悠乃がつぶやいた。「知られちゃ困る名前なの……？」

呪いのアイテムに触れてしまったような薄気味悪さを感じる。李奈は診察券を矢井田に差しだした。矢井田がこわばった表情で受け取りを拒否する。ほかの面々も同様だった。仕方なく診察券を郵便受けに戻す。誰からも異論はでなかった。蓋を閉めた。小さな旗をどうすべきか迷ったあげく、下げておくことにした。

櫻木沙友理は感想文を回収した。蛭山の部屋に侵入し、暴力を振るったのは、ひとりだけ感想文がなかったからだ。だとするなら櫻木沙友理は、小説家らの顔と名を把握している。

渋沢が辺りを見まわした。「手分けして櫻木を捜すか？」

「いや」矢井田が険しい顔で制した。「ばらばらに動くなんて危険すぎる。明日(あした)までの辛抱だ。みんな部屋に籠(こ)もってりゃいい。危なけりゃ何人かずつ一緒に」

一同は平屋へと戻りだした。また歩が速くなっていき、ほとんど小走りも同然に逃げ帰る。ウッドデッキからエントランスに入った。リビングルームでようやくみなペースを緩めた。一様にほっとした表情を浮かべる。

スマホの録画内容をたしかめたい。李奈は窓辺に向かった。

ところが窓枠にスマホはなかった。床にも落ちていない。李奈はあわてて優佳を振りかえった。「誰かここに近づいた？」

優佳も面食らったようすで見かえした。「みんながいっせいに押し寄せてからは、このリビングもちょっとした混乱状態だったし……」

廊下の出入口に優佳を待機させたのは正しかった。問題はそのあとだ。李奈はドアわきの小窓から、庭先の状況に気をとられていた。外にでるまでのあいだ、個々の行動は把握しきれていない。

矢井田がつかつかと歩み寄ってきた。「杉浦さん。あんたと那覇さん、さっきこっちから廊下に来たよな？」

李奈は困惑とともに応じた。「はい……」

「なんで自室を抜けだした？　勝手な真似すんなよ」

「ごめんなさい……。これからは気をつけます」

鼻を鳴らすと、矢井田はまた場を仕切りだした。「さあみんな、自分の部屋に戻れ！　鍵をかけてじっとしてろ。どこかへ行くときには集団行動だ。リビングにすら勝手に入んな」

蛭山がぼそぼそと矢井田にきいた。「俺の部屋は窓ガラスが割れてて……」

すると曽根が声をかけた。「なら俺んとこに来なよ。いちおう救急セットも持ってきてるから、簡単な手当てぐらいはできる」

矢井田が廊下の出入口に立ち、みなを各自の部屋へと急がせる。李奈と優佳も自室に向かわざるをえなかった。

廊下を歩きながら李奈はつぶやいた。「電話が通じればスマホを鳴らせるのに」

優佳が歩調を合わせてきた。「スマホの行方、みんなにきかなくてもいいの？」

シラを切られたらそれまでだ。全員を呼びとめ身体検査、そんな強硬手段にもでられそうにない。隠し撮りしようとした李奈にも負い目がある。

猜疑心ばかりが募る。スマホを持ち去った何者かは、隠し撮りの事実を知っていたのだろうか。あの短時間に、誰にも気づかれず盗みおおせたのは、スマホの存在を承知済みだったからではないか。

自室のドアの前に着いた。まだ矢井田が廊下に仁王立ちし、こちらを睨みつけている。李奈は優佳とともに部屋に入った。

優佳がふらふらとベッドに近づき、身体を投げだすように横たわった。「疲れたー……。早く明日になってほしい。あ、でも夜が来るのは怖いけど」

李奈は施錠したドアにもたれかかった。うつむき両手で頭を抱える。人を信じられなくなるのが怖い。それを態度にあらわすのは勇気か、あるいは思いやりを失う愚行だろうか。

14

部屋でじっとしていられたのはわずか数分だった。いても立ってもいられないとは、まさにこのことにちがいない。

難色をしめす優佳を連れ、李奈はふたたび廊下にでた。矢井田の部屋のドアをノックする。仏頂面をのぞかせた矢井田に李奈はいった。「ビジネスセンターに行ってもいいですか」

「なんで?」矢井田が訝しげにたずねた。

「紙をとってきます。櫻木沙友理さんに手紙を書きたいんです」

「手紙だ? なにを書く?」

「話し合えないか申しいれようと思います」

「馬鹿いえ。そんな相手かよ」

「彼女が感想文を読んでるってことは、わたしたちの思いを知りたがってるんですよね？　心をこめて説得すればわかりあえるかも」

「ホラー小説の定番だな。あんたみたいな女のせいで全員死ぬ」

「ここじゃ相手は若い女性ひとりですよ……？」

「手紙を書いたところで、どうやって櫻木沙友理に読ませるんだ？」

「感想文にも櫻木さんへの問いかけを書きました。郵便受けに返事を寄越すかもしれません。だからわたしからの手紙も、郵便受けにいれておけば、彼女が手にとる可能性があります」

付近のドアがいくつか開いた。由希や留美、池辺が姿を現した。留美が神妙な顔でいった。「一理ある」

「おい」矢井田が反発した。「本気か？　明日には迎えの船が来るんだぜ？　おとなしくしてるほうが利口じゃないのか」

「また夜が来るのが怖い。ひと晩怯(おび)えながら過ごすのは苦痛でしょ。いまのうちに少しでも櫻木さんをクールダウンさせられれば……」

「かえって火に油を注いじまう事態もありうるよな？」

四十代の由希が厳かな声を響かせた。「一分一秒たりとも気の抜けない状況より、櫻木さんと対話するほうがましでしょ」

矢井田は苛立たしげに唸ったものの、渋々認める態度をしめしだした。「たしかに櫻木をおびき寄せられれば、捕まえてガムテープでがんじがらめのミイラにできるな」

李奈は首を横に振った。「手荒なことは控えるべきでしょう」

「甘い。性善説に徹する気なら協力しねえよ。相手の出方しだいでは、こっちも身を守るため、相応の対処が必要になるだろ」

「それはたしかに……そうですけど」

矢井田が廊下を見まわした。「集団行動が原則だ。ビジネスセンターへは全員で行こう」

また各自の部屋に呼びかける。全員が廊下にでたところで、揃ってリビングルーム方面に移動した。蛭山は顔の半分に包帯を巻いている。

渋沢が歩きながら矢井田に報告した。「内出血が酷いけど、骨はだいじょうぶみたいだ」

李奈は内心ほっとした。怪我の具合もそうだが、関係性が険悪にならずに済んでいる。犬猿の仲と思いきや、助け合いの精神も生まれてきたらしい。

リビングルームに入った。窓の外に変わったようすはない。全員がビジネスセンターへと移る。李奈は紙を持って部屋に戻るつもりだったが、矢井田に引き留められた。矢井田が告げてきた。「ここで書きゃいい。俺たちもつきあう」

李奈は恐縮しながら着席し、デスクに向き直った。ボールペンを持つ手が震える。それでもペンの先を紙に当てるや、スムーズに伝言を綴りだした。会って話せませんか。お互い小説家だからこそ、きっとわかりあえることがあると信じています。

一同が手紙の内容を確認した。特に書き直しや補足を求める声はあがらない。正解は誰にもわからないからだ。

また全員で建物の外にでた。太陽はまだ高いところにあるが、冬だけに照りつけることもなく、微風を暖めきれてもいない。みなで郵便受けを囲んだ。なかには診察券だけが収まっている。李奈は手紙を入れ、ただちに蓋を閉めた。今度は小さな旗を立ったままにした。遠目にも変化がわかるはずだ。

全員で平屋のなかへと駆け戻る。ところがリビングルームに踏みいるや、矢井田が声をひそめ、周囲に呼びかけた。「廊下へ歩いていったら、すぐしゃがんで、こっちに這って戻ろう」

「はあ？」留美が妙な顔をした。「なんでそんなこと……」

「いいから。窓の外からは、みんな自室に向かったように見えるはずだ。議論してる暇はない。足並みが揃わないのもまずい。さあ早くやってくれ。俺が最初に行くぞ」

矢井田が真っ先に実践した。廊下にでて数メートル歩くと、即座に身をかがめ、四つん這いになって引きかえしてくる。

年長の女性作家のふたり、四十代の由希と三十代の悠乃が顔を見合わせた。意外にもふたりは廊下にでるや、矢井田の指示どおりしゃがみこみ、リビングルームに戻ってきた。

李奈は困惑をおぼえたものの、みな続々とその例に倣いだしている。もはや異論を唱えられなくなった。集団行動は多数決にちがいない。いまから苦言を呈したところで、反対意見は少数派になってしまう。

優佳がたずねる目を向けてきた。やむをえない。李奈は優佳をうながし、廊下を歩きだすやその場に伏せた。優佳とふたり横に並び、四つん這いで引きかえした。

曽根や池辺らも匍匐前進でリビングルームに戻ってくる。姿勢を低くしたままの面々が、窓辺にひとりかふたりずつ這っていく。窓の下端からほんの少し顔をのぞかせ、屋外の監視にかかる。玄関ドアわきの小窓も矢井田に占有された。李奈と優佳はビジネスセンター寄りの窓に向かうしかなかった。

そっと頭を持ちあげ、慎重に窓の外に目を向ける。小さな旗が立ったままの郵便受けがあった。依然として周囲にひとけはない。

　李奈は小声で優佳にきいた。「スマホ持ってない？」

「また撮影するの？」

「映像の記録は重要でしょ」

「……部屋に置いてきちゃった。通じないスマホを持ち歩く道理はないし」

　そうだろうか。カメラ機能は常に使える。外に逃げだした場合も方位磁針(コンパス)が役立つ。時刻もわかる。絶えず持っているべきではないのか。

　ふいになにか音をきいた。地面の上を歩く靴の音だった。李奈ははっとして窓の向こうを注視した。

　優佳が蚊の鳴くような声でいった。「来た」

　痩身(そうしん)を包む白いワンピースが微風に揺れている。部屋着のように涼しげないでたちだった。麦わら帽子をかぶり、広い鍔(つば)の陰からわずかに顎(あご)をのぞかせる。首すじから胸の上にかけ、若く瑞々(みずみず)しい肌が露出していた。写真集の企画が実現したのも、あながち本人の我儘(わがまま)のせいだけではあるまい。そう思わせるような、すらりと伸びた長い腕と脚、人形のようなプロポーションを誇る。足もとは白のパンプスだった。

櫻木沙友理は郵便受けに近づき、蓋を開けた。日常生活のように自然なしぐさ。郵便受けのなかに目をとめ、しばし制止する。どうしようか迷っているようだ。

ほどなく沙友理は手紙をとりだした。なおも郵便受けのなかを眺める。今度は診察券を手にとった。放置されていることに不満をおぼえたらしい。指先で診察券をもてあそぶ素振りに、苛立たしげな内面がのぞく。

そのとき、いきなり玄関のドアが弾けるように開いた。矢井田が外に飛びだしていった。怒号が辺りに響き渡った。「櫻木！」

渋沢と池辺も後につづいた。沙友理はびくっとしたが、すぐに身を翻し、逃走に転じた。

優佳が頭を掻きむしった。「あいつらなに？　馬鹿なまねを……」

だがいましかないと思ったのだろう、由希や蛭山も庭先に駆けだした。曽根も一眼レフのレンズを沙友理に向けながら追いかける。

沙友理の逃げ足は異様に速く、追っ手にかなりの差をつけていた。軽々とした身のこなしでロープを飛び越え、立入禁止区画から建物の裏手方面へと消えていく。

ここに留まってはいられなかった。李奈は優佳とともに身体を起こし、エントランスへと急いだ。戸口には悠乃がおろおろしながら立っていた。しかし李奈たちが飛びだすのを見て、悠乃も一緒についてきた。全員が屋外を駆けめぐっている。いまから同じ方向に追跡したのでは意味がない。李奈は建物を逆方向から裏へとまわりだした。優佳と悠乃も後につづく。忌まわしい物置がまた目に入った。大きく回避しながら木立へと駆けこむ。

木々のあいだに延びる小径は、あちこちで分岐していた。けさガゼボに向かった道からは外れているようだ。ほかの面々の姿も見えない。走りながら李奈は悠乃を振りかえった。「スマホ持ってます?」

「いえ」悠乃が息を弾ませながら応じた。「電波が入らないのに、持ち歩く必要ないでしょ」

みな同じことをいいたがる。なぜ通話とネット以外の機能に目を向けないのだろう。なおも三人で走りつづける。なんとも奇妙なことに、疲れをいっさい感じない。呼吸の乱れは自覚しているが、速度はいっこうに緩まなかった。立ちどまりたくない、そんな強迫観念に後押しされている。どこへ向かっているのか判然とせずとも、誰かの姿を見かけるまで、とにかく足をとめたくない。優佳と悠乃もそう感じているのか、愚痴ひとつこぼさず黙々と疾走しつづける。

さすがに息が切れてきた。悠乃が後方から呼びかけた。「まって。ちょっと休ませて」

李奈はようやく歩を緩めた。優佳も同様だった。この寒さのなか、額に汗が滲む。ふたりともぜいぜいと肩で息をしている。

優佳が辺りを見まわした。「ここ、どこ？」

わかるはずもない。かなり遠くまで走ってきた。風が強く吹きつける。風が吹いてくる方角は妙に明るい。木々の密度が減少しているようだ。三人は歩きだした。

ほどなく木立を抜けた。いままでとはまるで異なる光景がひろがっていた。空と海の境、水平線が左右に果てしなく延びる。

いつしか緩やかな勾配を上ってきたらしい。ここは崖っぷちだった。海原は二十メートルほども下だ。わきに小ぶりな灯台が建っている。かなり老朽化していた。外壁に亀裂が入り、塗装も剝がれ落ちている。

リゾートアイランドとして整備される前から、この島にあった灯台かもしれない。ずんぐりとしたフォルムだった。高さはさほどでもないが、直径はかなり太く、底部で十メートルほどもある。正面には観音開きの鉄扉があるものの、やはり鉄製の閂が嵌めてあった。ひどく汚れていて触る気も起きない。ひょっとしたら何十年ものあいだ、いちども横に滑らせていないかもしれない。動かせるかどうかは不明だ。門はひどく錆びつき、扉に溶けこむように一体化している。

灯台付近の地面は岩場だった。李奈たちはぐるりと周回をめぐったが、灯台にはほかに出入口がなかった。窓も鎧戸で閉ざされている。隙間から内部が覗きこめた。がらんとした空間に、螺旋階段だけが存在する。人がいる気配はまったくない。鎧戸を揺すってみたが、しっかり施錠されていた。

そこから断崖に沿って進んだ。切り立った崖の真下、打ち寄せる波が岩にぶつかり、白い飛沫を撒き散らしている。朝方と同様、瀬戸内海のわりに荒れていた。崖っぷちには金属製の手すりがあり、李奈の胸の高さに達しているものの、やはり鳥の糞にまみれている。設置はかなりむかしだろう、耐久性も怪しい。ここは観光客が来る場所ではないのかもしれない。

風の音のなかに、男性の声がきこえた、そんな気がした。耳を澄ましたが、はっきりとはわからない。

だが優佳が目を丸くしていった。「誰か叫んでる」

悠乃もうなずいた。「わたしもきいた」

男性の声が耳に届いた。今度は明瞭にきこえた。おーいと呼んでいる。三人は緊迫した顔を見合わせた。次の瞬間、競うがごとく駆けだした。

さっきとは別の木立へと突入する。ここの地面はぬかるんでいた。いたるところに枯葉が降り積もり、靴の底に貼りつく。何度も足を滑らせそうになった。走っていくうち、しだいに男性の声が大きくなる。声の主は曽根のようだ。みんな来てくれ、こっちだ。そう怒鳴っている。

木々のあいだに人影が見えてきた。四人いる。曽根と池辺、由希、留美が寄り集まっている。

がむしゃらに走り、ようやく四人のもとにたどり着いた。李奈は息を呑み、その場に立ちすくんだ。優佳と悠乃も絶句している。

一同が見下ろす地面に、寝袋が放置してあった。まだ新しい。ゆうべ厨房で見かけた皿も捨てられている。エビの尻尾や鴨肉の骨が散らばる。ほかに空きペットボトルも数本横たわる。

別方向からふたり駆けつけた。渋沢と蛭山だった。やはり愕然としている。渋沢がつぶやきを漏らした。「ここが寝床かよ……」

周辺には無数の靴痕があった。細くなった爪先と、ヒールが開けた穴。櫻木沙友理が履いていたパンプスにちがいない。

曽根が身をかがめた。「こりゃひょっとして……」

枯葉が焼け焦げた一帯がある。黒ずんだ枯葉を曽根が両手で払いのける。封筒の燃え残りが埋もれていた。半分ほどが焼失している。李奈にも見覚えがあった。きのうの夕方、榎嶋が曽根に渡した封筒だった。

中身がひっぱりだされた。やはり半分だけ残っている書類の束。三つ折りにしてあった。開いてみると、いちばん上の一枚には、不鮮明な顔写真のモノクロコピーが載っていた。被写体は十代の少女で、学校の制服姿だった。サインペンで矢印が書きこんである。〝この角度から撮ってください〟〝LEDリングライト必須(ひっす)〟などと指示も添えられている。いずれも榎嶋の筆跡だと一見してわかる。

曽根は二枚目以降の紙を見た。「ん？」

李奈も面食らった。指示が書かれているのは一枚目だけだった。それ以外はすべて白紙だ。

優佳が眉(まゆ)をひそめた。「これ、なんですか。なんで白紙ばっかり……」

「さあ」曽根も腑(ふ)に落ちなそうな顔になった。「一枚目にかぎっても、撮影の指示としちゃずいぶん雑だ。いってることはわかるけどな。でもこの女の子の顔……」

由希が書類を眺めた。「櫻木沙友理さんでしょ。いまより若くて、少しふっくらしてるけど」

李奈と優佳以外の小説家らがうなずいた。曽根は一同に問いかけた。「そうなのか？」

渋沢が曽根にたずねかえした。「カメラマンなのに、モデルの顔を知らないのか？」

「まだ会ってないからな。榎嶋さんからは、先に撮影のセッティングを済ますよう頼まれた。でも櫻木沙友理がへそを曲げて、ずっと会えずじまいだ」

池辺がいった。「俺もだよ。榎嶋さんの注文が多すぎた。いろいろ忙しくて、埠頭に迎えに行けなくて」

「でもこの顔……」曽根が不穏な物言いでつぶやいた。「なんだかこの写真、前に見たおぼえがある」

由希が目を瞠り、留美と見つめあった。「やっぱり？　わたしたちも、なにか事件がらみで報じられた顔写真じゃないかって、出会ったとき話してたんだけど……」

曽根が由希にきいた。「なんの事件だ？」

「さあ。でも重大事件だったような……」

李奈は胸騒ぎをおぼえた。いわれてみればたしかにそうだ。既視感の正体は過去の事件報道か。

蛭山が腫(は)れた片頬を、包帯の上から手でさすった。「リビングに週刊誌がいっぱいあったじゃないか。どっかに載ってないか？」

あれだけのバックナンバーが揃っていれば、たしかに掲載号が含まれているかもしれない。ただし探すのは骨だ。ネットで検索すれば数秒で済むのだが……。

渋沢が緊迫の声を響かせた。「まった。矢井田さんは？」

互いに顔を見合わせる。全員が揃っているかに思えた。けれどもひとり欠けている。矢井田の姿だけがない。

曽根が辺りに視線を配った。「まずいな。互いに見える範囲で散って捜そう。ひとりだけ遠くに離れないよう注意してくれ」

誰もが同意をしめした。それぞれに距離をとり、できるだけ広範囲に捜索する。李奈も木立のなかをさまよいながら、矢井田さん、そう繰りかえし呼びかけた。

不安の闇が心を覆い尽くしそうになる。櫻木沙友理が島内にいる事実は、もう疑いようがなくなった。いまにも偶然でくわす可能性がある。彼女にはどんな過去があったのだろう。あの写真はどこで目にしたのか。本人を前にした場合、まずなにを話せばいいのか。

池辺の声が響き渡った。「矢井田さん!?　みんな、こっちだ！」

李奈は振りかえった。池辺が手を振っている。みなそこに駆けていった。李奈も走りだした。優佳の存在を真っ先に気にかける。どうやら優佳も同じ心情らしかった。互いに距離を詰め、手をとりあいながら走った。

捜索に散っていた面々が、ふたたび一か所に集まる。由希が驚きの声を発した。

「大変！　血がでてる」

矢井田は尻餅をつき、地面にへたりこんでいた。服が泥まみれなのは、俯せに倒れたからだろう。矢井田は苦痛に顔をしかめつつ、後頭部に手をやった。てのひらが真っ赤に染まった。近くにこぶし大の石が落ちている。そちらにも血が付着していた。

留美が傷口をのぞきこんだ。「切れてる。縫ったほうが……」

「よせ」矢井田が吐き捨てた。「医者もいないのに縫合なんて冗談じゃない」

優佳がたずねた。「なにがあったの？」

「いきなり後ろからガツンと……。そっちへ行こうとしたときだ」

矢井田が顎をしゃくった方向には、寝袋が放置されている。櫻木沙友理は自分のテリトリーを侵されそうになり、矢井田を殴ったようだ。

曽根が気遣わしげにささやいた。「包帯やガーゼにはまだ残りがある。それで凌ごう。立てるか？」

「なんとか」矢井田が起きあがろうとする。渋沢と池辺が手を貸した。ふらつく矢井田を両側から支える。

木々が突然の強風になびいた。枯葉がいっせいに舞いあがる。太陽が雲に隠れたのか、目に映るすべてが灰いろに沈んだ。

誰もが言葉を失った。矢井田を囲みながら、そそくさと移動を開始する。またクローズド・サークルに戻らねばならない。李奈は優佳とつなぐ手を放せずにいた。明日が果てしなく遠い。永久にたどり着けない気さえしてくる。

15

平屋に戻ったとき、李奈はリビングルームの壁時計を見た。午後二時三十二分。冬の太陽は早くも傾きかけている。

一同は書棚の週刊誌を引っぱりだし、テーブルに積みあげた。特に四十代の由希や蛭山が熱心だった。曽根もここに帰ってくる途中、つい最近の事件のはずだとこぼした。年齢が高いほど、あの顔写真の記憶を新しく感じるらしい。

曽根が週刊誌のページを繰りながらつぶやいた。「たしか十年ぐらい前だよな」

「ああ」蛭山も包帯に塞がれていないほうの目で、次から次へと週刊誌の目次をあたっている。「いまサバを読んでたとしても、二十代半ばにはちがいないだろうから……」

「報じられてた少女は中三だったよな。十五歳と考えりゃ、やっぱ十年前だ」

誰もがリビングに留まり、ひたすら週刊誌を読みあさる。李奈も優佳とともに記事をチェックした。ほどなく優佳が、ずいぶん古い『週刊ポスト』を差しだしてきた。

「ねえ」優佳がいった。「これ見て。『完全毒殺マニュアル』って本が物議を醸してるって記事がある」

かつてマスコミばかりか世間を騒然とさせた書籍だ。記事自体はめずらしくない。李奈は誌面をのぞきこんだ。専門家のコメントが載っている。〝同書にはトリカブトについて、漢方薬に使われるぐらい健全だと書いてある。関節リウマチや神経痛の薬に用いられるとも強調する。致死量の十七パーセントまでなら、苦痛を味わったとしても命に別状はないともある。これは弱毒化し精製された薬品類と、トリカブト本来が持つ毒性の致死量を並列に記載しており、読者に混同させるものだ。興味本位の情報の羅列は無責任で、危険かつ悪質である（東邦大学薬学部・高瀬章介教授）。〟

優佳が醒めた表情になった。「じつは漢方薬の効能を信じて、榎嶋さんが自分でスープにいれて摂取したとか。ありえないか。まるでバカミスだよね」

李奈は唸った。「漢方薬以前に、毒のある花として有名すぎるし、勘ちがいしたとはとても……」

由希が一冊の週刊誌を手にし、部屋の真んなかに駆けだした。「見つけた！　みんな、これよ」

ローテーブルの上に週刊誌が見開きで置かれた。一同が周りに群がった。

誌面を見下ろしたとたん、李奈は衝撃を受けた。両親と同級生を惨殺した少女A(15)、本誌独占実名公開。大見出しにはそうあった。

ああ、という声がいっせいにあがった。李奈にとって、たしか中一のころの報道だった。世間が大騒ぎになったのをおぼえている。

さっきのモノクロコピーとまったく同じ、制服姿の少女の顔写真が掲載されていた。あの書類自体、週刊誌の記事から顔写真をコピーしたとしか思えない。現在の櫻木沙友理に対する撮影指示として、適切といえるだろうか。あるいはカメラの角度や照明の調整により、この顔写真に似ないよう、榎嶋は求めていたのかもしれない。

曽根がため息をついた。「静岡県菊川市在住の中三だったな。読書好きのおとなしい女子生徒。でも同級生数名から執拗ないじめに遭っていた。ある日、自宅で両親と口論になった。やがて激昂し、キッチンの包丁を持ちだし父母を刺殺。いじめのリーダー格だった同級生の家にも乗りこみ殺害」

由希が記事に目を走らせる。陰鬱な面持ちで由希がつぶやいた。「ここにも書いてある……。凶行ののち、盗んだ金で電車と新幹線を乗り継ぎ、新富士駅で降りた。バスの運転手の証言によると、青木ヶ原樹海でそれらしき女子生徒が下車。おそらく富士山麓の樹海にさまよいこんだまま行方不明……」

蛭山も物憂げにこぼした。「その記事が十年前。いまからたしか三年前に……」

曽根がうなずいた。「失踪宣告で死亡とされたってな。どっかのニュースできいた」

「あのう」優佳がたずねた。「その雑誌、櫻木沙友理さんの本名が掲載されてるんですか」

悠乃が誌面を指さした。「ほら、ここに載ってるでしょ。拝戸芽吹さん。日弁連が猛抗議したから、ほかのメディアでは報道されなかったけど」

池辺がソファに腰かけた。「でも特徴的な氏名だから、たちまち住所や親の勤めていた会社まで暴かれ、ネットで拡散されてたよな」

李奈は戸惑いを深めた。「人ちがいってことはないんですか？　顔が似てるだけとか……」

曽根が一眼レフをテーブルに置いた。「俺には現在の彼女の顔がわからん。さっきチェックしたが、背中しか写ってない。だからなんともいえない」

小説家たちは一様に首を横に振った。留美が怯えた顔でささやいた。「島に着いた直後に会ったけど、そのときは気づかなかった。でもいまになってわかる。たしかにこの顔だった」

由希も同意した。「そう変わらないよね。少し子供っぽさが抜けたぐらいでしかない……」

矢井田は後頭部にタオルをあてていた。しんどそうに床に座りこみ、壁に背をもたせかけた。「どうりで榎嶋さんが長いこと、櫻木沙友理の素性を公表しなかったわけだ。顔さえも非公開だったのは、これが理由だ」

悠乃が深刻な面持ちになった。「過去に凶悪事件を起こした犯人が、本を出版することはたまにあるけど……」

「いや」矢井田は遮った。「この女は事情がちがう。裁判で晴れて自由の身になったわけじゃない。死んだことになってる逃亡者だ」

渋沢が腕組みをした。「あんな小説を平気で書けるわけだな。異常きわまりない転調も、彼女にとっちゃふつうの心理なんだろう」

理解しがたい、そういいたげな顔で優佳がきいた。「なぜ榎嶋さんはそんな危ない橋を渡ったんですか？」

矢井田が応じた。「当初は知らなかったか、もしくは長く隠すつもりじゃなかったんだろう。いずれ著者が拝戸芽吹だったと暴露して、炎上商法で本を売ろうとしたのかもな。ところが発売直後から大ベストセラーになっちまった。いうにいいだせなくなり、拝戸芽吹本人の我儘に振りまわされるばかりになった」

曽根が項垂れた。「写真集だなんて、榎嶋さんにしてみれば、冷や汗もんだっただろうな……」

渋沢が鼻を鳴らした。「後継作家を早急にほしがったわけだ」

李奈は窓の外を眺めた。陽光が少しずつ赤みを帯びだしている。また暗く長い夜を迎えるのか。櫻木沙友理が大量殺人犯だとあきらかになったいま、昨晩よりも恐怖はさらに増している。

さっき建物に入る前、郵便受けを調べた。櫻木沙友理はまだなにも投函していない。思いのままを李奈は言葉にした。「陽があるうちに、彼女の寝袋があった場所に、食事を届けてあげるべきじゃないかな……」

いっせいに反発の声があがった。優佳までもが激しく首を横に振っている。

矢井田が声を荒らげた。「さすがにそれはできねえ！　あんた本当にホラー小説にでてくる疫病神みたいになってきてるぞ」

「きいてください」李奈はあわてて説明した。「このままだとお腹をすかせた櫻木さんが、夜になってから建物に乗りこんでくるかも……。櫻木さんは平気で出入りしてますよね？　わたしたちの著書を盗んだし、蛭山さんにも暴力を振るったし」

「人食い熊を満腹にしとけば、ひと晩ここに寄りつかないって？　櫻木沙友理に理屈なんか通じねえよ」

蛭山が小声でいった。「さっき追いまわしちゃったしな……」

室内は静まりかえった。矢井田が苛立たしげに語気を強めた。「こっちから接触するなんて断固反対だ。向こうが感想文やら手紙やらに返信する気なら、郵便受けに投函するだろうぜ？」

李奈は戸惑いがちに矢井田を見つめた。「さっきみたいな目に遭ったんじゃ、郵便受けに近づこうとしないでしょう」

「俺が悪いってのか？　みんな櫻木沙友理を捕らえようと飛びだしただろ」

また沈黙が降りてきた。渋沢が悔やむようにつぶやいた。「あれが致命的な失敗だったかも」

矢井田が憤然と立ちあがった。赤く染まったタオルを後頭部に当て、猫背で廊下へと向かう。「もういい、わかった。集団行動を徹底しようなんて馬鹿げた試みだった。みんな勝手にしろ。俺は自分の部屋に籠(こ)もる。呼んだって絶対にでないからな」

曽根が呼びかけた。「まてよ。俺の部屋に来い。包帯で手当てを……」

「必要ない。もう血はとまった」矢井田はさっさと廊下の奥に消えていった。

リビングルームに残る一同が、それぞれ身体を起きあがらせる。悠乃がささやいた。「わたしも部屋に……。施錠してじっとしてるのがいちばんだと思う」

留美も同調した。「わたしもそうする」

池辺だけがエントランスに向かいだした。「ここの玄関ドアにも、鍵(かぎ)をかけておいたほうがいいよな」

渋沢が嫌味な口調で吐き捨てた。「最初からそうすべきだったろ」

「玄関は施錠しちゃいけねえって管理の規則があったんだよ。でももうそんなふうにいってられねえ」

みなばらばらに廊下に引き揚げようとする。優佳が李奈の手を握ってきた。切実なまなざしで優佳がうったえた。「ねえ、李奈。気持ちはわかるけど、ここは部屋に戻ろうよ」

　異論があるわけではない。ただ部屋に籠もる前に、できるだけ危険を減らしておきたい、そう思っているだけだった。李奈はエントランスにいる池辺に駆け寄った。

「せめて夕食ぶんを外に置いとくべきじゃないでしょうか」

「まだいってんのか?」池辺はしかめっ面で振りかえった。しかし李奈と目が合うと、その表情に当惑のいろが混ざりだした。「まあな……。万が一にも襲撃してきたら……。ひとまず食い物だけ奪って逃げ帰ることもありうるか」

　本当は櫻木沙友理に会って話したかった。しかし誰からも賛同は得られそうにない。李奈は池辺の説得を優先した。「ひと晩だけ凌げれば、明日には島をでられます」

「……そうだな。わかった。ひとりぶんの飯を温めて、カバードポーチにだしとく」

「ありがとうございます。お願いします」

　優佳が急かしてきた。「李奈、もうみんな部屋に引っこんじゃったよ。わたしたちも行こうよ」

　李奈はもういちど窓の外に目を向けた。陽射しが紅いろに染まりつつある。郵便受けの支柱が地面に長い影を落とす。これからさらに影が伸びていくだろう。やがて暗くなる。今夜を無事に乗りきれるだろうか。

16

李奈は優佳とともに自室に戻った。部屋のなかは気味が悪いぐらい、真っ赤に照らしだされていた。まだ午後四時すぎだというのに、冬場の太陽は沈むのをやたらに急ぐ。窓の外の夕焼け空を眺めるうち、心が果てしなく細る。風も強くなってきた。サッシが絶えず耳障りな振動音を奏でる。

ふたりともベッドには向かわなかった。入室直後、ドアを後ろ手に閉めたまま、そこに立ち尽くしている。施錠してもドアから離れられない。なにかが起きそうな気がする。蛭山の部屋のように、櫻木沙友理が窓ガラスを割って侵入してきたらどうする。逃げだせる場所はこのドアしかない。

優佳が怖じ気づいた声でささやきを漏らす。「李奈、あのさ……。部屋に籠もるべきだといったけど、やっぱ全員が一か所に固まってたほうが安全じゃないかな。いまからでもみんなに声をかけて……」

だしぬけにベルがけたたましく鳴り響いた。優佳が目を剝き、飛びあがらんばかりの反応をしめした。李奈も膝が激しく震えた。ふたりとも尻餅をつきそうになり、あわてて互いにしがみついた。

「なに？」優佳の目に涙が滲みだした。ベルに掻き消されまいとするように、大声を張りあげた。「今度はなによ！」

李奈はようやく足腰が立つようになった。まだせわしない動悸を胸に抱える。天井を仰ぎ、李奈はつぶやいた。「火災報知器のベルに思えるけど……」

ふたりで顔を見合わせた。ドアに向き直り、震える手で解錠する。優佳がドアを大きく開け放った。

廊下はすでに騒然としていた。悠乃や蛭山、池辺が自室から姿を現し、リビングルーム方面をなにごとかと眺める。ほかの面々は部屋に籠もりっぱなしなのか。そうではないようだ。とっくに動きだしていたらしい。廊下を曽根と渋沢が駆け戻ってきた。

曽根が血相を変え怒鳴った。「厨房が燃えてるぞ！」

「なに⁉」池辺が動揺をしめした。「マジか」

渋沢も咳きこみながらいった。「マジだって。もう手がつけられねえ」

「……大変だ」池辺は茫然とした面持ちで駆けだした。

廊下にいた一同が池辺とともに動きだす。李奈と優佳もそれにつづいた。

ふいにわきのドアが開き、矢井田が顔をのぞかせた。まだタオルを後頭部にあてている。

「なんだ？」矢井田がきいた。「火事か」

悠乃が廊下を駆け抜けながら呼びかけた。「一緒に厨房に来て！」

矢井田が目を白黒させながら飛びだしてくる。みな廊下を走り、リビングルームに入った。消灯した室内が夕陽に赤く染まる。隣のダイニングルームに向かおうとして、李奈は微風を感じた。エントランスを一瞥（いちべつ）する。玄関のドアが半開きになっていた。わきの小窓のガラスが割られているではないか。尋常ならざる状況にちがいないが、いまは足をとめる余裕さえない。ダイニングルームに急がねばならない。

短い廊下の先にダイニングルームがあった。熱風が吹き寄せてくる。由希と留美がそこにいた。ふたりとも取り乱したようすで池辺にすがりつく。留美が泣きながらうったえた。「早く消火して！　燃えひろがっちゃう！」

池辺が厨房の出入口に向かった。李奈たちも追いかけた。熱風が肌を焼かんばかりの高温を帯びる。厨房内を目にしたとたん、一同がどよめいた。李奈も愕然（がくぜん）とせざるをえなかった。

真っ赤な火柱が厨房の一角にあがっている。眩（まぶ）しさに直視できないほどの光量だった。視界が陽炎のごとく揺らいでは、火の粉を舞い散らせる。炎は貯蔵室の戸口から吹きだし、厨房内に延焼したようだ。鉄製の調理台もやはり火だるまと化していた。おそらく油を撒いたのだろう。炎がいまにもガスコンロに迫ろうとしている。爆発の危険すらある。

池辺が部屋の隅にあった消火器を抱えあげた。安全栓を抜き、ホースのノズルを火に向ける。レバーを握るや、白い泡が勢いよく噴出した。だが炎は猛烈に燃え盛る。浴びせられる消火剤がひどく頼りなげに思える。

「駄目だ」池辺が振りかえった。「リビングと廊下にも消火器があった。持ってこい！」

渋沢と曽根が身を翻し、ダイニングルームへと走りだした。顔の半分に包帯を巻いた蛭山は、女性作家たちとともに、この場で途方に暮れるばかりだ。いや女性も全員がおろおろしているわけではない。年長の由希は棚から青いボトルを手にとっては、次々と火柱のなかに放りこんでいる。投擲型の消火剤だった。天ぷら火災なら一個で鎮火できる。だがいまは火の手が激しすぎた。いっこうに延焼を抑えられない。

ほどなく渋沢と曽根が駆け戻ってきた。ふたりとも消火器をかまえ、ノズルから泡を噴出させる。先陣を切った池辺の消火器は、すでに中身が尽きつつあった。代わってふたりの消火剤が主力となる。

当初からの消火活動が、時間をおき効果を発揮してきたらしい。炎の勢いが収まりだした。

黒焦げになった流しに、矢井田と蛭山が駆け寄る。タオルでくるんだ手で蛇口をひねると、水が無事に流れだした。ボウルや鍋に水を溜めては、火の元に浴びせる。

誰もが汗だくだった。李奈は優佳と抱きあっていた。恐怖に震えるしかない。だが肌を焼くような熱風も、少しずつ温度を下げていった。目も眩むような火光も徐々に弱まり、視野のなかで小さくなっていく。

やがて渋沢と曽根の消火剤が尽きた。いまや黒々と炭化した厨房の一角に、蒸発しきれない白い泡が波打っている。火はそこかしこにくすぶるだけになった。矢井田と蛭山がそれらに水をかける。充満する黒煙と、強烈な焦げ臭さを残し、火災は消しとめられた。

池辺が壁の火災報知器のボタンを押した。ベルが鳴りやんだ。

李奈の胸は高鳴った。「火災報知器が作動したってことは、どこかの島か本土に通報が……」

「いや」池辺が暗い顔で振りかえった。「ここを見なよ。ごていねいに注意書きがある。"この火災報知システムはオフラインです。島外への通報は電話でおこなってください"だとさ」

陰鬱な気分に沈まざるをえない。静寂と暗がりだけがひろがる。渋沢が窓を開けた。黄昏どきの空が見えた。換気扇のスイッチをいれたものの、こちらは作動しなかった。

池辺は貯蔵室のなかをのぞきこんだ。茫然とした面持ちでささやいた。「今晩と明朝の飯がパアだ。飲み物も全滅だな」

矢井田が濡らしたタオルを後頭部にあてた。「水がでるんだから、飲み物はそれで充分だ。食いもんは明日まで我慢すりゃいい」

「……おかしい」池辺は半焼状態の棚の戸を開け閉めした。「乾き物の食料がぜんぶ消えてる。非常食も兼ねてのストックだったのに」

渋沢が力なく鼻を鳴らした。「櫻木沙友理だろ。火をつけて盗んだんだ」

「両手で抱えきれないほどあったのにか」

「あいつはでかいリュックを背負ってた。寝袋のあった場所にはなかったから、まだ持ち歩いてやがるんだ」

悠乃が壁のスイッチをいれた。明かりは点かなかった。何度か操作したものの、いっこうに照明は灯らない。

ほの暗い厨房で、うっすら見える面々が、互いの表情をうかがいあう。不安が募った。誰も口をきかないうちに、一同がいっせいに動きだす。ダイニングルームから短い廊下へと急ぐ。まさか全館が停電に陥ったのでは。そんな事態は断じて認めたくない。

リビングルームに飛びこんだとたん、留美がスイッチをオンにした。室内はなにごともなかったかのごとく、光り輝かんばかりに照らしだされた。暖房も機能している。安堵のため息がそこかしこにきこえた。誰もが疲れきったように、ソファや椅子に身をあずけた。

エントランスの近くに座った悠乃が、憂いのまなざしを玄関に向けた。「風が吹きこんでくる……。ドアが開いてる」

「ああ」渋沢が浮かない顔でつぶやいた。「小窓が割られてるな」

池辺がうなずいた。「施錠しておいたのに、櫻木は小窓から手をいれ、鍵を開けたんだな」

由希がきいた。「もう逃げていったの？」

矢井田はうつむいたまま応じた。「当然だろ。まだ建物内にいるとか考えたくもねえ」

するとと優佳がソファから腰を浮かせ、ゆっくりとエントランスに向かった。

「ねえ」優佳の声が困惑の響きを帯びる。「ここにわたしのスマホがあったんだけど」

「あん？」矢井田が視線をあげた。「どこだよ？」

「この玄関ドアの横……。腰板のでっぱりの上に立てかけておいたんです」

「なんでそんなとこに……」

「動画撮影モードにしてありました」

李奈は驚いた。昼間の李奈に倣ったのか、優佳は知らないうちに、隠しカメラを仕掛けていたようだ。

由希が残念そうにささやいた。「スマホが残ってれば、出入りする櫻木沙友理さんが映ってたでしょうね」

渋沢は吐き捨てた。「いまさらなんになる」

曽根がじれったそうな表情を渋沢に向けた。「わかるだろ。俺たちが生きて島をでられたら、それが証拠になる。でなきゃ殺人にしろ放火にしろ、ここにいる誰かが疑われちまう。もしくは全員が」

「……畜生」渋沢は天井を仰いだ。「さっきの火事、遠くを航行する船からも見えたんじゃないか？　辺りはもう暗かったし」

池辺が首を横に振った。「無理だな。貯蔵室と厨房だけで消しとめられた。火が壁を突き破ったわけじゃないし、遠目には見えないだろ」

「いっそ全焼してりゃ、岡山や香川からでも、望遠鏡で見えたかもな。飛行機が気づいてくれたかもしれねえ」

反論の声がいっせいにあがった。留美の嘆きがひときわ大きかった。「火を消すべきじゃなかったって⁉　今夜寝る場所がなくなるでしょ！」

渋沢が憤然と立ちあがった。「すぐ救援が来りゃ、ひと晩を明かす必要もなくなるだろ。海岸へ行って火を起こそうぜ？　燃えやすい物を掻き集めてよ」

一同の反応は鈍かった。蛭山がひとりごとのようにいった。「いまから暗いなかを出歩くなんてまっぴらだ」

「なんだよ」渋沢が不満をあらわにした。「このままひとりの女を怖がって、震えながら眠れってのか！」

留美が顔をしかめた。「大きな声ださないでよ。わたしたちに怒ったってしょうがないでしょ」

ほとんどの面々は興奮をしめさずにいる。みな疲弊しきっていた。曽根がエントランスに立つ優佳にささやきかけた。「すまない、玄関のドアを閉めてくれるか。暖房の利きが悪い」

池辺もうなずいた。「小窓はあとで、厚紙かなにかで塞(ふさ)いどく」

優佳がドアを閉めにかかった。ふとその手がとまる。怯(おび)えきったまなざしが屋外を見つめる。震える声で優佳が呼んだ。「李奈……」

李奈は息を呑(の)んだ。優佳の横顔を見て、なにをまのあたりにしたか、おおよそ察しがついた。ただちに腰を浮かせ、李奈は窓辺に駆け寄った。室内のほうが明るいため、外は見えづらい。それでもガラスに顔をくっつけんばかりにして、闇のなかに目を凝らす。

ぞっとする寒気が襲った。郵便受けの小さな旗が上がっていた。

17

例によって全員で平屋をでる。ひとかたまりになり暗がりを進んだ。池辺と曽根が懐中電灯を手にしている。郵便受けのなかには、ＳＤカードが一枚横たえてあった。急いで建物内に持ち帰る。ビジネスセンターで一同がパソコンを囲んだ。今度は李奈がマウスを操作した。SDカードをスロットに挿入し、中身を開いた。

テキストファイルがひとつだけ記録されている。また〝Read me〟と題してあった。

カーソルをファイルに合わせクリックする。


小説家を騙るバカなやつらへ。

腹の足しになる物すべてが灰になりました。勝手に島内を散策し、わたしの寝床を侵害した罰と心得なさい。

おまえらのような榎嶋の飼い犬どもは、建物ごと焼き払ってもかまいませんでした。ただ杉浦李奈という女が、対話を求める姿勢をしめしたから、そこは無視しません。杉浦李奈は相互に理解を深めることを提言しています。でもそれなら、榎嶋の飼い犬どものほうから、わたしへの誠意をしめすべきでしょう。

小説家を名乗る愚者どもに課題をだします。

これから明日までに、どのような物語を望むか、ひとり約三千字の短編小説として執筆してください。直筆の縦書きで郵便受けに提出すること。〆切は今晩九時。

未発表のオリジナル作品にかぎる。既存の著作の改変は認められない。登場人物は島内にいる者にかぎる。全員実名表記のこと。仮名は不可。架空の人物設定も不可。

一人称か三人称かは自由。
夢オチは不可とする。そのような結末だった場合、執筆者は永遠の眠りにつくことになります。
執筆中は建物内のどこにいてもかまわない。ただし原稿を郵便受けに提出後、すみやかに自室に引き揚げること。夜九時を過ぎ、自室以外の場所をうろついてはならない。小説家を名乗る者以外に対しても、このルールは適用される。スマホなど隠しカメラの設置はいっさい認められない。今後、違反者には厳重なペナルティを科します。
〈選考委員〉櫻木沙友理
〈〆切〉今晩九時
〈発表〉今晩十一時
〈備考〉未提出・執筆の意思放棄・判読不能の原稿・意味不明の原稿・日本語以外の記述・既存の作品に類似・四千字以上・二千字以下・低評価の場合は失格。
「な」矢井田が顔面を紅潮させた。「なんだよこれは⁉」
渋沢も歯ぎしりした。「ふざけやがって。なに勝手に短編小説を公募してやがるんだよ」

由希が戸惑いをしめした。「まって。これは対話の第一歩でしょ？　櫻木さんもそう認識してる」

「だからってよ」渋沢はおさまらないようすだった。「こんな高飛車な態度……」

「そこは仕方ないでしょう。櫻木さんは自分を切ろうとした榎嶋さんを憎んでる。わたしたちにも怒りの矛先を向けてる」

「だいたい杉浦さんが余計なことをするから、こんなややこしい状況になったんだろうが」

李奈は心苦しさをおぼえた。たしかにこの状況の引き金になったのは、自分がだした手紙かもしれない。

「いえ」由希は同意しなかった。「対話を望む申し出は効果的だった。櫻木さんも耳を傾けようとしている。高慢な振る舞いは脆さの裏がえしかもしれないでしょ」

「脆さだって？　櫻木沙友理にそんなものあるのかよ」

「裏切られて傷つくことを、櫻木さんは恐れてると思う。どんなに身勝手な要請であっても、きちんと応えてあげることで、櫻木さんが心を開く可能性につながる」

矢井田が目を剝いた。「おい!?　正気か。いまから九時までに短編小説を書けって？」

留美は硬い顔でささやいた。「みんな小説家でしょ。書こうとすれば難なく書ける」

「つきあってられるかよ、こんな茶番！」

悠乃が首を横に振った。「茶番とはかぎらない。〝今後どのような物語を望むか〟をテーマにした小説でしょ？　これからどうなってほしいかを、すなおに小説化すればいい。みんなが無事に島をでられる結末にすれば、その望みが櫻木さんに伝わる」

蛭山が猜疑心をのぞかせた。「そんな単純でいいのかな……。櫻木沙友理への謝罪なり反省なりを盛りこまないと、納得してもらえないんじゃないか」

渋沢はさらなる憤りをのぞかせた。「櫻木沙友理の機嫌をとるのかよ。短編小説の主人公に据えて、超絶美人で悲劇のヒロインとでも設定すんのか」

「生き延びるために必要なら、そうすりゃいいだろ。戦時中にプロパガンダ小説を手がけるようなもんだ」

「馬鹿いえ。蛭山さん、いつもの調子で櫻木沙友理がマワされる話でも書きなよ。ボコボコにしたうえでヒイヒイいわせてやれ。それがあんたの本分だろ」

蛭山の片目が渋沢を見かえした。「人の作風をとやかくいうより、自分の猟奇趣味を追求しなよ。惨殺の描写が得意なんだろ」

渋沢が言葉に詰まった。おもに女性作家らが冷ややかなまなざしを投げかける。

曽根が厳かにいった。「俺と池辺さんは対象外だな。でもできるだけきみらをバックアップする。手伝ってほしいことがあれば、なんでもいってくれ」

由希が要請した。「まずみんなに紙を配ってください。ボールペンも」

「よしきた」曽根がロッカーに向かった。池辺とともにコピー用紙の包装を剝がしにかかる。

矢井田が信じられないという顔できいた。「ほんとに書く気かよ⁉」

悠乃が紙とボールペンを受けとり、リビングルームに向かいだした。「わたしたちにとって最も得意なことでしょ。小説を判断基準にするなんて、同業者としてのやさしさかも」

「やさしさだ？」矢井田は悠乃の行く手にまわりこんだ。「櫻木沙友理のことかよ。ありえねえ」

「どいてよ。早く書き始めないと〆切に間に合わない」悠乃はそういって矢井田のわきを抜け、リビングルームへと立ち去った。

ほかの面々も執筆用の道具を得ると、ビジネスセンターから退室しだした。李奈も優佳とともにリビングルームに移り、ソファに並んでおさまった。

優佳が髪を撫でつけながらこぼした。「構想も練ってないのに、どう書きゃいいの？」

近くの椅子から留美が告げてきた。「とにかく書き始めちゃえば、なんとなく流れに乗れるんじゃない？　いつもそうしてるけど」

由希はため息をついた。「わたしは前もってプロットを組むのが常だから、即興性に頼った執筆は苦手……」

矢井田や渋沢、蛭山もリビングに現れた。総じて男性作家陣は不満顔だった。それぞれソファや椅子に陣取り、手近なテーブルなりチェストなりを机がわりにする。八人が小説を執筆し始めた。

李奈はあるていどペンの赴くままに書き進むことにした。舞台や登場人物ははっきりしている。明日までの物語。むろん波乱など起きないほうがいい。ただしそれでは起伏に欠ける。小説としての完成度も考慮されるだろう。事件が起きない代わりに、登場人物の心情をつぶさに表わすべきだ。李奈は一人称を選んだ。〝わたし〟は櫻木沙友理だった。彼女の心情を想像しながら、その人となりを詳細に描いていく。榎嶋という編集者のどこが気にいらなかったのだろうか。後任候補の小説家たちに向ける感情は憎悪か。それが正当だと心から信じているのか。彼女のなかにも迷いがあるはずだ。

小説の執筆は真実を浮き彫りにする。いつもそう思う。意識の表層で考えもしなかったことが、フィクションの文面には如実に現れる。書いたところまでを踏まえ、自己の心理描写をさらに掘りさげていく。自分と他者がなんなのか、どんな関係にあったのかが、手にとるようにわかってくる。いまもそうだ。櫻木沙友理は適応できず苦しんでいる。ただでさえ著者は出版社と反りが合わない。創作と商売のミスマッチは永遠の課題だ。彼女も金儲けだけに喜びをみいだしていたわけではない。だからこそ激しすぎる感情を抑えられずにいる。

依然として曖昧さを残しながらも、その抽象的な要素も含め文章化していく。ほかの七人も同じ状況かもしれない。小説家の集まりだけに、ほどなく筆が乗りだしたのか、みな黙々とボールペンを走らせる。

由希がつぶやいた。「みんなで執筆するなんて初めて」

「わたしも」悠乃がうなずいた。「お互いを知る絶好の機会かも」

「悠乃さんって、どんな経歴なの？」

「わたし？」悠乃は執筆をつづけながら、軽く鼻を鳴らした。「某四年制大学の文学部卒。某というぐらいだから、略歴にも書けないていどの大学ってこと。いま三十六歳。共働きでドラッグストア勤務だけど、薬剤師の資格とかはない」

「専業作家への道は遠いよね」

「純愛小説にしか興味がなくて……。心をこめて書いた『理想の彼氏N』が代表作かな。みんなに読んでもらいたかったけど、どういうわけか持ってきた本を盗まれちゃって」

しばし沈黙があった。由希も自分について語りだした。「同じく文学部出身でね。来年四十二になる。小さな文学賞を受賞して、大きな文学賞は候補どまり。世間にはまるで無名。日常生活を淡々と綴ることしかできなくて」

優佳が微笑した。「『キッチンに丸いスポンジ』って、いかにも日常文学っぽいですよね」

「でしょ？　ごくふつうの家族のありふれた物語。そこに温かみがあると信じてるの。もちろん売れる本にはなりにくいけどね」由希が周りを見まわした。「ほかの人はどう？」

意外にも蛭山が口をきいた。「僕は四十三になる。誰も興味ないだろうけど高卒。川端康成の『眠れる美女』や、谷崎潤一郎の『痴人の愛』と『春琴抄』が好きだった」

渋沢がせせら笑った。「でたよ。エロ小説家が自分の職業を高尚に見せたくて、ひっぱりだすのがそのあたり」

蛭山は表情を変えなかった。「本気でそういう小説に嵌まったんだよ。高尚だなんて思っちゃいない。官能文学賞とかいう公募があってね。二十代のころ作品を送った。想像してたのとはちがった。成人雑誌に載せるポルノ小説の書き手を探してたらしくて」

矢井田がきいた。「それが二十代か」

「そう。毎年暮らしてくのがやっとの稼ぎで、気づけばいまに至る。この業界に横のつながりはないって、ようやく理解できたよ。成人雑誌の連載小説でも、場ちがいなほどの情熱を注いで傑作を書けば、どこかから声がかかるんじゃないかと思ってた。でも無理だ。読まれる前からカテゴリが分かれちまってる」

また室内が静まりかえった。ボールペンを走らせる音だけが響きつづける。

矢井田が淡々といった。「俺もいずれそんなふうになるのかな。いまは二十八だ。ラノベ作家とだけはみなされたくなくて、架空戦記物に入れこんできた。でもノベルスじゃ不本意だ。一般文芸だと思って書いてるから」

渋沢も同調した。「そこは俺も同じだよ。グロ描写が売りの猟奇物に分類されて、文庫書き下ろしばかり。カバーの絵もいつもおどろおどろしい。でもハードカバーで、いっぱしの文芸書として出版してほしいよ。櫻木沙友理みたいに」

小説家たちがときおり視線をあげるようになった。まだ自分について語っていない人間を探している。

留美が空気を読んだようにいった。「一般文芸としての出版なんて、そんなに喜ばしいことじゃ……。わたし二十八だけど、兄が少年院に入ったことがあってね。願望もこめて、グレた未成年が立ち直る話を書いたら、それなりの新人賞を獲れた。以降もずっとそういう小説を書いてるけど、なかなか原稿が採用されない」

壁際の椅子に腰かけた曽根が、李奈と優佳に目を向けてきた。「あとはきみらだ」

優佳は顔をあげず、ため息まじりに応じた。「新人賞を獲れても花道は約束されてない。ライトミステリの文庫でなんとか凌ぐ日々」

李奈もつぶやいた。「優佳は不当な扱いを受けてる。カクヨム出身のわたしと同じ担当編集者だなんて」

一同に控えめな笑いが起こった。ボールペンを走らせる音は途絶えない。会話を交わしていても、みな支障なく執筆を続行している。

「ねえ」由希が静かにいった。「榎嶋さんが生きてたら、誰が後継作家に選ばれたのかな」

矢井田が醒めた声を響かせた。「いまは櫻木沙友理が選考委員になってる。榎嶋さんのことなんか忘れて、櫻木に気にいられることを考えるべきだ。どうすりゃ小説のなかで殺人鬼を肯定的に表現できる?」

渋沢が苦笑した。「猟奇殺人は何度も書いてるけど、誰のなかにも暴力衝動ってやつはあるだろ。丁寧に人物を綴れば、そこには共感性ってのが生まれるもんだよ」

「共感性……か」矢井田は意味深げにつぶやいた。深く長いため息を漏らす。しばし自分の原稿に目を落とした。やがて矢井田は吹っ切れたような顔になり、紙をくしゃくしゃに丸めた。「やめだ、やめだ」

一同が驚いたように視線をあげた。矢井田はおっくうそうに立ちあがった。

いつしか退室していた池辺が、ダイニングルーム方面から戻ってきた。大きめのナプキンになにかを包み、片手に持っている。「ようやく厨房が冷えた。ほんの一部だが、必要な物を掻き集めてきた。みんな念のため一本ずつ手にとれ」

ナプキンがテーブルに置かれる。金属のぶつかりあう音がした。広げられた布のなかに、包丁やナイフ、フォーク、ワインオープナーなどが横たわる。凶器になりうる尖った刃物類。一部は黒く焦げていた。

女性作家らは難色をしめした。留美が露骨に顔をしかめる。「やめてよ。こんなとこ櫻木さんに見られたら……」

矢井田はつかつかとテーブルに歩み寄った。「でかい包丁、もらっていいか」

「どうぞ」池辺がうなずいた。「早いもん勝ちだ」

「火も持ってないか」

「ない……」

渋沢が腰を浮かせた。「ライターならある。なんに使う?」

「島は禁煙だってな」矢井田はポケットから煙草の箱をとりだした。「ずっと我慢してた」

「あんたもか」渋沢は表情を和ませた。「どうせ厨房が丸焼けだ。吸ってもかまわないだろうぜ」

「迷惑はかけない。ほかのみんなも受動喫煙は嫌だろうからな。外で吸ってくる」矢井田がエントランスへと歩きだした。

「まった」渋沢が懐中電灯を片手に追いかけた。「俺にも一本くれねえか」

「いいよ。せっかくだから煙草で健康を害して、お互い命を削るか」

由希が呼びとめた。「矢井田さん。小説は?」

「俺は降りた」矢井田が悪びれずに返事した。「架空戦記ものしか書けねえ。今後の望ましい展開だなんて、在日米軍と自衛隊が大挙して島に押し寄せて、櫻木沙友理を惨殺してくれる……。それしか思いつかねえし。でもどうせ選考委員のお気に召さないだろ？　だからもう匙を投げた」

渋沢が冗談めかした口調でいった。「矢井田さんのことだから、また核ミサイルで島ごと吹っ飛ばして、櫻木沙友理もろとも全滅って結末かと思った。十八番じゃないか」

矢井田がにやりとした。「それも悪くねえが、核爆発って締め方はいまや『最期のとき』でな。櫻木沙友理にすっかりお株を奪われちまった。だから上陸部隊の総攻撃のほうがオリジナリティがある。書かねえけどな」

玄関のドアが開き、外気が吹きこんできた。矢井田と渋沢が外にでていく。ドアがほどなく閉まった。

みな気が散ったらしい。ボールペンの音が断続的になった。留美が視線をあげ、ナプキンの上を眺める。ぼんやりとした物言いで留美がつぶやいた。「フォークぐらいなら、持っててもいいかな……」

曽根がテーブルに近づいた。「俺はナイフをもらう。手ごろだ」

留美もフォークを手にとった。悠乃はワインオープナーをとりあげた。そのようすをじっと見ていた蛭山が、ナプキンに歩み寄り、缶切りを選んだ。それぞれ自分の手もとに、護身用の武器を置き、ふたたび執筆に没頭しだした。

李奈は優佳と顔を見合わせた。優佳が目でたずねてくる。李奈は首を横に振った。武器なんてとても持つ気になれない。

地鳴りのような重低音が轟いた。家具がびりびりと震動した。

「なんだ?」曽根が窓の外に目を向けた。

李奈もそれに倣った。薄手のカーテンの向こう、暗闇に青白い閃光が走る。しばし間を置き、雷鳴が建物を揺るがした。照明が消えかけたものの、すぐにまた点灯した。

悠乃が表情を凍りつかせた。「冬なのに……」

雷はまだ遠い。だが不安が頭をもたげてくる。さっきのふたりは外にでたままだ。稲光と雷鳴にも駆け戻ってくるようすがない。

みな緊張のいろを浮かべている。誰がいいだすでもなく、一同は揃って立ちあがった。室内にいる全員でエントランスへと向かう。

李奈は玄関のドアを大きく開け放った。夜風が強く吹きこんでくる。小雨が交ざっていた。局所的な閃光が、低く漂う雲を浮かびあがらせる。

木々の枝がしきりに躍り、枯葉が宙に舞った。芝生も風に波打つ。人影どころか煙草の火ひとつ見てとれない。

李奈は怒鳴った。「矢井田さん！　渋沢さん！」

吹きすさぶ風の音だけがかえってくる。近づきつつあるのは雷鳴だけだ。靴音はきこえない。人の気配もない。ふたりは闇の向こうに消えてしまった。

18

小説の執筆はマラソンに似ている。書き始めはしんどく思えるうえ、最初の数行はなかなか埋まらない。ところがそのうち筆が走りだす。あれもこれも書きたくなって長尺になってくる。パソコンでの執筆なら、無駄を削ったりもするが、直筆の場合はもったいなくて縮められない。とりあえず紙一枚を埋めるだけと思っていたはずが、気づけばどんどん延びていく。

それでも四千字を越えると失格という制限がある。李奈はあるていどの長さに留めた。小説家らは脱稿するや、外の郵便受けに投函に行く。李奈がボールペンを置いたとき、優佳も原稿の見直しを終えたようすだった。互いに目が合う。ふたりは言葉も交わさず立ちあがった。揃ってエントランスへと向かい、玄関のドアを開けた。

みな『更生の行方』の感想文は見せ合ったが、いまは誰もそのような申し出をしてこない。冷たい夜気のなか、先に投函に行った由希と悠乃が戻ってきた。すれちがったものの、やはりなにも喋らなかった。とてもそんな気分ではない。

折りたたんだ原稿を郵便受けに収める。李奈と優佳は平屋に戻ろうとした。また稲光が辺りを照らす。一瞬だけ明るくなった芝生地帯に、人影は見あたらなかった。雷鳴のなか、李奈は茫然と闇のなかを眺めた。

優佳が手を引いた。「早く帰ろ」

同感だった。李奈はひとまず矢井田や渋沢について考えまいとした。安否は気になるが、いまはルールに従うことが重要だった。選考委員を怒らせたのではグループごと危険に晒される。

建物に近づいたとき、玄関ドアから留美がでてきた。不安そうな顔がこちらに向いた。

沈黙を破り、留美が話しかけてきた。「どんなのを書いた？」

李奈は応じた。「櫻木さんの一人称で、いろんな悩みを乗り越えて、みんなとの対話を選ぶっていう……」

「櫻木さんの内面を描いたの？　勇気ある……」

「ですよね。押しつけがましかったかも」

優佳が視線を落とした。「わたしはわたしの一人称。それしか書けなくない？」

「同感」留美は深刻そうにため息をついた。「こんな内容で納得してもらえるかな……」

「心配ですか」優佳が留美を見つめた。「ならみんなで読んで助言を……」

ところが留美は表情を硬くし、誰にも見せまいとするように、原稿を胸に伏せた。小走りに郵便受けへと遠ざかっていく。李奈と優佳は呆気にとられながら留美の背を見送った。

誰もが神経を尖らせている。やむをえないことだ。優佳をうながし、李奈は平屋のリビングルームに戻ったとき、曽根と目が合った。ウッドデッキに上がり、玄関のドアを入る。カバードポーチの下に向かった。

リビングルームに戻ったとき、曽根と目が合った。椅子を窓辺に運んだ曽根は、一眼レフを膝の上に置き、ひたすら外を眺めつづける。池辺も近くで腕組みをしながら立っていた。ふたりはずっと監視の役割を担っている。

そこから少し離れた床に、蛭山が胡座をかいている。ローテーブルを座卓がわりにし、ひとり執筆を続行する。まだ脱稿していない小説家は蛭山だけになった。

しかし思うように書けないらしい。くしゃくしゃに丸めた紙玉が三個も落ちている。李奈が視線を向けると、蛭山はローテーブルの上の原稿も、書きかけの数行を黒く塗りつぶしてしまった。その紙も丸めて捨てる。紙玉は四個になった。包帯が巻かれた顔の半分を、しきりに手で押さえる。

蛭山は唸(うな)っていた。やがて頭を掻(か)きむしった。優佳が歩み寄り、紙玉のひとつを拾おうとした。

「なにする！」蛭山は怒鳴り、紙玉をすべてつかみあげると、後ろにまわした。「勝手に見んな」

優佳がむっとした。「片づけてあげようと思ったんですけど」

「大きなお世話だよ」

「おい」曽根が振りかえった。「大の大人が、若い子の親切にそんないいぐさかよ」

池辺も苦言を呈した。「気持ちはわかるけど、苛立(いらだ)ちを他人にぶつけるべきじゃない」

蛭山は憤りをあらわにし、ボールペンをローテーブルに叩(たた)きつけた。紙束も紙玉も両手で抱えこみ立ちあがる。蛭山は廊下を突き進んでいった。ほどなくドアの開閉音がきこえた。

どこで書いても自由だ。だが間に合うだろうか。李奈は壁の時計を眺めた。午後八時四十一分。〆切(しめきり)まであと十九分。

留美が建物内に戻ってきた。リビングルームを見まわしながらきいた。「蛭山さんは?」

「俺の部屋だ」曽根が答えた。「窓ガラスが割れてからは一緒にいるからな。きみらは自室に戻れよ」

李奈はたずねた。「曽根さんと池辺さんは、まだここにいるんですか」

池辺が見かえした。「九時直前まではな」

曽根もうなずいた。「いま部屋に帰ったんじゃ、蛭山さんの邪魔になる。ここの戸締まりもしなきゃいけねえし、それより早く矢井田さんや渋沢さんが帰ってくるかもしれねえし」

小説家らは原稿の投函後、九時をまたず部屋に引き揚げねばならない。櫻木沙友理によりそう規定されている。曽根と池辺にまかせるしかなかった。李奈は頭をさげた。「あとをお願いします」

優佳と留美もそれぞれおじぎをした。二十代の女性作家三人で廊下に向かう。留美に別れを告げた。李奈は優佳とともに廊下の最深部、自分の部屋に戻った。

今度は施錠するや、ふたりともベッドに身を投げだした。神経が昂ぶっている。直すべきだったかもしれない箇所が、次から次へと思い浮かんでくる。

小説を脱稿し、出版社に提出した直後は、いつもこんな心境に陥る。内容が吟味された結果、それが運命の分かれ道となる。そう考えればよけいに気が気でない。

ほかの心配ごとも頭をもたげてくる。李奈はささやいた。「矢井田さんと渋沢さんはどこに……」

「まさか」優佳が震える小声で応じた。「書くのを放棄したことを、櫻木さんに悟られた……？」

執筆の意思放棄は失格、SDカードのテキストファイルにはそう書いてあった。失格とは具体的に、どんな処遇を意味するのだろう。明朝にはあきらかになるのかもしれない。だがいまは想像もしたくなかった。

いくらか時間が過ぎた。いま何時だろう。李奈は優佳にきいた。「腕時計持ってきてる？」

「持ってない。李奈も？」

困った。ふたりともスマホをなくしている。現在の時刻がわからない。

ぼんやりと天井を眺めるうち、ふいに騒音をききつけた。ガラスが割れる音のようだ。男の叫び声も響いた。

優佳が跳ね起きた。恐怖とうんざりの交ざりあった泣き顔で、優佳はぼやいた。

「またなの？」

李奈も状況に怯えるより、苛立ちや怒りを強く感じるようになっていた。ベッドから起きだし、ただちにドアへと近づく。聞き耳を立ててみると、複数の靴音がきこえる。廊下がなにやらあわただしい。

鍵を開けようとすると、優佳があわてたようすで駆け寄ってきた。

「まってよ」優佳がすがりついた。「小説家は原稿を投函後、部屋にいなきゃいけないんでしょ？」

「永久に籠もってなきゃならないとは書いてなかった。もう九時を過ぎてるかもしれないし」

「過ぎてないかも」

「顔をのぞかせるぐらいならかまわないでしょ。ドアを開けるなとまでは指示されてないし」

李奈は解錠すると、ドアをそろそろと開けた。廊下には三人の女性がいた。由希と悠乃、留美がこちらに背を向け、すくみあがったように立ち尽くす。リビングルーム方面から曽根と池辺が駆けてくるのが見えた。

こんな状況なら部屋に留まる必要もない。李奈は廊下にでた。優佳も寄り添うようについてきた。

由希が血相を変え、曽根と池辺をかわるがわる見た。「いま九時になったばかりでしょ。なにがあったの？」

曽根はひとつのドアの前で足をとめた。「俺の部屋だ。蛭山さん！ どうした。なにかあったのか」

ドアの把っ手を握る。曽根の表情が曇った。施錠されているとわかる。押しても引いてもびくともしない。

「代われ」池辺がドアの前に立った。「畜生。合鍵がありゃ早いんだが……」

把っ手のわきの壁を、池辺は力ずくで蹴った。壁は大きくしなった。

「おい」曽根が驚きの声をあげた。「無茶するな」

「いや。万が一にもドアが開かなくなったら、この方法を試せって、管理人用のマニュアルに書いてあったんだよ」

池辺はなおも同じ場所を蹴りこんだ。繰りかえし蹴るうち、壁が凹みだした。そのうちデッドボルトがドア枠の穴から外れた。池辺がドアを開け放った。

室内には照明が灯っていた。窓は開けてあった。吹きこむ風がカーテンを泳がせる。割られたガラスの破片が床に散らばっている。ベッドのシーツには血痕らしき赤いものが、点々と付着していた。

曽根の私物のほか、床にはボールペンが転がる。原稿は一枚もない。丸めた紙くずさえ一個も見あたらない。

蛭山の姿はなかった。またしても忽然と消え失せていた。

19

残りは七人になった。

全員が廊下のいちばん奥、李奈の部屋にひしめきあった。リビングルームにはいられないうえ、各々の自室も危険だと感じた。侵入のあった部屋からなるべく遠い場所、必然的にこの部屋になった。

ベッドの上には李奈と優佳のほか、由希と悠乃、留美が腰を下ろしている。曽根と池辺は背を壁にもたせかけ、床に座りこんでいた。

暖房は利いているが、みな防寒着に身を包んだままだ。ダウンジャケットやコートを脱ごうともしない。いつでも外に逃げだせるようにしておきたい、誰もがそう思っている。

だいぶ時間が過ぎた。優佳が喉に絡む声でたずねた。「庭先に櫻木さんの姿を見ましたか」

曽根と池辺に対する質問だとわかるまで、少し間があった。それぐらい李奈の思考は鈍っていた。ふたりの男性もようやく理解したらしい。池辺が暗い顔で応じた。

「足音はきいたよ。建物の裏手からまわってきたみたいだ。外にようすを見に行くべきかどうか迷ってたら、ガラスの割れる音がして……」

曽根もうなずいた。「蛭山さんの叫び声をきいた。廊下を駆けつけて、きみらとでくわした。それだけだ」

留美の声は抗議の響きを帯びていた。「なぜ外にでなかったんですか?」

池辺は不服そうに答えた。「九時になったら自室に戻らなきゃいけない規則だろ。俺も曽根さんも、そろそろリビングを去ろうとしてる矢先だった」

室内が静寂に包まれた。曽根は物憂げにつぶやいた。「どうもわからん。櫻木沙友理がひとりで男たちを襲ってるのか? 矢井田さんと渋沢さんをふたりとも手にかけた? 蛭山さんを窓の外に引きずりだしたのか? みんな護身用の刃物類を持ってるのに」

全員でこの部屋に籠もる前に、建物内をめぐり、あちこちの窓の外を懐中電灯で照らした。屋外にでずとも、建物の周辺はほぼ確認済みだった。蛭山がいた曽根の部屋、窓の外の地面には、たしかに人を引きずったような痕跡がある。しかし女ひとりに可能だろうか。

由希が李奈に目を向けてきた。「わたし、推理物は専門外だけど、この宿の名前……」

「クローズド・サークルですか」李奈はたずねた。

「そう、それ。『そして誰もいなくなった』みたいなジャンルのミステリってことよね？　ほかにどんな作品があるの？」

李奈は優佳と顔を見合わせた。優佳が小声で列挙した。「パーシヴァル・ワイルドの『ミステリ・ウィークエンド』。カーター・ディクスンの『九人と死で十人だ』『一角獣の殺人』。パトリック・クェンティンの『八人の招待客』。エラリー・クイーンの『シャム双子の秘密』。エリス・ピーターズの『雪と毒杯』」

由希が優佳を見つめた。「そのうちどれが、いまの状況に近いの？」

「……どれもちがいます。わたしたちのなかに犯人がいるわけじゃないんだし。強いていえばドット・ハチソンの『蝶のいた庭』とか……。要するに『13日の金曜日』みたいなもんでしょ?」

池辺が鼻を鳴らした。「小説じゃなく映画か」

優佳は李奈に寄りかかってきた。「スティーヴン・キングがノベライズしたいってツイッターで直訴してる。ジェイソンが大好きなんだって」

悠乃が疲弊しきった顔で、ひとりごとのようにいった。「この事件を小説に書けば、それなりに注目されるかな」

「やめてよ」留美が嫌悪をあらわにした。

「冗談だってば」悠乃が苛立ちをのぞかせた。「そんなこともわかんない?」

空気がぎすぎすしてきた。曽根がため息をついた。「櫻木沙友理が島内にいるのはたしかだ。でも誰かほかの人間が手助けしてないか」

一同の目が曽根に向いた。李奈も固唾を呑んで曽根を見つめた。

由希が緊張の面持ちできいた。「誰かの手助けって?」

「俺は小説なんて読まねえから、ミステリなんてテレビの二時間ドラマぐらいしか知らん。だけどこういうとき、意外な真相ってのがあるんじゃないのか」

池辺が曽根の顔を見た。「たとえば?」

「たとえば……。榎嶋さんが死んでない。櫻木沙友理と結託してる」

悠乃が啞然(あぜん)とした。「死んでないって……。でも確認したんでしょ？」

留美の目が李奈に向いた。「確認したのは杉浦さんだよね？」

今度は李奈に視線が集まった。李奈は腰が引けた気分で応じた。「脈拍がなかったし、息もしてなかったし……。曽根さんや池辺さんが運んだんでしょ？」

曽根がうつむいた。「たしかに俺たちの手で運んだ。榎嶋さんはぐったりしてた。死んでたよ。杉浦さんの観察は正しい」

悠乃が虚空を眺めながらささやいた。「途中で死んだことになってたキャラが、じつは生きてて犯人だったって話があったよね。検死した医者が、裏で犯人から協力を持ちかけられてて……」

優佳が抗議した。「李奈がそうだっていうの？　不審がるなら自分たちで、榎嶋さんが生きてるか死んでるか、しっかりたしかめりゃよかったでしょ」

池辺がいった。「いまからでも物置に行けばたしかめられる」

「まて」曽根がうんざりしたようすで制した。「たしかに医者がいれば、みんなそいつのいうことを信用するから、ミステリのトリックとして成立する。だが杉浦さんは医者じゃない。ほかの人間も脈をとる可能性があった。現に俺たちが運んだとき、榎嶋さんは呼吸はしていなかった。杉浦さんが嘘をついてるとは思えない」

「なに？」留美が顔をしかめた。「やたら杉浦さんの肩を持つのはなんで？」

「俺はな、正しいこととそうでないことを、はっきりさせたいだけだ」

池辺が曽根に提案した。「明るくなってきたら物置を調べてみるか」

「気は進まねえが、そうだな。それも悪くねえ」

留美がひきつった笑いを浮かべた。「なんでそんなに確認が必要？　朝が来れば帰れたも同然じゃん」

「船は何時に来る？　ちゃんと迎えに来てくれるかどうか。いつでもこの建物に火を放たれる危険がある。一分一秒も気の抜けない事態を打開したくて、あれこれ考えてるんだよ」

全員の憔悴(しょうすい)しきった顔がうつむく。みなひとことも話さなくなった。

またしばらく時間が過ぎた。ふいに誰かのスマホが鳴った。李奈はびくっとしたものの、同時に希望を感じた。ひょっとして電波が戻ったのではないか。

由希がスマホをとりだした。肩越しに画面をのぞきこむや、李奈は落胆せざるをえなかった。着信音ではない、アラームだった。時刻表示は二十三時ちょうどだった。

「午後十一時」由希がベッドから立ちあがった。「発表とやらの時間」

「行くか」曽根も腰を浮かせた。

一同がそれに倣った。全員でひとかたまりになり部屋をでる。廊下を突き進んでいき、リビングルームを横切る。エントランスに達した。ガラスの割れた小窓は、内側から段ボールで塞いであった。玄関のドアも内側から鍵がかかっている。いまのところ異常はない。

曽根がドアを開けた。依然として夜空に暗雲が垂れこめ、星ひとつ見えない。稲光は目にしなくなったが、遠雷だけはなおも耳に届く。七人はぞろぞろと郵便受けに向かった。小さな旗は下がっている。

優佳がささやいた。「旗、下がってるね」

歩きながら池辺が白い吐息を弾ませた。「みんなが原稿を投函したあと、旗は上がりっぱなしだった。俺と曽根さんも窓から確認した」

「ああ」曽根がうなずいた。「俺たちが杉浦さんの部屋に引っこむまで、旗は上がってた。そのあと櫻木沙友理が触ったんだな」

郵便受けの蓋が開けられた。原稿は一枚残らず消えている。代わりにＳＤカードが横たわっていた。

もはや誰も驚かなかった。曽根がＳＤカードを手にとる。全員が足ばやに建物内に戻りだす。玄関のドアに施錠したのち、リビングルームの隣、ビジネスセンターに集う。ＳＤカードがスロットに挿入された。

今度はテキストファイルがふたつ記録してあった。ひとつのファイル名は〝審査結果〟。もうひとつは〝第二次課題〟だった。

〝審査結果〟のファイルが開かれた。みな息を呑んでモニターを凝視した。

〈審査結果〉
杉浦李奈☆☆☆★（ぎりぎり合格）
秋村悠乃☆☆★★（水準以下につき不合格、書き直し）
安藤留美☆☆★★（水準以下につき不合格、書き直し）
那覇優佳☆☆★★（水準以下につき不合格、書き直し）
篠崎由希☆★★★（失格）
矢井田純一（未提出により失格）
渋沢晴樹（未提出により失格）
蛭山庄市（未提出により失格）
〈備考〉

不合格者は明朝四時までに、新たに短編小説を書き下ろすこと。前回の手直し作品は不可。

失格者は永久抹消。

合格者は第二次課題をこなすこと。

全員が凍りついていた。やがて悠乃が周りを見まわした。焦燥をあらわにし、悠乃が声を張った。「篠崎さんは⁉」

みな顔をあげた。女性作家の年長者、四十代の篠崎由希を目で捜す。李奈のなかに激しい動揺が生じた。部屋のあちこちに視線を向ける。隣のリビングルームものぞいた。曽根や池辺は廊下にまで駆けていった。

由希がいない。この場にはもう六人しかいなかった。一同は篠崎由希の名を呼びながら、建物内を捜索した。ただしグループからは孤立できない。互いに見える範囲に留(とど)まらなくては危険だ。

やがてエントランスで優佳が呼びかけた。「こっちへ来て」

全員が優佳のもとに急いだ。玄関のドアの手前に集まる。異変は一目瞭然(いちもくりょうぜん)だった。小窓の段ボールが突き破られている。ドアの鍵も開いていた。

「なに？」留美が狼狽しだした。「櫻木さんが入りこんでるの？　このまま建物にいたんじゃ危険でしょ！」

李奈はいった。「落ち着いて。櫻木さんが篠崎さんを連れ去ったのなら、もうここにはいない」

「なんでそんなことわかるの？　杉浦さんひとりが合格って、なにかおかしくない？　こんなの理不尽でしょ。結果発表は五つ星の採点だけ。根拠はなにも書いてない。独断と偏見で審査されるなんて！」

「安藤さん……」

「もう嫌！」留美は泣きだした。「どうしてこんな目に遭わなきゃいけないの。小説家として仕事がほしくて、爽籟社の公募を知って……作品を送っただけだったのに。汐先島になんか来るんじゃなかった。帰りたい。もう帰りたい！」

曽根がなだめにかかった。「ひとまずリビングに戻ってくれ。これからどうするかはじっくり考えればいい」

「そんな悠長なこといって、失格になったらどうするの！　永久抹消されちゃうんだよ！　いまからまた短編を書くなんて無理。なのにどうしてみんな落ち着いていられるの。ひょっとして……」留美はなにかに気づいたような顔になった。「みんな櫻木さんの共犯？　じつはわたしを陥れようとしてる？」

悠乃が切実にうったえた。「安藤さん、冷静になって。いままでのことをよく考えて。そんなことあるわけないでしょ。誰もあなたをだまそうとなんかしてない」

「やめてよ」留美はあきらかに理性を欠いた態度をしめしだした。「朝までここにいる気？　みんな信用できない。殺人鬼がいるかもしれないのに……。こんなところにはいたくない！」

ふいに留美は身を翻し、ドアを開け放った。外の暗闇へと一目散に駆けだしていく。

李奈は追いかけようとした。「安藤さん！」

だが曽根が李奈の肩をつかんだ。「よせ。不用意に外にでるな。危険だ」

「でも……」

「彼女のことは心配だが……。あるていどは自己責任だ。ここにいるみんなの安全を優先する」曽根はためらいがちにドアを閉めた。鍵をかけようとして、迷いが生じたらしい。指先を宙に留めたまま途方に暮れている。

施錠を急ぐべきではない、李奈はそう思った。失踪した小説家たちを閉めだしてはならない。櫻木沙友理が建物内に潜んでいないともかぎらない。

三十代の悠乃が茫然といった。「わたしと那覇さん、また短編小説を書かなきゃいけないの？　テーマは前と同じ……？」

優佳が憂鬱そうにうなずいた。「書き直しっていうから、ルールは踏襲するんだと思う。李奈だけは合格して安泰だけど……」

李奈は首を横に振った。「安泰のはずがない。なにか新しい課題が与えられたし」

「どんな課題？」

「……まだわかんない。たしかめておかないと」李奈は歩きだした。みなでエントランスからリビングルームを経由し、ビジネスセンターへと向かう。

五人全員でパソコンを囲む。李奈はマウスを滑らせた。〝第二次課題〟と題されたファイルをクリックする。

〈第二次課題〉

朝七時までに拝戸芽吹を主人公としたオリジナル長編小説（十万字以上、十五万字以下）を書くこと。

曽根が苛立たしげに吐き捨てた。「いい加減にしやがれ。朝七時だ？　いったいいつまで馬鹿げた座興をつづけるつもりだ！」

優佳の不安げなまなざしが李奈をとらえた。「十万字以上だなんて……。単行本一冊の分量じゃん。朝七時までなんて無理でしょ」

そのとおりだった。まずもって不可能だろう。李奈のなかで醒めていくものがあった。恐怖心は依然としてある。だが捨て鉢な感情も沸き起こってくる。

李奈はいった。「合格させる気がない」

悠乃が神妙に同意をしめした。「わたしたちも短編の課題に合格したところで、次は長編がまってるってことでしょ。しかも第二次って……。三次や四次もあるわけ？　櫻木さんはわたしたちをもてあそんでいるだけ」

池辺はしきりに周囲を見まわしていた。「櫻木沙友理が建物内にいないとはかぎらない。どうする？」

課題に取り組んだところで打開策が見えない。李奈は唸った。「〆切の早いほうから片づけないと……。朝四時に〆切のふたりは、ひとまず執筆にとりかかって」

優佳が面食らったようすできいた。「本気？　わたしたちに短編を書けって？」

「いまこの瞬間の安全を優先すれば、それが最適でしょ？　執筆の意思を放棄したら、なにをされるかわからない。でも書きつづけていれば、ひとまず朝四時までは無事。脱稿できればその後もしばらくは安全……」

「李奈はどうするの？　長編小説なんて、わたしたちよりずっと大変じゃん」

「わたしは……。どうせ十万字以上なんて無理。書き始めたところで無駄な時間の浪費にしかならない。でも七時までの猶予がある。だから櫻木さんにこれ以上勝手をさせないよう、こっちから動かなきゃ。まずは建物内を捜索する」

「執筆の放棄と見なされるんじゃない？　櫻木さんが襲ってくるよ」

「そうだけど、曽根さんや池辺さんと一緒にいれば、逆に向こうを捕まえられるかも」

　曽根が真剣な面持ちでうなずいた。「賛成だ。まずは建物内を調べ、そこから徐々に捜索範囲をひろげていこう」

　池辺も語気を強めた。「物置のなかの遺体もたしかめたいしな。油断しなきゃだいじょうぶだ」

　優佳がまた泣きそうな顔になった。「でもそんなの……」

　悠乃はあきらめたようにため息をついた。「那覇さん。たぶん杉浦さんの提案が最善策だと思う。わたしたちはリビングで執筆にかかりましょう。櫻木さんが遠目に見張ってるんだとしても、窓のなかにわたしたちの姿を認めれば安心するはず」

「だけど……」優佳は不安げな態度をしめしたものの、仕方なさそうにうつむいた。

「杉浦さん」悠乃が見つめてきた。「誰か帰ってきたら、わたしたちが迎えいれるから……」

李奈はうなずいた。「お願いします。なにかあったら呼んでください。すぐ飛んできます」

曽根が李奈をうながした。「行こう」

いつしかたった五人になっている。その五人が二班に分かれた。優佳と悠乃は紙とボールペンを用意し、リビングルームで執筆にとりかかる。李奈は曽根や池辺とともに、建物内の捜索を開始した。

池辺が懐中電灯を片手に、ダイニングルームにつながる短い廊下を照らした。「こっちから先に調べるべきじゃないか?」

曽根は別の廊下に向かいかけていた。「なぜだ?」

「侵入者が潜むのなら暗いほうだろ」

「ああ、そうか。一理あるか……。じゃまずそっちを片づけよう」

李奈はふたりの男性に歩調を合わせた。明かりの点かないダイニングルームをめざす。早くも後悔の念にとらわれだした。行く手は真っ暗、ひたすら焦げ臭い。なんともいえない不気味さが漂う。人の死んだ現場だ。恐怖の瞬間が脳裏によみがえろうとするのを、李奈は必死に拒絶した。

ダイニングルームの暗がりに足を踏みいれた。視界は闇に覆われている。池辺が懐中電灯の光を走らせた。AEDのパックが外された壁、食事の途中で放置されたテーブル。すべてが生々しく残っている。

ふいに暗闇のなかに緑いろの光が、ぼうっと浮かびあがった。李奈は慄然とした。

曽根も緊張の声を響かせた。「まった。こりゃなんだ。池辺さん、その椅子を照らせ」

懐中電灯の光が、テーブルを囲む椅子に向けられる。なにもなかった。だが光を外すと、二脚の椅子の背もたれが、またもおぼろに発光しだした。

池辺がつぶやいた。「夜光塗料だ……。誰の落書きだ?」

闇に浮かぶ緑いろの光。カタカナ二文字を形成している。どちらの背もたれにも〝トル〟と大書してある。

李奈は寒気にとらわれた。「校正記号……」

「なに?」曽根がきいた。

「原稿に朱字でいれる修正指示です。カタカナで〝トル〟は、削除するってこと……」

「おい」池辺の声が動揺の響きを帯びた。「あの椅子、那覇さんと秋村さんの席じゃなかったか？」

衝撃が全身を駆け抜ける。優佳と悠乃の席。まさしくそうだ。ふたりの椅子に〝トル〟の表記。まさか……。

李奈は廊下を駆け戻った。闇のなかから、明るく照らしだされたリビングルームに飛びこむ。

最初に耳にしたのはドアの開閉音だった。玄関のドアがせわしなく、開いたり閉まったりを繰りかえす。風のせいだ。誰かが開け放っていったらしい。ドアはひたすら風に翻弄されている。

曽根と池辺が追いついた。ふたりとも目を瞠りながらたたずんでいる。池辺がつぶやいた。「遅かった……」

リビングルームから優佳と悠乃の姿が消えていた。数枚の白紙が風に吹かれ室内を舞う。なにも書かれてはいなかった。

20

小説家は李奈ひとりだけになった。あとはカメラマンの曽根と、バイト管理人の池辺。三人しかいない。

その事実を悟ってからしばらく、李奈は激しく取り乱した。自制がきかなくなり、気づけば泣き叫んでいた。何度となく外に駆けだそうとしては、曽根たちに制止された。声が嗄れ、すっかり疲弊しきるまで、そんな行為を繰りかえした。

いつしかリビングルームの床に突っ伏し、なおもひたすら泣いていた。陰惨な事件にあるていど耐性があったとはいえ、あまりに苛酷すぎる。とうとう優佳までいなくなってしまった。もう絶望しかない。

やがて涙が涸れ、茫然自失の状態に陥った。曽根と池辺はずっと一緒にいてくれた。鳥のさえずりがきこえる。冬の寒さのなかでも、この島の鳥は規則正しく活動する。李奈は顔をあげた。窓の外に見える空が、わずかに明るくなってきている。

李奈は身体を起こし、ぶらりとエントランスに向かった。ドアを開けると、早朝の冷たい空気に晒される。庭先の芝生に朝靄が漂う。カバードポーチの下、ウッドデッキのベンチに腰かけた。

コートの下にも、何枚も重ね着をしているおかげで、身体は温かい。それでも手はかじかむ。手袋をしていないせいだ。

池辺がマグカップを運んできて、李奈の目の前のテーブルに置いた。湯気が立っている。気遣いに満ちた池辺のまなざしがある。李奈はマグカップに視線を落とした。なかに琥珀いろの液体が揺らぐ。コーヒーにちがいない。

どうしても口をつける気になれない。けれども両手は温められる。てのひらをマグカップに這わせ、李奈はじっとしていた。

曽根もウッドデッキにでてきた。彼の手にもマグカップがあった。中身は同じコーヒーだろう。李奈のわきに立ち、温かい飲み物をひと口する。辺りを眺め、世間話のような口調で曽根がいった。「夜明けが近いな」

「怖い」李奈はささやいた。「明るくなると、遠くまで見えるようになる」

いまにも誰かの遺体が横たわっているのを、まのあたりにするかもしれない。そんな恐怖心にとらわれながらも、景色を眺めるのをやめられない。事実が知りたい。いまなにがどうなっているのか。

どこか遠慮がちな態度をしめしながら、曽根が李奈に話しかけてきた。「撮影指示の書類がなくなった」

思考がついていけない。言葉の意味がわからなかった。李奈は掠れた声できいた。

「なんですか?」

「櫻木沙友理こと拝戸芽吹を撮る際の指示だよ。封筒に三つ折りで入ってた」

「木立の燃えかすから見つかったかと……」

「それがまた消えちまったんだ」曽根はストラップを首から外した。ぶら下げていた一眼レフをテーブルに置く。「このカメラに入ってたメモリーカードも抜きとられてる」

「誰がそんなことを……？」

「わからん。きみらがリビングで短編小説を書いてたころには、たしかにカメラのなかにメモリーカードがあった。突発的なことがいろいろ起きて、カメラを置きっぱなしにしてたら、いつの間にか消えてた。書類のほうは自室に保管してたんだが、蛭山さんが連れ去られたとき、一緒に奪われたのかな」

どこか投げやりな物言い。別の意味がこめられている気がする。李奈はつぶやいた。

「わたしは盗んでません」

「なんでそんなことをいう？　きみを疑わしいとはいってないのに」

「お互い様です。あなたの自作自演もありうるし、池辺さんが盗んだのかもしれません。わたしにわかることは、自分が盗んでないという事実だけです」

曽根は憤りをしめさなかった。柱にもたれかかり、指先でマグカップの側面をつついた。「あれだな。我思う、ゆえに我ありってやつだ。ルソーだっけ」

「デカルト。『方法序説』って本の一文」

「勉強が苦手でカメラマンになった。俺は高卒だ。小説家は尊敬してるよ。きみの言葉を信じる。できればきみも俺を信じてほしい」

「なぜ？」

「もう三人しかいないからだ」

池辺はウッドデッキを降り、庭先をうろつきだした。郵便受けを開ける。なにも入っていなかったらしく、また蓋を閉じた。こちらに戻りながら池辺が告げてきた。

「曽根さん。そろそろ明るくなってきてる。物置のなかをたしかめないか？」

「そうするか」曽根はマグカップをテーブルに置いた。また一眼レフを首にかけ、李奈に向き直った。「杉浦さんはここでまってたほうがいい」

「いえ」李奈は立ちあがった。「一緒に確認します」

遺体そのものは怖くない。榎嶋が死んだのは周知の事実だ。そんなふうに自分にいいきかせた。

三人でウッドデッキから地面に降り立つ。芝生に霜が降っている。雪を踏みしめるような音が響く。平屋を裏手へとまわりこんでいく。周りが絶えず気になる。いまのところ、なんの異変も見あたらなかった。

建物の真裏で立ちどまった。目の前に大きなスチール製の物置がある。李奈は少し離れた場所に留まった。曽根と池辺が物置に近づき、扉を開けにかかる。けたたましい音を立て、スライド式の扉が横方向に開放される。ひと目で状況がわかった。ビッグサイズのビニール袋に収められた、スーツ姿の遺体が横たわる。顔は見えなかったが、だらりと投げだされた腕、袖の先にのぞく手は視認できた。肌のいろはまだ変色していない。悪臭もなかった。この寒さのせいかもしれない。

李奈は視線を逸らした。とても見ていられるものではない。

曽根と池辺は物置に立ち入った。李奈もそのようすを視界の端にとらえていた。池辺の声がつぶやいた。「やっぱ死んでるな」

「ああ」曽根の声が応じた。「ほかの遺体があったらどうしようかと思ったが、なにもない。俺たちが榎嶋さんを葬ったときのままだ」

「葬る？」池辺は物置の外にでてきた。「ここ、榎嶋さんの墓かよ」

「ある意味そうだろ。写真に撮っとくか。ニュース性はある。あとで週刊誌に売れるかもな」

「さっきメモリーカードがなくなったとか……」

「メモリーカードは何枚も持ってきてるよ。きのう撮った画像がなくなっただけだ」

「おや」池辺は平屋の裏の外壁を見つめた。「これは扉か？」

李奈は池辺を目で追った。池辺は外壁に歩み寄った。壁一面にラップサイディングが施されているため、小さな把っ手や左右の蝶番に気づかなければ、そこが扉だとはわからない。だがたしかに観音開きの扉だ。高さと幅は二メートルぐらいか。池辺は把っ手をつかんだ。施錠されているようだ。

「開かない」池辺が声を張った。「曽根さん。物置に工具箱あるか」

「どれ」曽根が物置のなかを動きまわる。もう遺体には慣れたらしく、淡々と探し物をしている。曽根はいった。「雑多なもんばかりだな。バールがあるけど？」

「そりゃいい。持ってきてくれ」

「わかった」曽根が身をかがめた。「ん……？　おい、こんな物があったぞ」

池辺が振りかえる。曽根が物置から外にでてきた。右手にバール、左手には二枚のタブレット端末を重ねて持っている。

李奈は驚きとともに駆け寄った。「二枚だけですか？」

「見るかぎりそうだな。疑うのなら自分でたしかめりゃいい」

遺体が横たわる空間を直視できない。李奈は首を横に振った。「信じます」

「初日の夜には、こんなのなかったと思うけどな」

「たしかですか」

「わからん。暗いなか遺体を放りこんで、さっさと閉めちまったから」

　李奈は二枚のタブレット端末を受けとった。一枚の画面をタップしてみる。きのう最後に目にしたのと同じ画像が表示された。北西の岬にあるガゼボに星印が点滅する。もう一枚も同じだった。それ以上タップしても、なんの変化も生じない。

　いくつかのクイズに正解後、この画像が出現する仕組みだった。ということは、八人の小説家から盗まれた、八枚のうち二枚だろうか。一昨晩には物置内になくて当然だ。残る六枚はどこにあるのか。

　曽根がバールで扉をこじ開けようとしている。李奈はそれよりも物置の扉のほうを閉じてほしかった。依然として遺体がのぞいている。

　李奈は物置に歩み寄った。内壁には工具類がぶら下がっていた。きちんと整頓されている。ほかにタブレット端末がないことはたしかだ。李奈は物置の扉を閉めた。

　弾けるような音がした。曽根が平屋の外壁の扉を、バールで壊したらしい。池辺とふたりがかりで、観音開きの扉を左右に開け放った。

「おい」曽根が唖然としていった。「なんだこれ」

池辺は笑いだした。「こんな物があったのかよ」

扉のなかはガレージだった。狭いスペースに小ぶりな自動車が一台、すっぽりとおさまっている。4ドアに加え、後ろが開くハッチバック。ナンバープレートに記された地名は香川。

曽根がつぶやいた。「トヨタの初代パッソだ。埃をかぶっちゃいないな」

「ああ」池辺がガレージ内に立ち入った。「シーズン中はふつうに使われてたんだろう。ケチな管理会社め、こんなのがあるなら教えてくれりゃよかったのに」

「だがキーがなきゃ……」

池辺がドアに手をかけた。すんなりとドアが開いた。男ふたりが顔を見合わせる。

車内に乗りこんだ池辺がダッシュボードをまさぐる。

すぐに池辺の腕が突きだされた。指先にタグつきのキーを持っている。曽根が鼻で笑った。池辺は手をひっこめると、エンジンの始動にかかった。セルを回す音、次いでエンジン音が勢いよく響いた。

曽根が歓喜の声を発した。池辺の運転するコンパクトカーが、徐行しながら外にでてくる。運転席のサイドウィンドウから池辺が顔をのぞかせた。

「やったぜ」池辺が声を弾ませた。「これに乗ってりゃ怖いもんなしだ。ヒグマに襲われたって平気だ」

「だな」曽根も興奮ぎみにうなずいた。「どこへ行く？」

ふたりはまた顔を見合わせ、次いで李奈に視線を向けてきた。李奈は手もとに目を落とした。タブレット端末。タップすれば同じ画面が表示される。北西の岬のガゼボ、そこをしめす星印の点滅。

李奈はいった。「もういちどここに……」

「あ？」運転席の池辺がたずねた。「なんでそんなとこへ行く？」

「榎嶋さんの直筆の手紙にあったでしょう。〝私が無事だった場合、私は貴方(あなた)より先にこの手紙を回収する〟〝したがって文面が貴方の目に触れることはない。タブレット端末の表示だけが貴方へのメッセージになる〟」

曽根が納得したような顔になった。「タブレット端末をガゼボに持っていけば、なにか表示がでるんだろうな」

池辺はフロントパネルを眺めながら、気乗りしない態度をしめした。「ガソリンは半分ほど入ってるけど、あまり遠出するのは……」

「でもよ」曽根が池辺を見つめた。「みんながどこへ行ったか気になるだろ？　島をめぐりがてらガゼボまで往復する。とりあえずそれだけはやってもかまわないんじゃないのか」

「そうだな……。途中でクルマを降りなきゃ脅威もないか。じゃ早く出発しようぜ」

曽根が助手席のドアにまわった。「杉浦さんは後ろだ」

クルマに歩み寄りつつ、李奈は不穏なものを感じる。ガレージの開放された扉に目を向けた。

いまになってずいぶん都合よく、便利な移動手段が見つかったものだ。そのこと自体が疑わしく思えてくる。

だが一昨晩、男性らが遺体を物置に運んだときには、暗くて扉に気づきようがなかっただろう。きのうの日中、李奈たちはこの近くを駆け抜けたものの、物置を避けるため大まわりしてしまった。これまでガレージの扉が発見できなかったのは、ただの偶然でしかない。そうも思えてくる。

助手席に乗りこんだ曽根が急かしてきた。「杉浦さん、早く」

李奈は後部座席のドアを開けた。カラスの鳴き声が響く。薄気味悪くなり、李奈はあわててシートにおさまった。ドアを叩きつけるも同然に閉じる。クルマが走りだした。まだ落ち着かない。車内はけっして心が安まる空間ではなかった。

ミラーに映る池辺の目は平然としていた。大人の男性は運転中こんな顔になる。いまなにを考えているのだろう。このドライブに身を委ねていいのか。

21

李奈はコンパクトカーの後部座席で揺られていた。徒歩専用に思えた小径も、クルマの車幅がちょうど支障なく嵌まる。木立のなかを難なく走行していった。ダッシュボードにカーナビは付いていないが、池辺は迷うことなくステアリングを切りつづける。

辺りが徐々に明るくなる。曇り空だけに朝焼けはなかった。灰いろの空がそのまま光量を増していく。木々の入り組んだ枝が見てとれるようになった。ときおり人の姿を目にした気がして、思わず息を呑む。だが木の幹や影でしかない。

どこかに遺体が横たわっていたらどうしよう、そんな不安にも駆られる。かといってずっと顔を背けてはいられない。運転席と助手席の男性ふたりに、すべてを委ねられない。たった三人、誰を信用していいのかわからない。

小説のクローズド・サークルでは、終盤で絞りこまれた面々は、全員シロというケースが多い。しかしこれは現実だった。心を許せる理由が見あたらない。これがミステリでなくスプラッター・ホラーものと解釈すれば、全員助からない結末もわりとポピュラーだ。

やがて木立を抜けた。もう前方の緩やかな上り勾配の先に、幅の狭くなった岬が見えている。両側は海だった。徒歩では距離を感じたものの、クルマはわずか数分で到着した。

ただしガゼボに至るまでの小径は、部分的に階段状になっていた。車両は手前までしか進入できなかった。

クルマが停車する。運転席の池辺がエンジンを切った。「誰か飛びだしてきたら、急いでクルマに戻るだけのことだな」

曽根はドアを開けた。「そうしよう。とにかくガゼボまでは行ってみないと」

ここに来るのを望んだのは李奈だ。ひとりだけ車中に留まるわけにはいかない。三人ともクルマから降り立った。けさの潮風はひときわ強く吹きつける。

二枚のタブレット端末を携え、一歩ずつガゼボに向かう。まだ画面に変化はない。受信状態は圏外だが、GPS衛星からの電波を別途、捕捉しうるのだろうか。

ガゼボが目の前に迫った。男性ふたりが先行する。曽根がつぶやいた。「あいかわらずここには、特になにもねえな」

ピッと電子音がした。李奈は足をとめた。タブレット端末の画面に変化があった。どちらの画面にも〝Congratulations〟と表示されている。

李奈は画面をタップした。それ以上はなんの反応もしめさない。ふたりの男性が画面をのぞきこんだ。

池辺が眉をひそめた。「なんだこりゃ？　これだけか？」

……どういう意味だろう。

榎嶋の身に危険が生じなければ、この画面表示のみがメッセージになる、置き手紙にはそうあった。クイズに正解し、ここに足を運べば、祝福のひとことを得られる。それだけがメッセージだったというのか。

池辺が曽根にいった。「妙じゃないか。もしみんなが殺されちまったにしても……。どこかに遺体はあるはずだろ」

「櫻木沙友理の寝床があった辺りはどうだ？　こことは逆方向だが」

「行ってみるしかないな」池辺が踵をかえした。「クルマに戻ろうぜ」

なにもないガゼボの屋根を見上げた。裏側の亀裂にも、いまは紙一枚すら挟まっていない。ここに留まる理由はなかった。李奈はふたりの男性につづき、緩やかな斜面を下った。クルマに着くと後部座席に乗りこんだ。

ふたりの男性も前部座席に搭乗した。自動車はバックし、Uターンして小径を戻りだした。木立のなかの分岐を別方向に進み、さらに速度をあげていく。

もう周りの景色は、曇りの日中と同じぐらい明瞭になっていた。誰かいればすぐ目にとまる。けれども依然として人影ひとつない。

助手席の曽根が振りかえった。「杉浦さん。もうじき七時になる」

〆切の時刻だ。課題の長編小説は一行どころか、一文字も書けていない。

いままで櫻木沙友理は李奈に手をださなかった。執筆の意思を放棄しているとはみなされなかったからか。矢井田や渋沢らがただちに襲われた以上、それは考えにくい。やはりふたりの男性に守られている、その事実が大きいのかもしれない。なら曽根と池辺は信用に足る存在と考えるべきか。

「あれだな」池辺が斜め前方を指さした。

もう島の反対側の端に近づいた。クルマの速度が落ち、ゆっくりと徐行しだす。枯葉が積もる木々のなか、寝袋が落ちている。きのう見たままの状況で放置されていた。櫻木沙友理がここに戻った気配はない。

ふと思いつくものがあった。李奈は身を乗りだした。「ここをまっすぐ。小径を抜ければ海沿いです」

池辺がうなずいた。「見通しのいい場所にでるのか。賛成だ、行こう」

クルマはふたたび加速しだした。せわしない脈拍が内耳に響いてくる。海沿いは視界が開けるばかりではない。複数の人間を監禁できる場所がある。

木立を脱した。眼前に海がひろがる。切り立った崖の上、小径が左右に走る。ずんぐりした形状の灯台が建っていた。

「あれは？」曽根がきいた。

李奈は思わず甲高い声を発した。「あの前で停めてください！」

猛然と走っていったクルマが、灯台のわきに急停車する。李奈はドアを開け放つと、ただちに灯台に駆け寄った。長いこと潮風に晒された、ぼろぼろの外壁を見あげる。きのうと同じだ。人の出入りなどまるで感じさせない。しかし……。

波の音に交じり、なにかを叩く音がする。李奈は耳を澄ませた。複数の人間の声もきこえてくる。

クルマを降りたふたりの男性も、揃って表情を険しくした。曽根がいった。「誰かいるぞ」

李奈は走りだした。「向こうに出入口が」

灯台の外側をまわりこんだ。鉄製の扉がある。前と同じく閂が嵌まっていた。だが状況は大きく異なる。壁に付着した鉄錆が、門を横にずらしたぶんだけ擦り落ちたらしく、地面に降り積もっている。すなわち誰かが門を開閉させたにちがいない。扉を内側から叩く音が響く。複数の声も扉の向こうからきこえる。ずっとそうしていたわけではあるまい。クルマのエンジン音が接近するのをききつけたにちがいない。

李奈は怒鳴った。「まってて！　いま開けるから」

内部の声がひときわ大きくなった。大勢が同時に叫んでいるせいで、なにを喋っているかはよくわからない。李奈は門をずらそうとした。だが重くて固い。びくともしない。

曽根と池辺が駆け寄ってきた。池辺が怒鳴った。「下がってくれ。まかせろ」

ふたりの男性が門をつかんだ。歯を食いしばり、門を横方向に滑らそうとする。勢いをつけながら、ふたり同時に満身の力をこめるたび、門が数センチずつスライドしていく。

やっとのことで門が抜けた。扉が大きく開け放たれた。

灯台のなかはコンクリート敷の閉塞空間だった。そこに小説家たちがひしめきあっていた。由希と悠乃に留美、矢井田と渋沢、顔の半分を包帯で覆った蛭山、そして優佳。全員が喜びをあらわにし、抱きつかんばかりに駆け寄ってきた。まさに大歓声だった。優佳が目を真っ赤に泣き腫らしている。

「李奈！」優佳が抱きついてきた。「怖かった。もう駄目かと思ったよー！」

李奈は喜びのあまり涙ぐんだ。七人の小説家たち、全員がここにいる。

門は外から閉じられていた。曽根と池辺は、優佳が姿を消す前後から、ずっと李奈と一緒にいた。すなわち小説家らをここに閉じこめた人間はほかにいる。まちがいなく櫻木沙友理は島内に存在している。

女性作家たちは例外なく泣き崩れた。床にひざまずいた由希が大粒の涙をこぼす。

「杉浦さん。またあなたに会えるなんて。助けに来てくれたの？　本当にありがとう」

「でも」留美が臆したようにつぶやいた。「櫻木さんはまだ、どこかにいるんでしょ？」

男性作家らの顔からも笑いが消えた。矢井田が手で後頭部を押さえながらいった。

「油断できねえ。いつどこから飛びだしてくるかわからん」

渋沢も恐怖をあらわにうなずいた。「ありゃ猛獣だよ。遠慮も手加減もなしに来る」

李奈は優佳を見つめた。「リビングルームで襲われたの？」

「わたしと秋村さんには、榎嶋さんからの手紙が……」

「ちがうの」優佳の潤んだ目が見かえした。「わたしと秋村さんには、榎嶋さんから

「榎嶋さんから？　どういうこと？」

悠乃が興奮の面持ちで身を乗りだした。「優佳さんとふたりきりでリビングにいたら、いきなりドアが開いて、手紙が投げこまれたの。あわてて外を見たけど、もう誰もいなくて……。でも手紙は榎嶋さんの筆跡だった」

優佳がうなずいた。「ほんとよ。たしかに前の手紙と同じ筆跡だった」

李奈はたずねた。「なにが書いてあったの？」

「わたしたちふたりを名指しで、ただちに灯台に逃げるようにって……。誰にもいわず、いますぐ動けって」

「それで外にでたの？　わたしになにもいわずに？」

悠乃が申しわけなさそうな顔になった。「ごめんなさい。わたしが那覇さんを急かしたの。杉浦さんも潔白なら、きっと別に手紙が渡されると思った。榎嶋さんがまだ生きてて、わたしたちに緊急の指示を与えてくれたんだって、そう解釈したから」

池辺が首を横に振った。「榎嶋さんは死んでる。さっき再確認した」

「……ほんとに？」

李奈はうなずいてみせた。「わたしも見た。物置のなかの遺体を」

小説家らはみな途方に暮れた表情になった。悠乃や優佳も同様だった。

曽根が鼻を鳴らした。「どうやら俺と池辺さんは、みんなに疑われてたみたいだな。榎嶋さんは死んでなかった。なら死んだと主張してる連中は怪しい。だから榎嶋さんの手紙の指示に従い、こっそり逃げだすべきだと判断した」

矢井田があわてぎみにいった。「いや！　俺はそんな疑いは持っちゃいなかった。一緒に榎嶋さんの遺体を運んだからな。たしかに死んでると思ってた」

渋沢も同意した。「榎嶋さんが生きてるなんて、これっぽちも考えちゃいない。俺たちふたりは、煙草を吸いに外にでかけたら、ガツンと後ろからやられてよ。倒れたところを、マーカーペンみたいなにおいを嗅がされた。意識が朦朧として、気づいたらここだ」

池辺が妙な顔になった。「櫻木沙友理が大の男をふたりも倒し、ここまで引きずってきたってのか？」

「よくわからねえ。だが事実だ。信じてくれよ」

顔の半分を包帯で覆った蛭山は、ひとりぼそぼそとつぶやいた。「俺はちがう……。ガラスが割れて、部屋のなかに手紙が投げこまれた。榎嶋さんからの手紙だった。ひとりで抜けだして、灯台に行くよう書いてあった」

曽根が蛭山にきいた。「ガラスが割れた直後、叫び声をあげなかったか？」

「びっくりしたからだよ。でも窓から外にでたのは自分の意思だった」

「あきれたもんだ」曽根はため息をついた。「あんたも俺と池辺さんを疑ってたのか？　榎嶋さんは死んでないって？」

矢井田が軽蔑のまなざしで蛭山を睨みつけた。「俺たちのことも疑ってたんだろう。遺体を物置に運ぶとき、蛭山さんはひとりだけ離れて立ってたからな。ちゃんと死んでるのも確認してなかった」

李奈は優佳に目を戻した。「真っ暗ななかを、女ふたりでここまで歩いたの？」

「秋村さんが持ってたスマホ、懐中電灯機能つきだったし、思ったほど時間もかからなかった。灯台に着いたら扉が開いてて、なかからみんなの呻き声がきこえて……」

悠乃がほかの小説家たちを眺めた。「みんな縛られてて、猿ぐつわを嚙まされてた。はっとしたとき、後ろから誰かに突き飛ばされた」

優佳が怯えた顔でうなずいた。「きっと櫻木さんだったと思う。女に思えたし。あわてて視線をあげたら、灯台のなかにみんながいた。扉は外から閉められて……。わたしと秋村さんで、みんなの縄をほどいたの」

床に縄が散らばっている。全員がここに閉じこめられていたのは事実だ。優佳の発言に疑いの余地はない。

だがほかの面々はどのように拉致されたのか。李奈は由希に目を向けた。「いきなりビジネスセンターから姿を消しましたよね？」

由希は血の気が引いた顔で応じた。「刃物を背後から突きつけられて……。櫻木さんは信じられないことに、いつの間にか室内にいたみたい。わたしの目の前に手紙を差しだした。黙って外にでるよう書いてあった。榎嶋さんの字で」

「なに？」曽根が頓狂な声を発した。「刃物を突きつけたのは櫻木沙友理だったんだろ？　手紙は榎嶋の字だったってのか」

「混乱したけど、榎嶋さんが生きていて、きっとなにか想像もつかない事情があるんだと思って……」

「やれやれ」曽根は池辺と顔を見合わせた。「わけわかんねえが、俺たちはよほど信用がなかったんだな。みんな俺たちを疑い、こっそり逃げだしてやがる。それも死んだはずの榎嶋の手紙を鵜呑みにして」

留美は鼻の頭を真っ赤にし、泣きじゃくりながらいった。「わたしも外にでた直後、手紙を投げつけられて……。櫻木さんらしき後ろ姿は見たけど、すぐに走り去っていった。手紙は榎嶋さんの字だったし、灯台に避難するよう書いてあった。地図も添えられていて……」

李奈は留美を見つめた。「灯台に近づいてからは？」

「いきなりなにかが鼻先に突きつけられて、においを嗅いだら頭がぼんやりとして……。気づいたら縛られてた」

由希が切実な表情でうなずいた。「わたしも。なんていうか、やっぱりマーカーペンみたいなにおいで……」

「そう」留美が深刻そうに付け加えた。「少し甘酸っぱいっていうか」

ハロタンかもしれない、李奈はそう思った。ミステリを書いたとき調べた。外科手術用の吸入麻酔薬で、交感神経を抑制し、ただちに眠気が生じる。マーカーペンのように甘酸っぱいにおい。そのように『完全毒殺マニュアル』にも載っていたが、薬局で買えるような物ではない。医療従事者なら入手可能だろうか。

矢井田と渋沢以外は、自分で灯台に赴くよう指示されている。大の男ふたりが、平屋の近くからここまで運ばれたという点のみ、どうにも不可解に思える。

しかしなぜ榎嶋の手紙なのだろう。李奈は優佳にきいた。「その手紙を持ってる？」

優佳は首を横に振った。「ここに突き飛ばされる寸前にひったくられて」

悠乃が悔しそうに目を閉じた。「優佳さんが手紙を奪われたとき、わたしは背後を振りかえったんです。でも櫻木さんの顔を見るより早く、間髪をいれず突き飛ばされて」

蛭山が憔悴しきったようすでつぶやいた。「俺の手紙も気づけば奪われてた」

由希や留美も神妙にうなずく。みなを灯台に導いた、榎嶋による直筆の手紙。櫻木沙友理は抜け目なく回収したらしい。

理解しがたいことだらけだ。李奈は優佳に向き直った。「櫻木沙友理さんはどこに立ち去った？」

優佳は困惑のいろを浮かべた。「突っ伏してたからそこまでは……」

矢井田がいった。「俺は縛られてたが、扉の外は見えた。あっちだよ。横方向に逃げていった」

木立ではなく崖沿いに逃走したのか。李奈は曽根を振りかえった。「追いかけたほうが……」

曽根がうなずいた。「全員一緒に動くべきだ。ひとりも離れるな。行こう」

十人の集団に戻ったことが頼もしく感じられる。李奈は優佳と手をつないだ。みな密着しあった状態で外にでる。潮風の吹きつける崖の上をゆっくりと歩く。誰もが周りに警戒の目を向けていた。

ほどなく留美が前方を指さした。「あそこに……。なにか置いてない？」

小径から外れた崖っぷち、老朽化した手すりの前の地面だった。たしかに小さな白い物が見てとれる。

全員が駆けだした。みな無我夢中で走っている。問題の物体が徐々に大きく見えてくる。

愕然とした思いにとらわれる。李奈は歩を緩めた。

地面には白いパンプスが、きちんと揃えて置かれていた。爪先は手すりを向いている。鳥糞のこびりついた手すり、それを乗り越えれば切り立った崖だ。眼下約十メートルに海面がある。波が岩にぶつかり水飛沫をあげている。

曽根が海原を見下ろした。「まさか……。そうなのか？」

一同は凍りついた表情で立ち尽くした。女性作家たちが沈痛な面持ちで抱きあう。男性作家らは茫然としていた。

李奈は手すりを眺めたのち、優佳に目を向けた。優佳も手すりから李奈に視線を移してきた。複雑な表情がそこにあった。

22

午前九時をまわった。窓の外はあいかわらず曇り空だが、小雨はぱらついていない。ゲストは全員、それぞれの部屋で荷物をまとめたのち、リビングルームに集まりだしていた。みなシャワーを浴びもせず、着のみ着のまま、一刻も早く立ち去りたがっていた。

悠乃が浮かない顔で由希にささやいた。「船は何時に来るんでしょうか。埠頭にいたほうがいい？」

「いえ」由希が応じた。「ここでまってれば船長さんが来てくれるでしょ」

留美もうなずいた。「荷物を運んでもらわなきゃいけないしね……。でも船長さんにどう伝える？　すぐ警察を呼んでもらう？」

渋沢がおずおずといった。「そりゃそうしないと……。事情聴取も覚悟しとかないと」

みな言葉遣いがあるていど丁寧になっている。もとはそんな口調の人々だったのだろう。切羽詰まった事態が、互いに無礼な態度をとらせていた、そうにちがいない。

全員がリビングルームに集合している。李奈は一同に呼びかけた。「みなさん。ちょっとおききください」

誰もがこちらを見た。曽根が怪訝な顔になった。「なんだ?」

「ミステリの最後は関係者がみんな一堂に会し、謎解きが始まります。意外な真相とかそういうのが明かされるんです」

複数のため息が響く。蛭山がうんざりしたように背を向けた。「もうたくさんだ」

各自が勝手に動きまわる。李奈は優佳と並んで立っていた。ふたりを除き、誰も話し合いに興味をしめさない。

李奈は自分の文庫をとりだした。「蛭山さん。すみません。きょうの記念に、ここにサインを」

ふいに室内が静まりかえった。みな妙な顔を向けてくる。

蛭山が静止した。ぎこちなく振りかえる。包帯に覆われていない片頬が痙攣していた。

「なぜ?」と蛭山がきいた。

「きょうの記念ですから」

「それはきみの本じゃないか」

「あいにくもらった本はぜんぶ盗まれてしまって……。っていうより、当初から蛭山さんだけ、本をくださらなかったんですよね。だからサインも拝見してない」

「僕のサインなんか……」

「してくださらない理由があるんですか」

蛭山の顔がこわばった。李奈の手から文庫本を受けとる。サインペンも渡した。蛭山が手もとに視線を落とす。わずかに指先が震えている。

李奈は要請した。「サインだけじゃなく、わたしの名前もお願いします。できたら蛭山さんの座右の銘も」

極度の緊張がうかがえる。蛭山はサインペンの先を、文庫本の見返しに這わせたものの、ぴくりとも動かなくなった。

やがて蛭山は文庫本を突きかえしてきた。「やっぱりやめておく。サインはしない主義だ」

李奈は手を差しださなかった。「なら代わりに、いまからいうとおりに書いてもらえますか。〝朝早くから酔狂な試みを申し訳ない。しかしどうしてもお伝えしたいことがある。これまでいっさい事実を明かせなかった。じつは櫻木沙友理という女性は、あの作風から想像しうるように、極度の異常性格者である〟」

蛭山の手の震えが、尋常でないほど顕著になった。文庫本とサインペンが床に落ちた。蛭山は拾おうともせず、衝撃を受けたように立ち尽くしている。

池辺が眉をひそめた。「どうしたんだ？」

李奈は四十代の由希に目を移した。「メモ用紙をお持ちでしたよね？　榎嶋さんが書いた、わたしたちの氏名一覧」

「あ……はい」由希はハンドバッグから財布をとりだし、なかを探った。その表情がたちまち曇りだす。「おかしい。なくなってる」

「ふうん」李奈は一同の顔を見渡した。「榎嶋さんからの手紙。みなさんがサインしてくださった本。タブレット端末八つのうち六つ。わたしと優佳のスマホ。曽根さんの一眼レフのメモリーカード。なんで消えたんでしょう」

矢井田が苛立たしげにエントランスに向かいだした。「くだらない。ミステリを書いてるからって探偵役を気どるな。つきあってられねえ」

「後頭部の怪我を拝見できますか」

ふいに空気が張り詰めたように感じる。矢井田ばかりではない、ほかの小説家たちもいっせいに緊張をしめした。矢井田が立ちどまる。表情を硬くしながら振り向いた。

李奈は呼びかけた。「みなさん、推理小説の執筆には興味がないでしょうけど、少しわがままにつきあってもらえませんか。おかけください」

今度は状況がちがっていた。小説家たちがうつむきがちに動きだし、椅子やソファに腰かけた。曽根と池辺も面食らったようすで、ふたり並んで長椅子に座った。

「それと」李奈はつづけた。「もうひとつなくなった物があります。榎嶋さんが曽根さんに渡した、撮影指示の書類です。お持ちの方、ご提出をお願いします」

しばし沈黙があった。小説家たちは互いに視線を交錯させた。やがて渋沢が留美をうながした。「あんただよな?」

留美は暗い目つきで虚空を眺めた。椅子から立ちあがり、わきの旅行用トランクを床に横たえる。トランクを開けると、書類の束をとりだし、テーブルに伏せて置いた。

曽根がつかつかとテーブルに歩み寄る。書類の束を手にとった。とたんに曽根は目を剝いた。「なっ……。これはなんだ?」

立ったままの留美が、ばつの悪そうな表情で答えた。「櫻木沙友理さんの撮り方でしょ」

「……だが」曽根は書類を表向きにしめし、李奈を見つめてきた。「こりゃきみだ。杉浦李奈さんじゃないか!」

書類にフルカラーでコピーされているのは、李奈が爽籟社に応募したときに添えた写真だった。

優佳が李奈を見つめてきた。李奈は優佳を見かえさなかった。他人ごとではない。優佳も承知しているだろう。櫻木沙友理はもうひとりいる。

曽根は書類に目を走らせた。「距離に絞り値、照明の当て方……。ヘアメイクに対するアドバイスもある。まさしく杉浦李奈さんを被写体にする場合の、最適な撮影方法の研究だ。状況に応じて何枚もの例が……。いや、後半の書類は那覇優佳さんだな。直筆じゃなく、ぜんぶ活字だ。榎嶋さんの好みもたぶんに反映されてる」

一同はどよめかなかった。優佳がため息まじりにつぶやいた。「やっぱり……」

池辺が啞然とした表情になった。「どうなってる？　櫻木沙友理に関する撮影指示なら、燃えかすから見つかったじゃないか。週刊誌に載った拝戸芽吹の顔写真が使われてて……」

李奈はいった。「そっちには直筆の書き込みもありましたよね。それまで榎嶋さんが書いたとされる物と同じ筆跡だった。でもじつは蛭山さんの筆跡でしょう。榎嶋さんが用意した書類の分量に合わせねばならず、急ごしらえの一枚のほか、白紙を大量に封筒に収めるしかなかった」

室内は水を打ったように静まりかえっている。蛭山が項垂れながらきいた。「いつ気づいた？」

　優佳が李奈に代わって答えた。「ついさっき。小説はどのジャンルにも、ベタなパターンがある。わたしと李奈はミステリを書く。お馴染みのパターンのひとつが、飛び降り自殺の偽装。手すりを越えたのならその痕跡があるはず。でもあの手すりは……」

　鳥の糞がまんべんなく積もったままだった。誰かが死体を投げ落としたか、そもそも誰も落ちていないか。ミステリならそんな謎解きがなされる。だが小説家であっても、その種のジャンルの執筆経験がないと、使い古された定石すら連想できないらしい。

　曽根は泡を食ったようすでまくしたてた。「どういうことかわからん。榎嶋さんが俺に撮らせたかったのは、杉浦さんと那覇さんなのか？　櫻木沙友理さんはどこだ」

　李奈は応じた。「いません」

「いない？　島に来てないのか？」

「最初からいないんです。櫻木沙友理なんて実在しません」

　一同のなかで驚愕のいろを浮かべたのは、曽根と池辺だけだった。優佳はもう全容に気づいているようだ。ほかの小説家たちも、わけを知らないはずもない。当事者だからだ。

蛭山が憂鬱そうにつぶやいた。「僕らだよ……。櫻木沙友理は僕らだ」

「なに⁉」曽根が声を張りあげた。「よけいに意味不明だ」

小説家たちは硬い顔のままだった。由希が補足した。「この三日間、この島で、真相があきらかになるはずだった。櫻木沙友理さんの正体は、杉浦李奈さんか那覇優佳さん。ふたりのうち、どちらかが櫻木沙友理」

池辺が頭を掻きむしった。「こりゃもうわけわかんねえな」

李奈は優佳と顔を見合わせた。優佳が深いため息をついた。同じ心境だと李奈は思った。これで事情が呑みこめた。

「みなさんは」李奈はきいた。「お互いに知り合いじゃなかったんですよね？」

渋沢がうなずいた。「この島で初めて会った。でも境遇は共通してた」

「わたしや優佳とちがい、櫻木沙友理の後継作家候補として選ばれたわけではないんですね。そもそも応募もしていないし面接もしていない。六人ともそれ以前から、爽籟社での出版をめざしてた小説家で、担当編集者は榎嶋さんだった」

由希や悠乃が小さくうなずいた。留美は固まっていたが、表情が認めている。矢田や渋沢、蛭山も否定しなかった。

蛭山はソファに浅く座っていた。「きみも小説家ならわかるよな。売れない立場であちこちツテを頼り、どっかの編集者と知り合い、原稿を見てもらう。どこの新人賞にも引っかからなくて、大手にも相手にされなきゃ、中小の出版社に売りこむしかない」

矢井田が物憂げに後をひきとった。「作家の相手は担当編集者ひとりだけだ。編集者の助言を受け、何度か原稿の手直しを要請されれば、見込みがあると信じる。そのうち編集会議にかけてくれると期待する。俺たちはいつも、自分の小説が本になるのを目標に努力してる」

李奈のなかには共感があった。「なのに通常の印税契約は結ばれず、原稿を買い取られたんですね。それも爽籟社でなく、榎嶋さん個人に」

「知らなかったよ。原稿買い取りで印税はつかないといわれたが、少なくとも爽籟社に買い取られるものだと思ってた。榎嶋さんとしか話してないから、内部事情はわからない。でも報酬の十万円は手渡し。契約書の一通すらない。請求書も領収書もなし」

優佳が目を丸くした。「十万円？　長編小説の原稿を、たった十万円で売り渡したんですか」

留美の恨めしげなまなざしが優佳に向いた。「あなたにはわからない。わたしたちは小さな出版社でも片っ端からあたって、なんとか実績を作ろうとしてる。でも箸にも棒にもかからない原稿だと評され、どこでもだせないだろうがうちで買い取るといわれれば……。譲り渡すしかなかった」

どろどろとした業界の闇を感じる。李奈は気づいたままを告げた。「その時点で榎嶋さんは、出版にあたり原稿に手を加える、そういったんでしょうね」

矢井田がうなずいた。「まさしくそうだよ。なにをどうアレンジするかは、もう買い取ったんだから版元のほうできめるといわれた。じつは版元じゃなく榎嶋さん個人の裁量だったわけだが」

「たぶん矢井田さんの原稿は……。『最期のとき』の終盤ですよね」

「ああ、そうとも」矢井田の声は震えだした。「俺の書いた小説は『最期のとき』とはまったく無縁の話で、核戦争が起きるのは序盤、その後は荒廃した世界の物語だった。だが榎嶋さんはそんなの興味がなかったんだな。市民が核攻撃を受ける数章だけ、よく書けてるとばかりに拾われて……」

由希がいった。「前半はわたしの小説。どこにでもある日常を描いた、普通の人々の穏やかな暮らし。わたしはそんな物語に誇りを持ってた。でも榎嶋さんがいってた。

退屈だから最後になにか付け加えるかもって」

　日常をひたすら丁寧に綴った小説。売れ筋ではなくとも、文章表現や人物造形は秀逸だった。一方で、やはり充分なこだわりを持って書かれた、核攻撃を受ける市民の心理の描写。まったく種類の異なるふたつの小説を、榎嶋はパッチワークのようにつなぎあわせた。登場人物名は一括変換で統一したのだろう。むろん別々の作家だけに、文章表現は大きく異なるが、そこは榎嶋も編集者だ。連結部の前後を中心に、違和感をなくすよう校閲した。よって最初から最後まで文学的にすぐれた、衝撃的な転調を持つ物語ができあがった。

　たとえふたりの創作者がコンビを組んで、共著で小説を仕上げたとしても、あれほどインパクトのある作品は生まれない。コンビになっている時点で、なんらかの感覚を共有するし、共著という作業上、互いに譲りあったりもするからだ。創造性がぶつかりあい、双方一歩も退かなければ、そもそもコンビは成立せず、作品も完成しない。『最期のとき』の異常な変調による、狂気に触れたとしかいいようのない読後感。それはふたりの著者による、まったく別のこだわりを持った作品を、強引に結合させたがゆえだった。

　悠乃も恨み節を口にした。「もうわかってると思うけど、わたしは甘酸っぱい青春の恋模様を、丹念に心をこめて書いたの。『葵とひかるの物語』と改題して、後半をアレンジするといわれた」

蛭山がため息をついた。「僕は榎嶋さんに、まともな小説が書きたいといった。でもいつものような成人向けで、どぎついエログロを要求されてね。その前半は切り落とされた。後半はまったくテイストの異なる青春ものと、ところどころ章を交互に重ねながら、無理やりドッキングされてたよ」

池辺が茫然とつぶやいた。「前半は秋村悠乃さんの小説だったんだな」

「ああ」蛭山が力なくうなずいた。「やがて作品は日の目を見た。著者名は僕や秋村さんじゃなく、櫻木沙友理って新人作家だった」

李奈は気づいたままを言葉にした。「ここで読まされた『更生の行方』って小説も、察するに前半は、安藤さん……」

留美はふっと鼻を鳴らしたものの、笑みにまでは至らなかった。「不良少年が立ち直っていく物語。わたしなりに精魂こめて書いた。少年院に入った兄の苦しみや、うちの両親が味わった哀しみが反映されてる。このジャンルはライフワークとまで思ってる」

渋沢が天井を仰いだ。『更生の行方』は、櫻木沙友理の第三作として出版される予定だったんだろう。あの原稿データは榎嶋さんのモバイルノートのなかにあった。ざっと目を通して驚いたよ。後半のどうしようもない猟奇殺人は、ほかならぬ俺の原稿だった」

優佳が渋沢にたずねた。「あなたも自分の作品がそんなかたちで出版されるなんて、まったく予想していなかったんでしょ？」

「いや。薄々予感してた。『最期のとき』や『葵とひかるの物語』を読んで確信した。これは別々の小説をつなぎあわせてるってね。榎嶋さんが原稿を買い取るといった意味が、そのときようやく理解できた。俺の原稿もそうなるんだろうと覚悟してた」

矢井田が身を乗りだした。「榎嶋さんはサンプリングの天才だった。普通じゃ思いつかないような結合ポイントを見つけだし、まったくちがう作品どうしをミックスして、衝撃作や問題作に仕上げちまう」

おそらく原稿を買い取られた小説家は、もっと大勢にのぼるのだろう。もともと血の滲む思いで書かれた小説ばかりだ。榎嶋はそれらの作品群から、とりわけ表現力や描写力に秀でている箇所だけを抽出し、あれこれ組み合わせを考えた。櫻木沙友理の最初の三作品を構成するのは、ここにいる六人の小説になった。

つい最近、カルメン・モラという女性作家によるスリラー小説〝The Beast〟が、スペインのプラネタ賞を受賞した。モラの本業は大学教授で、マドリードで夫や子供たちと暮らしている、著者略歴にはそうあった。知性と良識ある主婦が、残酷で生々しい作風の小説を手がけたことも、話題の一助になった。

ところが授賞式に登壇したのは三人の男性だった。出席したフェリペ国王やレティシア王妃らも驚愕。フェミニストの記者は三人を詐欺師と報じた。よく書けた小説と作家のキャラクターのギャップは、どの国でも効果的なマーケティングになる。

蛭山が李奈をじっと見つめてきた。「わかるだろ。僕らには小説家としてのプライドがある。作品は自分の子供みたいなもんだ。なのに榎嶋のやったことは、子供の強奪だ。いろんな料理から一点ずつ具材を奪い、それを皿に盛っただけで、創作料理だとうそぶくのにも似ている」

渋沢が皮肉めかした。「具材の選択眼と組み合わせの妙、盛り付けのうまさはまぎれもなく、榎嶋さんの才能だろうよ」

李奈には六人の悲嘆が理解できた。「榎嶋さんのやり方は乱暴すぎる。少なくとも出版界で理解を得られるような、まともなアイディアじゃなかった。だから榎嶋さんは、おそらく爽籟社にも事実を伏せてた」

曽根が驚嘆した。「事実を伏せてた？　まさか櫻木沙友理って作家が本当にいると、会社にも嘘をついてたのか？」

一般社会の常識では考えられないことだろう。しかし出版界に身を置けば、ありうるとわかる。小説家は新人のうち、担当編集者としか顔を合わせない。中小出版社の場合、打ち合わせはたいてい喫茶店かファミレスだ。作家がみずから会社を訪問し、上司を紹介されないかぎり、ほかの誰とも知り合いにならない。社内でも作家に関することは、担当編集者がすべて処理する。サイン会などイベントに出席しない作家は、版元のほかの社員と会うことがない。ただ著書が出版の運びとなれば、刊行だけはされていく。

池辺が腕組みをした。「だが『最期のとき』と『葵とひかるの物語』の出版にあたり、爽籟社は櫻木沙友理と出版契約を結んだんだろ？」

李奈は池辺に説明した。「出版契約書は本ができたあと、担当編集者経由で著者に渡されるだけです。二通に署名捺印後、一通を返します。担当編集者が著者を騙り、署名捺印をしたとしても、社内では発覚しません」

「印税の振り込み先は？　口座名に実名が必要だろう」

優佳が応じた。「ゆうちょ銀行の当座預金なら、法人でなく個人でも、屋号を口座名にできます。櫻木沙友理事務所という口座名にし、実名の併記もなし。版元の経理にもばれません」

「じつは榎嶋さんの口座だってのか？　でも確定申告はどうするんだよ！　二百万部も売れたんだろ？」

李奈はうなずいた。「そこです。巨額の収入により、年明けに税務署の調査が入る可能性が高まりました。口座の開設手続きは緒事情により榎嶋さんがおこなった、そう言いわけできたとしても、櫻木沙友理本人がいなければ詐欺です。だから榎嶋さんは後継作家の公募企画を立案しました。じつは櫻木沙友理その人を選ぶのが目的だった」

「じゃあ」曽根は目を剝き、李奈と優佳を指さした。「きみらがそうか」

由希が力なく苦笑した。「世間が受けいれてくれるような、若い美人小説家を探してたんでしょ。ふたりを選んだのは、ひとりは以前から櫻木沙友理だったということにして、もうひとりは公募で選んだ後継作家として発表しなきゃいけないから」

池辺があんぐりと口を開けた。「それが杉浦さんと那覇さんってことか。どっちがどっちの候補だったんだ？」

李奈はため息とともに応じた。「たぶんまだきまってなかったんでしょう。だからふたりともこの島に呼ばれた」

曽根がやれやれという顔になった。「だんだんわかってきた。それで俺がふたりとも撮影することになってたんだ。どっちの写真写りが櫻木沙友理っぽいか。そこも判断基準のひとつだったんだな」

由希が真顔で告げた。「本当に写真集を出版するつもりだったみたい。大々的な発表になるし、ひと稼ぎもできるって、榎嶋さんは上機嫌だった」

「まった」池辺が片手をあげた。「櫻木沙友理が実在しないなんておかしい。『週刊文春』の記者が会ったんだろ？」

二十代の留美が無表情にささやいた。「あれはわたし」

「きみ？」曽根が甲高い声を発した。「でもきみは、そのぅ……」

「いまは上も下も重ね着して、わざと体形を崩してる。文春の記者が爽籟社の前を張ってるとき、榎嶋さんから呼ばれて、櫻木沙友理になりすますように頼まれた。もちろん爽籟社のほかの社員とは、いっさい顔を合わさなかった」

「榎嶋さんもよくそれで通せてたな」

「社内では櫻木沙友理に会わせてくれと、上司からもしきりに求められたけど、先延ばしにしてきたって。『週刊文春』の記者は、出版社どうしのことだから、芸能人や政治家相手ほど食い下がらない。そこが週刊誌の弱いとこ。文藝春秋でもそのうち、櫻木沙友理の本をだしたかったんだろうし」

矢井田がいった。「スクープの信頼性の高さで知られる『週刊文春』に、いちど抜かせることで、榎嶋さんは櫻木沙友理の実在を世間に印象づけようとした。出版社間の慣例を背景に、櫻木の顔写真を掲載しないよう、榎嶋さんは手をまわした」

渋沢が後をひきとった。「もっとも嘘が発覚した場合、榎嶋さんは文藝春秋から訴えられちまう。その意味でも早急に本物の櫻木沙友理が必要になった。あとで記者にだけは、あれは影武者だったと謝罪すればいい。以後の取材を独占させるなどの便宜を図れば、きっと帳消しにできる。それが榎嶋さんの考えだった」

李奈は六人の小説家たちを眺めた。「みなさんがこの島に呼ばれたのは、わたしか優佳との顔合わせのためだった。榎嶋さんはみなさんを、今後櫻木沙友理になる人間に紹介する予定だったんです。ゴーストライターとして……」

矢井田が不快そうに吐き捨てた。「正解だよ。当初は榎嶋さんも、俺たちを使い捨てにする気だったんだろうが、本があまりに馬鹿売れしたからな。箝口令を敷くと同時に、今後も原稿の素材提供者として利用するため、チームのスタッフよろしく迎えるつもりだった」

由希もうんざりしたようにこぼした。「あの人にしてみれば賢いビジネスだったんでしょう。櫻木沙友理という一大プロジェクトの成功に、わたしたちも納得するだろうと確信してたみたい。売れない小説家にはプロジェクトを支える柱になってもらう。将来自分の名前でデビューしたければ従えってこと」

蛭山がまた李奈に目を向けてきた。「櫻木沙友理になる人物は、世間ウケする美人であると同時に、本当に小説家でなきゃならなかった。でないとインタビューでボロがでるからな。すでにそこそこ名前の売れてるきみらなら、うってつけだと榎嶋さんは思ったんだろうよ」

矢井田が同意をしめした。「櫻木沙友理の正体は杉浦李奈だった。あるいは那覇優佳だった。どっちにしても世間は、作風のちがいに驚きながらも、なるほどさすがプロだと納得する」

李奈は矢井田にきいた。「あのタブレット端末のクイズが最終テストだったんでしょうか？」

「櫻木沙友理について知らないことがあっちゃ困るし、文学史に関する知識もそれなりにないとな。段取りはこうだ。初日はきみらになにもかも内緒にしておく。二日目の朝七時に、きみらふたりはタブレット端末のクイズに挑戦、早く五問正解したほうが、榎嶋さんのまつ場所に行くことになる」

やはりあのタブレット端末は二枚だけか。ほかの小説家が、じつは後継作家候補でなかった以上、タブレット端末が配られているはずもない。

蛭山がつづけた。「杉浦さんと那覇さんのどちらが先に到着しても、榎嶋がまちかまえている。〝今後あなたは櫻木沙友理だ。もうひとりのあなたは後継作家だ。それらしく振る舞うだけでいいよ、小説はこっちで作るから。〟そんなサプライズ発表があるはずだった」

納得できるわけがない。李奈は疑問を口にした。「わたしと優佳が断ったら、榎嶋さんはどうするつもりだったんでしょう……?」

渋沢が首を横に振った。「断らないと確信してたよ。今後は苦労して小説を書かずとも、大ベストセラー作家として扱われる。印税の一部であっても高額のギャラが支払われる。杉浦李奈もしくは那覇優佳の名で、過去に各社で出版した本も、すべてベストセラーになる。こんなおいしい話があるかって」

「インチキじゃないですか」

「榎嶋さんはそういう認識じゃなかった。ただの分業だというんだ。顔と容姿を提供する人、撮影する人、小説の素材を提供する人、サンプリングする人。総じて櫻木沙友理なるプロジェクトだといって憚らなかった」

池辺が呆れぎみに嘆いた。「めでたい男だ。杉浦さんや那覇さんが大喜びするとでも思ってたのかな」

曽根の表情が険しくなった。「そこまでは笑い話で済むだろう。だが問題は、誰が榎嶋さんを殺したかだ」

室内がまた静まりかえった。小説家たちの目線が下がる。いずれも辛そうな表情に後悔の念がのぞく。

想像どおりだと李奈は察した。「誰も殺してません。死なせるつもりはなかったんです」

「なに？」曽根がまた驚きの声をあげた。「どういうことだよ」

「六人のみなさんにとって、榎嶋さんの計画は腹立たしいものだった。だから潰してやろうと思ったし、きついお灸も据えようとした。汐先島の公式サイトには、トリカブトに関する注意事項があった。ネットで調べると『完全毒殺マニュアル』だけが参考になるとわかった」

「そんな本を参考にするなんて、いよいよもって殺す気だろう」

「いえ。週刊誌にも引用されてましたが、同書には〝致死量の十七パーセントまでなら、苦痛を味わったとしても命に別状はない〟とあるんです。それが死なせずに苦しめられる上限だと解釈したうえで、一緒に掲載されていた毒素の割合から、食事に混ぜるトリカブトの分量を算出した」

殺したのでは六人にとって仕事が失われる。だから殺害はありえないと推察できる。互いに知り合いではなかった六人は、偶然にも同じ犯行を意図していた。島に到着後、それぞれが人目を盗み、トリカブトの根を掘りかえした。根を粒状に刻み、榎嶋の夕食に混ぜるつもりだった。本の掲載内容に基づき、致死量の十七パーセントほどになりうる分量を、各自が用意した。

六人は順繰りに厨房を訪ねている。榎嶋が牡蠣アレルギーなのは報じられていたし、ひとつだけカレースープの皿があれば、榎嶋の料理だと見当がつく。カレーは香辛料の味とにおいが強く、異物を少量混ぜたとしても気づかれにくい。もともと粒状にした雑穀ごはんやコーンが振りかけてあったから、トリカブトの粒を追加しようとも、ラップ越しにはめだたない。よって六人全員がその皿に目をつけた。池辺の注意が逸れているうちに、ラップをわずかに剝がし、トリカブトの粒をいれたうえで、また元に戻しておいた。

李奈はいった。「十七パーセントが六人ぶん。カレースープに盛られた毒は、単純計算で致死量の百二パーセントになります。もちろん目分量だし、誤差はそれぞれにあったと思うけど、結果として榎嶋さんは亡くなった。

曽根が信じられないという顔になった。「六人が結託したわけじゃなくて、あくまで偶然だったっていうのか？」

「結託したのは榎嶋さんが死んでからです。六人のみなさんは内心気が気じゃなかったはず。でもなぜ毒が致死量に至ったのか、理由はすぐに思い当たった。初対面の六人だったけど、互いに口裏を合わせだした」

まず矢井田が固定電話を不通にした。矢井田がビジネスセンターに行こうといい、池辺も同意し、一緒にダイニングルームをでた。電話が通じるスイッチを探すのが目的だったが、その位置が思い当たるのは、管理人代行の池辺だけだ。池辺が室内にいるあいだ、矢井田は先に外にでて、保安器から配線をひきちぎった。

渋沢がいった。「みんなで立入禁止区画をたしかめに行き、トリカブトの根を掘りかえした痕を見つけたろ？　あのとき俺はこっそり建物に留まった。暗いなか、事情を知らない四人に気づかれさえしなければよかった。厨房に置き去りになってた合鍵で、俺は杉浦さんと那覇さんの部屋に入った」

曽根がきいた。「なんのために？」

李奈は察した。「わたしと優佳がみなさんからもらった著書を回収したんでしょう。

小説を読めば、それぞれの作風や文体があきらかになる。櫻木沙友理の作品が、みなさんの書いた物のサンプリングだと気づく恐れがある……」

初日はサプライズ目的で詳細が伏せられていた。榎嶋の企画したとおり、六人の小説家らは、櫻木沙友理が実在するかのように振る舞った。彼女が自分のメインディッシュを持ちだし、外にでていると装った。

よって李奈と優佳は疑いを持たず、六人の小説家らも後継作家候補だと信じていた。榎嶋の死後、六人はその誤解を利用し、櫻木沙友理が島内にいると偽装することにした。

そのためまずタブレット端末について話を合わせた。全員の部屋にタブレット端末があると嘘をつき、明朝七時になにが表示されるかわからないとシラを切った。

李奈と優佳が一緒に寝ているあいだ、六人は今後の計画を相談したにちがいない。蛭山だけは本にサインをしなかったため、筆跡を李奈と優佳に見られていない。だから蛭山の筆跡を榎嶋の筆跡と偽った。由希の持っていたメモ用紙は、榎嶋が書いた物ではなく、蛭山が書き直した。むろんガゼボで見つかった手紙も蛭山作だった。

タブレット端末のクイズに正解したうえで、それをゴールに持っていけば〝Congratulations〟と表示されてしまう。それを予期した六人は、画面表示よりも手紙の内容が優先するとの趣旨を、文面に織りこんだ。

　問題は榎嶋がどこをゴールに設定したか、六人が知らないことだった。そこで朝一番に矢井田が李奈の部屋を訪ね、ふたりがクイズに全問正解したことを確認すると、ゴールがガゼボだとききだした。ただちに留美と悠乃がガゼボに先行した。彼女たちはガゼボの屋根の亀裂に手紙を押しこんだ。ひとりがベンチの上で両手を組んで足場にすれば、もうひとりが垂直に伸びあがり、屋根の裏側に手が届く。のちに李奈が試したとおりだった。

　矢井田は自分と渋沢の部屋から、みなの著書が盗まれたと話した。ほかの面々も同じ主張をした。八人の小説家が等しく盗難被害に遭ったと印象づけた。

　悠乃がうつむいたままささやいた。「櫻木沙友理の部屋に、彼女の旅行用トランクがあったでしょ？　あの中身は本来、榎嶋さんから杉浦さんと那覇さんへのプレゼント。めでたく櫻木沙友理さんとその後継作家になったふたりに、エルメスやシャネルが贈呈される手筈だった」

　曽根が鼻を鳴らした。「あんたたち六人は、いもしない櫻木沙友理をいると偽り、榎嶋さんの殺害犯に仕立てた。俺から撮影指示の書類を奪ったのもそのためだな？　櫻木沙友理の正体が、じつは杉浦さんか那覇さんだと発覚しちゃ困るからだ」

リビングルームには週刊誌のバックナンバーがあった。六人は拝戸芽吹の記事から顔写真をコピーし、のちに発見される撮影指示の書類をでっちあげた。

拝戸芽吹は富士の樹海で行方不明になっている。じつは彼女が櫻木沙友理だったことにする。一同が島に滞在した三日間、拝戸芽吹はまず榎嶋を殺し、次に小説家たちを異常な命令で翻弄したあげく、最後は灯台に監禁した。だが彼女は海に身を投げて自殺。そんな事件の捏造を図った。のちに李奈と優佳、曽根、池辺がそのように証言すれば、六人の小説家たちの供述と併せ、すべてが既成事実になる。櫻木沙友理こと拝戸芽吹の遺体は、海中から発見されないまま、死んだのは確実とされ幕引きとなる。

蛭山がいった。「後継作家公募と大規模な面接は、爽籟社の主催だったが、詳細はぜんぶ榎嶋さんひとりが握ってた。社長以下役員らも、驚異的な業績をなしえた榎嶋さんに全幅の信頼を置き、すべてまかせっぱなしだった。三日間の出張は認められてたらしいが、この島の滞在費は榎嶋さんの自腹だ」

もともと櫻木沙友理の正体をでっちあげるための催しだ。榎嶋が汐先島旅行の内容について、会社に相談していなくて当然だった。

だからこそ櫻木沙友理は拝戸芽吹だと、爽籟社も受けとる可能性が高かった。凶悪犯の過去があったがゆえ、榎嶋もこれまで櫻木沙友理の素性を明かさなかった、そんなふうに筋が通ることとなる。

　由希がため息をついた。「わたしたち女性陣の筆跡は、本にサインしたせいで、いちど杉浦さんたちの目に触れてる。だから拝戸芽吹からのメッセージは、手書きじゃなくSDカードにしたの。榎嶋さんが持ってたモバイルノートでファイルを作成した」

　優佳が由希を見つめた。「なんであんなおかしな課題を次々に……」

「事情を知らないあなたたち四人を、三日間なるべく建物内に釘付けにしときたかった。好き勝手に狭い島内を動きまわったら、ほかに誰もいないと気づいちゃうでしょう」

　李奈はいった。「櫻木沙友理の脅威を身近に感じさせるため、いろいろハプニングを起こしましたね。厨房に火災が発生したり、蛭山さんが感想文を書くのを拒否したとたん襲われたり」

　矢井田の神妙なまなざしが蛭山をとらえた。「あなたには頭が下がる。ほんとにすりこぎ棒で自分の顔を殴るなんて」

　蛭山は仏頂面で応じた。「きみの後頭部の出血は、厨房から持ちだしたトマトケチャップだろ？　安藤さんが怪我を確認するふりをして、うまくその場を凌いだ。先に杉浦さんや那覇さんが、傷口を見せてといったら危なかったぞ」

優佳が呆れたようにいった。「危ないもなにも、もうバレてますけどね。窓ガラスが外から割られてたのはなぜですか」

「あれよりずっと前に、自分で外にでて割っておいたんだよ。ほかの面々がきみらの注意を逸らし、大声を張りあげたり物音を立てたりしてるあいだにね。やがてみんなが自室に籠もったのち、僕は厨房から持ってきたグラスをベッドの下に投げつけた。ガラスの割れる音を響かせるためだ。グラスの破片はあとで片づけたよ」

蛭山の喋り方はずいぶん変わっていた。おどおどした卑屈な態度も、頼りなく無責任に見せるためだったのだろう。

一同が『更生の行方』の感想文を書いたとき、蛭山がひとり離脱したのもそのためだ。彼だけは筆跡を、李奈たちに見せるわけにいかなかった。

優佳が首をかしげた。「郵便受けに投函した感想文が、いつの間にかぜんぶ消えてたでしょ？　誰も外にでてないのに、あれはなんで……？」

留美が応じた。「最後に投函したのはわたし。すべての感想文を回収し、防寒着の下に隠して、ここに戻った」

李奈は由希に目を向けた。「そのあいだ、あなたはわたしたちを呼び集めた。窓の外を見させないために」

　由希が黙ってうなずいた。気まずさが疲れた表情にのぞいている。

「それと」留美がつづけた。「感想文を回収したとき、わたしは氏名を消した診察券を置いてきた」

　優佳がたずねた。「なぜ診察券を……？」

「前に眠れないことがあって、いちど精神科を受診したから、診察券を持ってた。わたしは大山町の古い安アパートにひとり暮らし。『週刊文春』の記者を相手に、櫻木沙友理を装ったとき、大山町住まいだといってしまったの。それが記事に載ったから、診察券から氏名を削りとったうえで投函しとけば、彼女の物に見えると思った」

　渋沢がつぶやいた。「俺がそうするよう助言した。櫻木沙友理が異常者だという布石だ。あとで拝戸芽吹だと発覚したとき、説得力が生じるだろ。猟奇ものにありがちな展開なんだよ」

　伏線と回収だ。六人はミステリが専門でなくとも、いかにも小説家らしい思考の持ち主だった。

　李奈は細部にも気づきだした。「わたしが櫻木沙友理に手紙を書くといいだしたせいで、みんないろいろ対応に追われたんですね。麦わら帽子に白のワンピース姿の櫻木沙友理は……」

「わたし」留美がいった。「朝方、ガゼボに出発する直前、みんなと記念撮影した。スマホカメラの明度と彩度をあげて、昼間のように見せかけてね。杉浦さんと那覇さんは部屋で支度してる最中だった」

「週刊誌から取りこんだ拝戸芽吹の画像をもとに、顔加工アプリで留美さんの目鼻立ちを変えたんですね」

「最近のアプリは優秀。不鮮明な白黒写真が元でも、特徴を拾って顔をアレンジしてくれる」

当然いまは誰もが画像を消去済みだろう。李奈はきいた。「郵便受けの前に現れたのもあなたですよね」

「そう。みんなリビングから廊下に入ったふりをして、姿勢を低くして戻ったでしょ、全員で窓の外を見張るために。あのときわたしは、杉浦さんや那覇さんより後に廊下に向かった。そのまま引きかえさず自室に行き、着替えたうえで窓から外にでたの。麦わら帽子を深くかぶって、顔が見えないよう気をつけてた」

あの場で李奈と優佳は必死に目を凝らし、窓の外を監視しつづけた。留美ひとりが欠けている事実に意識は向かなかった。曽根と池辺にとっても同様だっただろう。

櫻木沙友理らしき女が現れると、李奈たちは無我夢中で追いかけた。やがて木立のなかの寝袋や、拝戸芽吹の撮影指示の書類が見つかった。むろんすべて六人があらかじめ用意した物だった。あの時点で留美は、もう元の服装に戻っていた。変身は容易だ。麦わら帽子を脱ぎ、外のどこかに隠してあった防寒着を、上に羽織るだけでいい。

曽根が手のなかで一眼レフをもてあそんだ。「このカメラからメモリーカードが消えたのは、俺が安藤さんの後ろ姿を撮ったからだな。顔が写ってなくても、後日しっかり確認すればバレる。拡大できるし、警察の鑑識も調べるだろうし。誰が盗った？」

悠乃が片手をあげた。「わたし。杉浦さんと那覇さんのスマホもそう。ふたりがカメラ機能を使うのは予想がついてた。動画の隠し撮りもするだろうなって」

留美が小さくうなずいた。「わたしの姿以外にも、画像に記録が残ってちゃ困る物があった。榎嶋さんが書いたことになってる手紙だとか、撮影してないともかぎらない」

拝戸芽吹の撮影指示の書類も、やはり曽根の手から回収された。蛭山の筆跡が残っている以上、曽根に持ち帰られてはまずいからだ。

二枚のタブレット端末は李奈の部屋から盗まれた。いずれも榎嶋の私物だったため、のちに証拠品として警察に押収されたら、思わぬデータが復元されるかもしれない。六人はそれを恐れたにちがいない。遺体と同じ物置に隠したのは、李奈たちが開けるはずがないと思ったからだろう。

六人の小説家のなかに失踪者がでて以降は、郵便受けの中身が出現したり消失したりすることに、なんのふしぎもなくなった。外にでたままの人間が、こっそり投函と回収をおこなえばいい。

計画の終盤はぎくしゃくしだした。矢井田と渋沢は平屋のすぐ近くで意識を失い、気づけば灯台に監禁されていたという。拝戸芽吹が男ふたりを遠くまで運んだというのか。あれはあきらかにミスだ。ほかの小説家らと同じように、謎の手紙により、灯台に誘いだされたことにすべきだった。

しかし優佳を巻きこまねばならない以上、直筆の手紙を誰が書くかで、六人は頭を悩ませたにちがいない。うち五人はサイン本により、優佳に筆跡を知られている。蛭山の筆跡は死んだはずの榎嶋の筆跡になっている。櫻木沙友理の筆跡を担当できる者がいない。

結局、謎の手紙は蛭山が書いた。じつは榎嶋が生きていると思わせることで、曽根や池辺への不信感を煽り、優佳を無言のうちに外に連れだす。苦肉の策だが、李奈には通用しない手だった。なぜなら李奈は榎嶋の死を確認しているからだ。

小説家たちの意識を朦朧とさせたのは、マーカーペンのにおいを少々甘酸っぱくしたような気体、由希や留美がそう証言した。しかし優佳はそのような物を嗅がされていない。気化麻酔薬など誰も持っていなかった。ハロタンのにおいや効用は『完全毒殺マニュアル』に載っていた。六人が発想できる麻酔薬は、それ以外になかったのだろう。

優佳が困惑のいろを浮かべた。「わたしと秋村さんが灯台に着いたとき……。なかでみんな猿ぐつわを嚙まされ、縛られてた。わたしたちふたりは後ろから突き飛ばされた。櫻木沙友理は扉を閉めて逃げていったはず。なのに灯台のなかにはみんなが揃ってた」

留美が力なく苦笑した。「突き飛ばしたのはわたし。あの暗闇のなか、全員の顔ぶれを一瞬で確認したわけじゃないでしょ？」

「そうなのかな……。灯台のなかを見たとき、ちゃんと五人いたような気がしたけど。男性は三人、女性はふたり。安藤さんと篠崎さん……」

「そんなはずない。もちろんあとでそう証言してくれることを狙ったんだけど、わたしと目が合った記憶ある？」

「いわれてみれば、そのおぼえはないかも」

「わたしは扉に閂をかけてから、鎧戸のほうにまわった。あなたと秋村さんが、みんなの縄をほどいているあいだに、鎧戸の窓からこっそり忍びこんだ。秋村さんはあなたが窓を背にするよう、うまく仕向けてくれてね」

「……あの窓、開いたの？」

「鍵はゆうべ壊した。きょうは外と内側の両方から出入り自由だったの」

灯台のなかにいる七人のうち、六人が共謀し、優佳ひとりをだましていた。鎧戸が開かないふりもしただろうし、優佳をそこに近づかせないよう、絶えず目も光らせていただろう。

優佳を監禁の被害者にすることで、のちに警察の捜査が始まった際、生々しい証言が追加される。榎嶋の手紙はすべて櫻木沙友理に奪われたとすれば、筆跡鑑定もできない。死んだ榎嶋に書けるわけはないから、櫻木沙友理が字を似せた偽装だったのだろう、そんな推測だけが残る。

曽根が醒めた表情になった。「いっそのこと犯人は拝戸芽吹だったと断言すりゃよかったのに。なんでみんな犯人の顔をよく見なかったとか、そんな曖昧な証言に終始した？」

李奈はいった。「拝戸芽吹が万が一にも生きてたら、すべてがひっくりかえるからでしょう」

由希が疲れたように呻いた。「そう。あるいは富士の樹海で、もっと前に亡くなった拝戸芽吹の遺体が見つかるかも……。だから不確定要素を残しておいたの。島に着いたばかりのとき、櫻木沙友理に会ったけど、そういえば拝戸芽吹に似てたかもしれない。証言はそれだけに留めることにした」

発言は途絶えた。沈黙が降りてきた。榎嶋を死なせてしまってからの、六人の小説家らによる悪戦苦闘。それがこの三日間に起きたできごとのすべてだった。

蛭山が床に目を落とし、ひとりごとのようにつぶやいた。「物証はひとつもない。燃える物は燃やし、燃えない物は海に棄てた」

曽根の眉間に皺が寄った。「俺たち四人の証言がある」

池辺も憤りとともにいった。「それとも四人を殺すか?」

矢井田が項垂れた。「冗談はよせよ」

女性作家のなかで年長の由希が、李奈をまっすぐに見つめた。「小説家ならわかるでしょ? わたしはむかしから話し下手だった。でも文章なら思うように表現できる。小説家として物語を綴ることを、人生そのものにしたかった。いずれ世に広く読まれるようになりたいと願ってた」

李奈の心は深く沈んでいった。「わたしたちはみんなそう思ってます」

「なら理解して」由希はすがるようなまなざしを向けてきた。「杉浦さん、那覇さん。出版の可否の判断は、いつも編集者に委ねられてる。でも作品を踏みにじる権利まであると思う？」

優佳が複雑な表情でささやいた。「相性の合わない編集者は、たしかにいます。感性がずれてるなと思える編集者も。でも気に食わないのなら、ほかの版元をあたれば……」

留美が悲痛な声を発した。「そんなに簡単にはいかないの！　あなたや杉浦さんとはちがうといってるでしょ。文芸編集者と新たに知り合って、原稿を渡したとしても、返事がないままほうっておかれる」

「そこは」優佳が口ごもった。「自己責任と思うしか……」

渋沢が吐き捨てた。「始まった。恵まれてる人間の常套句(じょうとうく)だ。自分はなんとかなったというだけの結果論、生存者バイアスでしかない。俺たちが努力していないように見えるか？　頑張って原稿を書いていないと思うか？」

「そんなことはいってません」優佳はむきになった。「ただ作家は個人事業主でしょ。

最終的には誰も助けてくれない」

「大手の出版社とつきあってるから、そんなことがいえるんだ。きみは本がでたあとで、印税の支払いを踏み倒された経験があるか。版元が潰れちまって未払いのまま、直談判に行っても会社ごと夜逃げされたあとだった。そんな苦汁をなめたことがあるのかよ」

李奈は静かにいった。「渋沢さん。大手でも編集者に無視されることはよくあります。異動で連絡がとれなくなり、引き継ぎもろくにおこなわれず、その出版社とのつきあいも終わらざるをえなかったり……。著者の立場が弱いのは事実です」

矢井田が必死の形相でまくしたてた。「編集者は小説家の苦しみをわかってない。毎月給料をもらいながら、編集会議は来週だ再来週だとずるずる引き延ばし、結果やはり通らなかったとか、通ったとしても出版時期は未定とか……。ようやく発売にこぎつけても次がない。三十万円の初版印税だけが年収になる。どうやって暮らせというんだ」

渋沢も追随した。「出版業界自体に、榎嶋のような奴をのさばらせる下地があったんだ！」

大きく売れないかぎり専業ではやっていけない。そんなことは小説家なら百も承知だ。それでも気持ちは痛いほどわかる。けっして他人ごとではありえない。李奈は六人を気遣った。「わたしもコンビニでバイトしてます……。本が売れるのを夢見ながら、おでんや中華まんを調理して、床にモップがけする毎日です」

悠乃の目が潤みだしていた。「わたしにもドラッグストア勤務がある。子育てと家事にも追われる。その合間を縫って執筆してるの。本当に共感してもらえる恋愛物語を、文芸として遺したい、それが人生の希望。なのに榎嶋さんのやったことは……」

矢井田がいっそう声を荒らげた。「版元は大勢の売れない小説家たちの将来まで気にかけちゃくれない。業績を優先してばかりだ。こっちはいつも犠牲になってる。振りまわされたあげく出版見送りの憂き目に遭う。とりわけ榎嶋は悪意の塊だった。奴は俺たちの心をずたずたに引き裂いた」

曽根が怒鳴った。「だからって殺していいって話にはならんだろ！」

「殺すつもりなんかなかった！　ただ櫻木沙友理プロジェクトなんかぶっ潰してやりたかった。本当に死なせるつもりはなかったが、思い知らせてやりたかったんだ。俺たちの苦悩は小説家ならわかるはずだ。なのに俺たちを犯罪者として告発するのか！」

優佳がヒステリックに叫んだ。「わたしたちにどうしろっていうの！　榎嶋さんがなぜ死んだか、今後もずっと黙っていろって？　櫻木沙友理は拝戸芽吹で、崖から身投げして死んだと証言しろって？　どうして嘘をつきつづけなきゃいけないの。共犯になんかなりたくない！」

悠乃は涙ながらにうったえた。「那覇さんにも起こりえたことなの！　杉浦さんにも。わたしたちはいつでもないがしろにされる。創作する立場の人間は常に存在を軽んじられる。強者によるお金儲けの犠牲になる」

留美が子供のように泣きじゃくりだした。「お願い。偽証しなくてもいいから、せめて警察には黙ってて。なにも喋らないでほしい」

李奈のなかで激しい葛藤があった。六人の抱く辛い思いは、自分のことのように共感できる。だが事実がねじ曲げられているのを承知で、無言を貫けるはずがない。李奈はささやいた。「みなさんこそ正直に話すべきでしょう……。死なせるつもりはなかったけど、そうなってしまったと、ありのままを打ち明ければいい。情状酌量もありうるでしょう」

蛭山が悲痛な面持ちで嘆いた。「無理だ。櫻木沙友理に絡む事件だけに、マスコミが飛びつく。僕らは逮捕された時点で、本名から家族構成まで、なにもかも報じられるだろう。小説家としての再起なんて、永遠にありえなくなる……」

「そんなことはありません」

矢井田が不満げに鼻を鳴らした。「ペンネームを変えれば問題ないって？　版元がどこも相手にしてくれなくても、電子書籍のセルフ出版から始めて、コツコツ頑張れとか？　やっぱり他人ごとだ」

渋沢も身を乗りだした。「杉浦さんと那覇さんは、榎嶋による詐欺の被害に遭わずに済んだ。誰のおかげだと思う？　俺たちだよ。あいつの企みを潰してやったのは俺たちだ」

優佳が首を横に振った。「死なせちゃったじゃん！　榎嶋さんにも家族とか友達とかいたはずでしょ？　関わりのある人間をみんな不幸にしてもかまわなかったっていうの⁉」

六人はいっせいに発言した。誰もが血相を変え、死にものぐるいでまくしたてた。自分たちが犯罪者として逮捕されるか否かの瀬戸際だ。容易に退けないのも当然かもしれない。

矢井田がひときわ声を張りあげた。「編集者は売れない作家を抑圧する！　強権でやりたい放題だ。なかでも榎嶋は度を超していた。あいつは作家の創造性そのものを否定してきた。俺たちは徹底的に弱い立場にある。表だって抗議をすれば、業界の横のつながりで拡散されて、どの版元からも干される。これしかなかったんだ！」

李奈は間髪をいれずいった。「わかります。でも苦労して書いた原稿が否定されるたび、わたしは自問します。なぜそこまでの強権の持ち主と渡り合わなきゃならないのか」

部屋はまた静かになった。六人の小説家が黙りこみ、李奈をじっと見つめてくる。

こんなことを口にするのは、ただひたすら心苦しい。思いはかぎりなく六人に近いからだ。それでも李奈はささやいた。「編集者はどうして月々の給料をもらい、作家に対し生殺の権利を有するんでしょう。そのために努力し、会社に採用され、しかるべき部署に配属されてるから……。先に人生の賭けに挑み、勝ちあがったからではないのですか。安定した収入や正社員の地位を望み、みごと獲得したんです」

矢井田が言葉に詰まった。「そんなことは……。承知のうえだ」

「本当ですか」李奈は矢井田を見つめた。「わたしはよくわかっていませんでした。でもいまは理解するよう努力しています。編集者はわたしたちに先んじて、出版界で一勝してるんです。わたしたちも一勝できたとき、ようやく対等になれるんでしょう」

「出版社の正社員になるような人間は、そもそも恵まれてる。俺は工場勤めからライターになり、なんとか小説をだせるようになった。最初から人生に強弱の格差はある」

「編集者をめざしたわけじゃないですよね？」

「当然だろ。俺たちは小説家になりたかったんだ」

「そうでしょう。人はそれぞれの道を行くだけです。でもその道が重なる地点があります。編集者は一勝した結果そこにいるけど、わたしたちにとってはスタート地点です。立場の弱さはやむをえません」

「理不尽を受けいれろってのか」

「編集ガチャで運に見放され、榎嶋さんのような人間に当たることもあるでしょう。ならほかの版元で最初からやり直すだけです」

「そんなに恵まれちゃいないといってるだろ。業界は狭い。軒並み出版を断られたり、出版できたとしても売れなかったりして、今後のチャンスを失いつつある。残り少ない中小の出版社、爽籟社はそのなかのひとつだった」

「でもそれは詐欺だったんでしょう。事実に目を向け、ただ新しい小説を書くしかありません。よそで新人賞を獲るか、ベストセラーを記録するか、成功を夢見て頑張るべきです」李奈の胸が詰まりだした。「辛くても書くしかないんです。わたしたちにはこれしかない。自分がいちばんよくわかってることじゃないですか」

またも沈黙がひろがった。みな視線が床に落ちている。一様に暗い表情を浮かべていた。

やがて由希が虚空を眺めながら、穏やかにつぶやいた。「うちの娘は来春、高校を卒業するの。大学進学までにわたしの小説が売れて、学費を払ってあげられるようになりたかった。でも間に合わなかった。娘はいつもわたしの小説を褒めてくれる。今回の話、このあいだうちで起きたことだよね。娘はそういって、いつも笑ってくれるの」

キッチンに丸いスポンジ。由希はそんな題名の小説を書く。どこにでもいる家族の、なんでもない日常を綴る、そういう作風のようだ。そこに彼女の深いこだわりがあるのだろう。

由希の憔悴しきった顔が李奈に向けられた。ささやくような声で由希がいった。

「わたしたちはここで過ちを犯した。でもそれを公表しなきゃならないの？」

発言を迷う。だが思いのままを告げるしかない。李奈は静かに応じた。「嘘をつけば一生その罪を背負います。いつ偽証がバレるかと、びくびくしながら生きなきゃなりません。あなたが平穏な日常を書きつづけたとしても、永遠にまやかしになってしまいます」

　室内に無音が響く。沈黙にこそ耳を傾けていたい。李奈はただそう感じた。六人の小説家の心境も、あるいは同じかもしれない。

　由希が深く長いため息をついた。「そうでしょうね……。杉浦さん、那覇さん。それに曽根さんと、池辺さんも。隣のビジネスセンターに移ってもらえませんか」

「……なぜですか」李奈はきいた。

「わたしたち六人で相談します。これからどうするかを」

　全員で協議したい。けれどもほかの五人の小説家も、由希に同意をしめすまなざしを向けてくる。

　李奈はうなずいた。「わかりました」

　気まずさに視線を逸らしあう。李奈ら四人はビジネスセンターに移った。リビングルームには六人の小説家たちが居残る。

　ビジネスセンターに入ると、池辺が緊迫した声でささやいた。「まずいよ」

　優佳も小声で池辺にたずねた。「なにがですか」

「あっちはダイニングルームとつながってる。厨房から残りの刃物類をとってこれるじゃないか」

曽根はしんどそうに椅子に腰かけた。「まさか。ありえない」

「なぜそういえる？」池辺が曽根を見つめた。「ひとり殺しちまった以上、あと四人殺しても同じだ」

「そんな」優佳が声を震わせた。「やばくない？　こっちには出口もないじゃん」

リビングとの狭間のドアを、李奈はそっと閉めにかかった。六人の小説家がリビングの真んなかに集う。三人の女性はみな泣いていた。男性ら三人の顔にも暗澹たる表情が浮かぶ。由希の目が李奈に向いたものの、また仲間たちに視線を戻した。相談が始まっている。李奈はドアを閉めた。リビングルームのようすはまったくわからなくなった。

優佳が心配そうな顔で歩み寄ってきた。「李奈……」

「だいじょうぶだから」李奈は優佳の手を握った。

曽根がため息をついた。「杉浦さん。若いのに人生経験が豊かだね」

「……まさか」李奈は否定した。「妄想癖だけを頼りに小説を書いてる、友達の少ないフリーランスです」

「なら変わってきたんだよ。きみは歳のわりに大人びてる。四十代の篠崎由希さんと対等に話してたよな。六人の抱える苦悩も、きみだからこそ共感できたんだろう」

「そんな褒められたものでは……。遅れてきた反抗期の真っただなかで、親とも疎遠になってるんです。子供じみてる自覚はあっても、なかなか成長できません」

「いまはもうそうじゃないだろ？」

李奈は黙りこんだ。曽根の冷静なまなざしが見つめてくる。戸惑いのなかで李奈は感じた。両親か。たしかにいまならもう、抵抗なく話せそうに思える。

隣は静かだった。耳を澄ましてもなにもきこえない。

池辺がささやきを漏らした。「なにがあった？　ドアを開けてみるか」

優佳は怯えた顔で拒絶した。「相談が終わったのなら、向こうから声をかけてくるのが筋だし……」

李奈は固唾を呑んでドアの把っ手を注視した。把っ手がゆっくりと動く。ドアがわずかに開いた。

23

ドアの向こうに立っていたのは、四十すぎの篠崎由希だった。

由希がいった。「李奈さん。できればおひとりだけでこちらに……」

李奈は歩きだそうとした。しかし曽根が引き留めてきた。池辺も心配そうな顔を向けてくる。

優佳が緊迫した声を漏らした。「なんで李奈だけ……?」

曽根は反対の意思を由希にしめした。「だめだ。杉浦さんとだけ話したいというのなら、そうすりゃいい。でも俺たちも立ち会う。口は挟まないが、議論はきかせてもらう」

困り顔の由希がリビングルームを振りかえる。小説家仲間が一様にうなずいたらしい。由希は大きくドアを開け放ち、李奈たちを迎えいれた。「どうぞ」

また四人がリビングルームに戻る。五人の小説家らが立ちあがり、李奈を見つめてくる。由希もそこに加わった。

ローテーブルの上にスマホがふたつ置いてある。優佳が駆け寄った。「わたしのスマホ!」

もうひとつは李奈のスマホだった。それを手にとる。画面にはアンテナの表示があった。電波の受信状態は良好だった。ワイファイがなくとも、もともとケータイ電波の入る島だとわかった。いままではジャマーで電波が遮られていたにちがいない。

矢井田が暗い顔でつぶやいた。「ミステリに詳しくなくても、アガサ・クリスティーの名作のオチぐらい知ってる。『そして誰もいなくなった』じゃなくて、別の作品だったよな。みんなの共謀だったたって真相」

「でも」渋沢が切実にいった。「俺たちは故意に殺したわけじゃないんだ。そこが大きなちがいだよ」

悠乃は目に涙を溜めていた。「杉浦さん。そのスマホで、いますぐにでも通報できる。だけど……。どう証言するか、もういちど考えて」

池辺が吐き捨てた。「ありのままを伝えるだけだ」

「だから、それだけは……」悠乃の声は震えていた。「お願いです。櫻木沙友理さんが、榎嶋さんの食事に毒を盛ったのち、自殺した。そう証言してください」

「だまされたふりをしろってのか？　ぜんぶあきらかなのに？」

矢井田がいきなりひざまずき、その場に土下座した。「頼む！　ポアロは見逃してくれたじゃないか。しかも『カーテン』だっけ、あの作品でポアロは……」

李奈は遮った。「語弊があります。『カーテン』はポアロ最後の作品で、奥深いテーマを有してます。表層だけを掬いとるのはよくありません」

「ミステリには詳しくない。でも慈悲があってもいいだろ。頼む、このとおりだ！」

なんとほかの五人も土下座した。見逃してくれることを求め、口々に懇願してくる。

共謀した六人の小説家がひれ伏している。みな嗚咽を漏らしだした。

困り果てた李奈は、優佳に救いを求めた。だが優佳も途方に暮れたようすで見かえした。

李奈はつぶやいた。「なにも気づかなかったことにすれば……」

「そう！」蛭山が声を張った。「それでいいんだよ。だまされたままでいてくれりゃいい。見聞きしたすべてを、ただ証言するだけ。杉浦さんの慧眼で見抜いたあれこれは、伏せたままにしといてほしい」

優佳が当惑のまなざしを向けてきた。「李奈。もしわたしたちが真相に気づかなかったら、どうなってたの……？」

「ここに来る前、後継作家募集の合格者数について、爽籟社に問い合わせた。榎嶋さんは留守で、代わりに電話にでた社員が、八人ぐらいだといってた。榎嶋さんはそう会社に伝えてたんだと思う」

矢井田が顔をあげた。「榎嶋さんは俺たちのことなんか、いちども会社に話してくれた形跡がない。あくまで目的を悟られないように、複数の合格者がいることにしたんだよ」

「なら」優佳がいった。「会社の偉い人たちは、事情をよく知らないまま？　わたしたち八人を、榎嶋さんが生前に選んだ後継作家候補と信じてくれる？」

渋沢が興奮ぎみにまくしたてた。「そうだよ！　きっとそうだ」

留美も赦しを求める目で見上げてきた。「杉浦さんと那覇さんにとっても、悪くない話でしょ？」

櫻木沙友理というドル箱を失った爽籟社が、この八人には一目置いてくれる。そういう状況になれば不幸中の幸いになる。共謀した六人はそんな考えのようだ。

曽根が顔をしかめた。「売れっ子作家が担当編集を殺して、自殺したことになるんだぞ？　爽籟社としちゃ大スキャンダルだ。ほかに文芸担当もいないようだし、小説自体から手を引く可能性があるだろ？」

「いえ」李奈は自分の意見を述べた。「櫻木沙友理の二作品がベストセラーになった時点で、爽籟社も多額の税金を納めなきゃいけません。幸いにも敏腕編集者の榎嶋さんが、後継作家候補を選んだと信じればこそ、二匹目三匹目のドジョウを狙うでしょう」

「それが出版界の常か？」

「わたしの知りうる出版界には、たしかにそんな傾向があります……」

女性のなかの最年長者、由希は両手を床についた姿勢で、涙ながらにうったえた。

「お願い。見聞きしたことだけ証言して。もとはといえばすべて榎嶋さんの嘘から始まったことでしょ。杉浦さん、那覇さん。わたしたちと同じ小説家として、どうか理解を……」

悠乃は号泣していた。「杉浦さん！　ポアロのような慈悲を」

また六人が土下座した。誰もが額を床にこすりつけんばかりだ。まいった。これではポアロというより水戸黄門だろう。

本当は六人に自首を勧めたい。けれどもそれは六人の自主性の問題だ。問題は李奈や優佳がどう証言するかにかかっている。真相に気づいたか、気づかないか、それだけのちがいでしかない。小説家の苛酷な日々は痛いほどわかる。

李奈は優佳や曽根、池辺に向き直った。「ひとまずわたしたちは、ただ状況のみを証言するに留めたほうが……。わたしが話したことも臆測にすぎないんだし」

曽根が眉をひそめた。「それでいいのか？　俺と池辺さんは部外者だし、小説家と編集者の世界もよくわからん。見聞きしたことだけの証言に徹しろというんなら、それでもかまわないが」

池辺は疲れた顔をのぞかせた。「これ以上議論しても無駄だな。もとはといえば榎嶋さんの嘘に始まり、六人が勝手に引き起こしたことだ。俺たちは巻きこまれたにすぎん。細かいことはなにもわからないといえばいい」

優佳も視線を落とした。「それがいちばん波風の立たない方法なのかな……」

李奈はため息とともに、六人の土下座に向き直った。「ひとつだけ条件があります。拝戸芽吹さんが櫻木沙友理だったと示唆する設定は削除してください。ご本人の名誉に関わることです。それ以外は……。物証もなにもないのですから、この島で経験したことだけを証言します」

六人の顔がいっせいにあがった。みな潤んだ目を輝かせている。由希が声を震わせた。「ありがとう、杉浦さん。本当にありがとう」

誰もが感謝を口にする。六人は手を取りあって喜びだした。

ばさっと音がした。本棚から雑誌が数冊落ちた。李奈は歩み寄って拾いあげた。

『週刊文春』のバックナンバーだった。

なにか釈然としないものが胸をよぎる。これでよかったのだろうか。

24

全員が帰り支度を終え、荷物を手に平屋をでた。李奈は脆い冬の陽射しを全身に浴びた。

みなで埠頭に赴いてから、通報の電話をかける。十人はそれで合意した。今後クローズド・サークルなる宿は、警察の現場検証の舞台となる。あるがままにしておけばいい。おそらく警察の船が迎えにくる。李奈たちは事情聴取を受ける必要がある。

優佳が歩きながらささやいた。「いい勉強になった。恐怖心に駆られてると、認知も当てにならないね。灯台のなかに、たしかに安藤さんもいたように感じたのに」

李奈は微笑してみせたものの、なにか腑に落ちないものを感じていた。さっき棚から落ちた『週刊文春』の表紙がちらつく。なぜこんな居心地の悪さが生じるのだろう。

宿の前にはトヨタのパッソが停まっている。矢井田がそちらに向かいだした。「みんな先に行っててくれ」

ふと気になり、李奈は立ちどまった。「矢井田さん。どこへ行くんですか」

矢井田が運転席のドアを開けた。「島を一周して、余計な物が残ってないかチェックしてくる」

「ならみんなでまわりましょう」

「このクルマに全員は乗れないよ」

「歩きでよくないですか？　狭い島ですし」

「すぐ済むから、埠頭でまっててくれ」矢井田が運転席に乗りこんだ。

由希が穏やかにうながした。「杉浦さん。埠頭に行きましょうよ」

「……いえ」李奈のなかに譲れないものが生じた。パッソの助手席側に駆け寄り、ドアを開けた。「わたしもご一緒します」

運転席の矢井田は不満をのぞかせた。「俺にまかせてくれりゃいい」

「どうせ暇です。同行します」

「いいから」矢井田が鬼の形相で睨みつけてきた。「埠頭でまってろってんだよ!」

李奈はたじろぎながらも、助手席に乗りこんだ。すると驚いたことに、渋沢と蛭山が走り寄ってきて、李奈の腕をつかんで引っぱった。

渋沢がじれったそうにいった。「降りなよ。さっさと」

同行を拒絶される謂れはない。あくまで李奈が抵抗していると、驚いたことに女性作家陣までが手をだしてきた。留美がひときわ甲高く叫んだ。「降りてよ、杉浦さん! 埠頭でまってりゃいいの!」

優佳が割って入った。「なにすんの! なんでみんな妨害するの? 李奈から離れて!」

曽根と池辺も李奈の味方だった。にわかに乱心しだした小説家たちを、李奈から遠ざけようと立ちまわっている。池辺が怒鳴った。「みんな正気か⁉　杉浦さんにかまうな。クルマから離れろ！」

だが李奈は車内から引きずりだされ、芝生の上に突っ伏した。クルマのエンジン音が轟く。混乱のなか、矢井田がパッソを急発進させた。平屋の裏手方面へとクルマが走り去っていく。

李奈は跳ね起きた。「優佳、一緒に来て！」

ふたりで駆けだした。曽根と池辺も当惑顔で併走する。四人はパッソを追いかけた。ほかの小説家たちは来ないのだろうか。李奈は走りながら後方を振りかえった。五人の小説家らはなぜか宿のなかに消えていった。

しかしそれはわずかな時間にすぎなかった。五人が続々と外にでてくる。いずれも手に包丁やすりこぎ棒を握っていた。誰もが必死に追走しだした。四十代の由希までが目を剝き、顔を真っ赤にして駆けてきた。

曽根があわてた声を響かせた。「まずい。あいつらマジか。みんな急げ！」

死にものぐるいの全力疾走だった。前方には遠ざかっていくパッソ。後方には五人の小説家が迫る。追っ手との距離は開いているものの、李奈はスタミナがあるほうではなかった。だが曽根が腕をつかみ、走りやすい足場にいざなってくれた。

池辺が歯ぎしりした。「なにがどうなってる。あのクルマ、どこへ行く気だ？」

李奈は息を弾ませながら応じた。「灯台」

「灯台？」曽根が進路を変えた。「ならこっちだ。クルマはあの道しか通れねえが、人の足なら丘を突っ切りゃ近道になる。きのう気づいた」

足場が悪くなった。速度が鈍り、追っ手との距離が詰まる。ただしそれは一時的な状況にすぎなかった。五人の小説家も丘を登りだしたとたん、あたふたと手を振りかざしては、つんのめりそうになっている。

曽根が李奈の手を引きながらきいた。「こりゃいったいどういうことだ？」

李奈はがむしゃらに上り坂を走りつづけた。「おかしいと思った。『週刊文春』には周到な裏取りがある。記者はスキャンダルの真偽を見抜くし、一案件に十数人も動員されたりする。ひとりの記者の勘ちがいで記事が成立するなんて、取材事情をよく知らない人の妄想」

「きみはなんでそんなことを知ってる？」

岩崎翔吾や汰柱桃蔵（たばしらとうぞう）の騒ぎで、実際に取材記者に追いまわされたからだ。記事がどのように掲載されるかも理解できた。文藝春秋の編集者からも事情をきいた。

ぐずぐずしてはいられない。李奈は走りながらスマホで一一〇番にかけた。

電話はつながった。通信指令センターの受理台にいる係員が応じた。「事件ですか事故ですか」

「事件です。人が毒を盛られて死にました。汐先島にいます。早く来て」

ビジー音が耳に届く。通話が切れた。李奈はスマホの画面を見た。圏外になっている。

後方を振りかえった。追っ手が悪戦苦闘しながら突き進んでくる。蛭山が大型のトランシーバーに似た装置を、高々と片手で掲げていた。

池辺が唸った。「ジャマーを持ち運んでやがる」

曽根は李奈と並んで走りつづけた。「こんなときに悪いが、頭のよくない俺には、さっぱり事情が呑みこめん」

「櫻木沙友理は実在したんです!」李奈は語気を強めた。「拝戸芽吹ではなくて、本物の天才作家、正真正銘の櫻木沙友理が」

「なに!?」

「ぜんぶ本当だったんです。榎嶋さんは櫻木沙友理さんを独占し、会社の上司にすら紹介しなかった。期せずして売れっ子を抱えることになった編集者にはよくあることです。榎嶋さんと櫻木さんの仲が悪くなってきたこともまた事実」

「櫻木沙友理の要望をきき、写真集をだすことになったのも事実か?」

「そうです。この島はちゃんと会社の経費で借りてるんです。でも文芸担当は榎嶋さんひとりだから、全権を委任されてました。後継作家候補として選んだ八人を、写真集撮影のついでに、島に招いた。櫻木沙友理さんへの飴と鞭です」

「あいつら六人もきみらと同じく、正式に選出された後継作家候補だったってのか!?」

「ええ。八人の条件は等しく同じ。全員にタブレット端末があたえられてたはず」

優佳が動揺をのぞかせた。「まって。なら榎嶋さんのサンプリング商法は嘘? 『最期のとき』や『葵とひかるの物語』は、本物の櫻木沙友理さんの作品だったの?」

李奈はうなずいた。「『更生の行方』もそう。あれは榎嶋さんのモバイルノートに入ってた、櫻木沙友理の最新作。あの六人が榎嶋さんを殺したあとで見つけた」

「殺したって……。偶然の死じゃなかったの?」

「ちがう。六人のうち誰かが、自分たちは櫻木沙友理への当て馬にすぎないと気づいた。後継作家候補とは名ばかり、今後も本命は櫻木沙友理で、自分たちは冷遇されるかお払い箱。櫻木沙友理本人からきいたのかもしれない。ただし爽籟社もそこまでは知らなかった。知っていればあんな大規模な募集イベントはおこなわない」

曽根の息が乱れがちになった。「それであいつらが榎嶋さんを殺そうとしたって?」

丘の頂上に達した。下り坂になりペースがあがった。李奈はいった。「もし櫻木さんと榎嶋さんがいなくなったら? 爽籟社は八人を後継作家候補と認識してる。新たな文芸担当の編集者が就任。いなくなった櫻木沙友理に代わり、八人とも売りだしてもらえる」

「なんてことだ。本当に殺人の共謀だったってのか。でもあの六人は、島で初めて顔を合わせたんだろ?」

「そう。だけどアガサ・クリスティーは知ってた。ひとりずつ全員が死体をひと刺しして、責任を分担したのと同じく、致死量の六等分のトリカブトを、それぞれが榎嶋さんの皿にまぶした」

犯行を最初に思いついた小説家が、誰なのかはわからない。だが新たに小説家が島に着くたび、次から次へと事情が伝えられた。一大プロジェクトによる売りだしで、ベストセラー街道まちがいなし、そう夢見ていた六人は衝撃を受けた。櫻木沙友理が機嫌を直し、ふたたび小説の執筆に意欲的になることだけが、榎嶋の望みであり目的だった。自分たちはただの噛ませ犬。榎嶋からの侮辱と受けとり、六人は激しく憤った。

世間は過剰反応ととらえるかもしれない。だが売れない作家にとっては死活問題だ。出版がただ約束されただけでは、初版数千部どまりの無風に終わる。九割九分の小説家はそうして消えていく。この機を逃せば、大々的に注目されることは永遠にありえない。六人がそんな危機感を持ってもふしぎではなかった。

優佳が恐怖に震える声できいた。「わたしたちに共犯を持ちかけなかったのはなぜ?」

李奈の息もあがりかけていた。「当初はそのつもりだったんだろうけど、わたしがいたから……。矢井田さんと渋沢さんは、ノンフィクション本で事件の真相を暴いたわたしを警戒した。優佳もわたしの友達。共犯には引きこめないと悟った」

「代わりに櫻木沙友理を、異常な殺人鬼に仕立てたわけ?」

「もともと小説家以外の曽根さんや池辺さんを、その方法でだまそうと思いついたストーリーだったんでしょ。わたしと優佳までだましおおせられたなら御の字。でもばれた場合もプランBがあった。容疑者全員が犯人だった物語、その結末」

「ああ……。名探偵の慈悲深い裁き?」

李奈が工作を見抜いた場合も、推論が六人への同情に傾くよう、随所に仕掛けがしてあった。それにより李奈が警察への証言を曲げるよう仕向けた。現に矢井田はアガサ・クリスティーについてほのめかした。

六人はそれぞれ自分の作風を語っておくことで、あたかも櫻木沙友理作品の原形だったかのように、李奈に信じさせた。六人は殺意がなかったと自己主張できるよう準備していたが、李奈が先んじてそう結論づけてしまった。拝戸芽吹の写真を用いた撮影指示の書類は偽物だが、李奈と優佳の画像が載った撮影指示もまた偽物。あれらの画像は榎嶋のモバイルノートのなかにあったにちがいない。

いまにしてみれば腑に落ちる。榎嶋が李奈や優佳の写真集を検討していたなど、まるでありえない話だ。特に李奈の写真集など、兄が買うぐらいだろう。

曽根が撮影指示の書類を、先に見なかったのは幸いだった。もしいちどでも封筒を開けたとして、そのことを六人が知ったら、曽根の命も危なかった。

優佳ははっとした。「灯台でわたしが見た五人……。安藤留美さんに見えたのは……」

池辺がうなずいた。「櫻木沙友理だ。ずっと灯台の二階に囚われてたんだ。そのときだけ一階に下ろされてた。猿ぐつわを嚙まされ縛られてたんじゃ、抵抗もできない」

留美が優佳の背を突き飛ばし、灯台のなかにつんのめらせたうえで、外から扉を閉じた。閂で施錠したのち、留美は混乱に乗じ、壊してあった鎧戸からなかに入った。

優佳の周りは全員が共犯者だった。一同の猿ぐつわと縄をほどこうと、優佳が躍起になっているうちに、たぶん男性の誰かが、沙友理を縛られたまま二階に運んだ。悠乃も優佳と同時進行で、みなの拘束を解いていたため、留美の猿ぐつわと縄がほどかれているのも不自然ではなかった。

感想文や小説の執筆を義務づけられたり、宿の厨房に火事騒ぎが起きたりした、本当の理由がそれだ。本物の櫻木沙友理が囚われた灯台に、李奈たちが近づく隙をあたえまいとした。

曽根の声が緊迫の響きを帯びた。「櫻木沙友理が灯台の二階に……。じゃ矢井田はまさか……」

彼女を崖から投げ落とす気だ。さっき李奈は証言を曲げることを約束してしまった。櫻木沙友理の死体が海からあがれば、すべてが裏付けられる。

たとえ後日、櫻木沙友理が実在の人物だったと報じられても、李奈と優佳はただ途方に暮れるだけでしかない。顔合成アプリで拝戸芽吹に似せた留美の画像と、本物の櫻木沙友理は、おそらく似ても似つかない。李奈はいちども会わなかったため、たしかなことはなにも証言できない。

結局、爽籟社が大々的に売りだす作家八人のなかに選ばれた以上、李奈は沈黙を守るしかなくなる。それがあの六人の予想だったのだろう。
池辺が焦燥をあらわにした。「人質は無事なのか？　とっくに殺されちまってても
おかしくないだろ」
すると優佳が首を横に振った。「ミステリのパターン。複数の共犯だから生かされ
てる」
「なに？　どういう意味だ」
共犯者どうし、口封じの殺し合いを避けるため、証拠をどこかに温存しておく。し
かしいま矢井田はクルマで〝証拠の処分〟に向かってしまった。ときは一刻を争う。
悔やんでも悔やみきれない。李奈は走りながら泣きそうになった。「ミステリ小説
っぽい事件が三度目。自分に溺れてた。わたしのせいで櫻木さんが死んだら……」
曽根が否定した。「きみのせいじゃない。ほとんどはさすがの慧眼だった。きみは
あいつらを八割がた追い詰めたんだ」
「でもまんまとミスリードされちゃった。手すりの鳥の糞が擦れ落ちていなかったこ
とだけが、あの六人の失敗。だけど推論を働かせようとしたとたん、周到に組まれた
プロットに乗せられた」
「そこに気づけたきみはすごい。あいつらの計画は恐ろしく細部まで練られてた。嘘

にほころびが生じるのにも備えてたんだ。いったいどうやって思いついたんだか」

「そこはみんな小説家ですから。物語の構築に慣れてるんです。謎解きが始まったら、架空の展開をたどるよう、いろんな手がかりをばらまいた」

「俺はきみの写真集、だしたかったよ」

「気遣いをしていただかなくても……」

「本気さ。きみは充分にモデルでもやっていける。見た目だけじゃなく人間的魅力もあるんだ。那覇さんもな。だがそんなきみらの良心をもてあそんだ、あいつらは許せねえ」

丘を下りきったとき、女の甲高い悲鳴をきいた。李奈は優佳と顔を見合わせた。四人の速度は猛然とあがった。

木立を抜けると、行く手にパッソが停まっていた。車内は無人だ。すぐ近くに灯台があった。扉が開け放たれている。

そこから少し離れた崖沿い、手すりの前で、矢井田と激しく揉みあう女の姿がある。痩身を包む防寒着は、留美が着ていたのと同系色だが、一見して高価なブランド物とわかる。あれが櫻木沙友理だ。やはり留美とも拝戸芽吹とも似ていない。『週刊文春』の記事内に表現された櫻木沙友理像こそが正しかった。

曽根と池辺が突進していく。池辺が叫んだ。「まて！」

猿ぐつわを嚙ませ、縄で縛ったままでは、投身自殺の死体に見せかけられない。ゆえに拘束を解いたのだろうが、そのため沙友理の激しい抵抗に遭っている。矢井田が押しきれないうちに、曽根と池辺が助けに入った。ふたりがかりで矢井田を地面に引き倒す。

いきなりヘリの爆音が轟いた。突風が吹き荒れた。李奈ははっとして空を仰いだ。警察のヘリだろう。二機ほど低空を旋回している。こちらを注視しているのはあきらかだった。ジャマーに遮られる前に、さっきの通報は届いたようだ。

丘を下ってきた五人の小説家らが、息を切らしながら、茫然と立ちすくむ。崖の状況を見つめ、それから空に目を転じる。由希がへなへなと座りこんだ。留美や悠乃も同様のありさまだった。各自が凶器を投げ捨てる。蛭山は両手で頭を抱えていた。渋沢は地面をこぶしで殴りつけている。

曽根と池辺が、柔道の寝技のような姿勢で、矢井田を地面に抑えこむ。近くに青白い顔の櫻木沙友理が、震えながらたたずんでいる。

わがままなところはあったかもしれないが、本質的にはおとなしそうな女性だった。由希に暴言を吐いたという話も嘘だろう。高そうな上着にも暮らしぶりが表れている。

留美は灯台で優佳を錯覚させるため、手持ちの服のなかから、沙友理と同系色の上着を選んだにちがいない。暗がりのなかゆえ、厳密に同じでなくとも、似通ったいろであれば充分だった。

クローズド・サークルの櫻木沙友理の部屋。トランクの中身、ヴィトンやシャネルは、李奈や優佳へのプレゼントなどではなかった。本当に沙友理の持ち物だったのだろう。

優佳が小走りに駆けだした。「櫻木さんを保護しなきゃ」

風がいっそう強く吹きつける。李奈はその場に留まった。ヘリが近づいてくる。島内に着陸できる場所を探しているようだ。じきに警察官らが降り立つ。

李奈は崖に目を戻した。優佳は櫻木沙友理に声をかけ、そっと手をとった。

誰もがそれぞれの場所から動かない。李奈はひとり灯台に向かった。扉のなかに入ってみる。

夜中とちがい、昼間はあるていど光が射しこむ。内部のようすがよくわかる。たしかに鎧戸は壊され、わずかに開いていた。スマホの懐中電灯機能をオンにし、螺旋階段を上っていく。

二階は依然として暗い。照らしてみると灯室だった。大きなフレネルレンズが埃をかぶっている。遮蔽板が閉ざす以外の窓も、ベニヤ板がふさいでいた。

床に猿ぐつわや縄が投げ捨ててある。ほかにも雑多な品々が放置されていた。

タブレット端末が六つ。モバイルノートがひとつ。撮影指示の偽書類の燃え残り、すなわち拝戸芽吹の顔写真のコピー。ガゼボで見つかった手紙。榎嶋が書いた氏名一覧のメモと、それを偽った蛭山の筆跡による同一のメモ。一眼レフ用のメモリーカード。そしておびただしい量の本。小説家たちが互いにサインしあった著作だった。

ミステリのパターン。複数の共犯ゆえ、物証は捨てることなく、山のように保管してあった。だが矢井田は櫻木沙友理を崖から突き落としたのち、これらも処分するつもりだったのだろう。

矢井田純一の小説を手にとり、ぱらぱらとページを繰った。次いで渋沢晴樹の小説。安藤留美、篠崎由希、秋村悠乃の文章表現。

誰ひとり櫻木沙友理とは似ても似つかない文体だった。六人がこれらの本を、李奈と優佳に読ませたがらなかったのは、櫻木沙友理との共通項があるからではない。真実は逆だった。作風も文体もまるで異なるため、読まれたら嘘がばれる。榎嶋によるサンプリングという架空設定が成立しなくなる。

それらの本を元の場所に戻した。ふと本物の櫻木沙友理の画像が目にとまった。榎嶋が曽根に渡した、数十枚にわたる撮影指示の書類だった。

なるほどフォトジェニックな女性だ。女優さながらの端整な顔。これなら写真集も商売になりうる。

無事でよかった。彼女はこれからも日向で輝きつづけるだろう。

ほっとしたとたん、ふと涙が滲(にじ)みそうになる。李奈はいまだ日陰者だった。でもきっと、いつか。

スマホの着信音が鳴った。李奈は画面を見た。〝KADOKAWA 菊池〟の表示があった。

通話ボタンを押し、李奈は応答した。「もしもし」

「杉浦さん、おはよう」菊池の声は呑気で明るかった。「やっと電話がつながった。きょう最終日だろう? 櫻木沙友理に会えたか?」

「ええ。会えました」李奈はため息まじりにいった。「クローズド・サークルを生き延びた末に」

解説

末國善己（文芸評論家）

本とミステリーは相性がよい。登場人物や探偵が本好き、書店、古書店、出版社が舞台、高価な稀覯本が事件を引き起こす、著名な作家や古典的な名作の知られざる一面にスポットを当てるといった作品を文芸ミステリとしてカテゴライズするなら、梶山季之『せどり男爵数奇譚』、北村薫『空飛ぶ馬』、宮部みゆき『淋しい狩人』、若竹七海『依頼人は死んだ』、紀田順一郎『神保町の怪人』、米澤穂信『追想五断章』、乾くるみ『蒼林堂古書店へようこそ』、大崎梢『配達あかずきん』、京極夏彦『書楼弔堂　破暁』、三上延『ビブリア古書堂の事件手帖』などを、すぐに挙げることができる。

海外も同じで、アガサ・クリスティー『運命の裏木戸』、エラリー・クイーン『レーン最後の事件』、ウンベルト・エーコ『薔薇の名前』、ジョン・ダニング『死の蔵書』、ピーター・ラヴゼイ『猟犬クラブ』など文芸ミステリは枚挙に暇がない。

同じトリックを使うことができないミステリは、作家たちが先行する作品を越える仕掛けやアイディアを生み出すことで発展してきた。そのためには膨大な作品を読み込み、仕掛けを分析する必要がある。必然的にマニアでなければミステリ作家になるのが難しいため、文芸ミステリが連綿と書き継がれているのかもしれない。

ミステリの人気シリーズを幾つも手掛ける松岡圭祐が、激戦区の文芸ミステリに参入したのが、二〇二一年十月に刊行された『écriture 新人作家・杉浦李奈の推論』である。著者は既にコナン・ドイル〈シャーロック・ホームズ〉シリーズにオマージュを捧げた『シャーロック・ホームズ対伊藤博文』、モーリス・ルブランの〈アルセーヌ・ルパン〉シリーズと江戸川乱歩のいわゆる通俗長編の矛盾を独自の解釈で修正しつつ、活劇も、謎解きも、ロマンスもある波瀾の物語に仕立て直した『アルセーヌ・ルパン対明智小五郎　黄金仮面の真実』を発表しているので、ミステリだけでなく、純文学作品も自在に取り込む新シリーズを書いたのは、必然だったのである。

探偵役の杉浦李奈は二十三歳、小説投稿サイトのカクヨムに発表した作品がKADOKAWAの編集者の目に留まり、ライトミステリを三冊刊行するも鳴かず飛ばず。コンビニでアルバイトしながら、小説だけで生活できる日を夢見る新人である。

李奈が講談社の雑誌「小説現代」で対談した大学講師で初の小説『黎明に至りし暁暗』が芥川賞と直木賞の両方の候補になるなどブレイクした岩崎翔吾が、盗作疑惑をかけられ失踪した。李奈のKADOKAWAの担当者・菊池は、刊行を控えた初の単行本『トウモロコシの粒は偶数』に岩崎の推薦文を依頼しており、李奈も騒動に巻き込まれてしまう。菊地の半ば脅しの勧めで盗作疑惑についてのノンフィクションを書くことになった李奈は、盗作されたと主張する無名の新人・嶋貫克樹が、衆人環視の中で岩崎より三日早く原稿を完成させたという鉄壁のアリバイに挑むことになる。

シリーズ第二弾『écriture 新人作家・杉浦李奈の推論 II』は、コピーライターから作家に転身するやベストセラーを連発するも、SNSでの政治問題への言及や差別的な発言で何度も炎上騒ぎを起こしている汰柱桃蔵が、未解決の女児失踪事件の被害者が車に轢かれて殺されたとし、犯人の動向や死体が埋められた場所なども指摘するモデル小説をなぜか中堅の出版社から刊行すると、作中に書かれた場所から本当に被害者の死体が見つかり、犯人の可能性が浮上した汰柱桃蔵が失踪、自殺とも事故とも判然としない状況で死体が見つかる事件が描かれる。再び菊池にノンフィクションの執筆を頼まれた李奈は、関係者を訪ねて証言を集め事件の核心に近付こうとするのである。

〈écriture〉シリーズを読んで驚かされたのは、KADOKAWA、講談社、集英社、新潮社、文藝春秋、小学館などの出版社が実名で登場し、作家と編集者の打ち合わせ、文学賞の受賞パーティーや日本推理作家協会の懇親会などが徹底したディテールで活写されていることである。売れっ子作家と売れない作家で露骨に変わる編集者の態度、大手出版社と中小出版社と編集プロダクションの歴然とした力関係など出版界の裏側を露悪的なまでに掘り下げたところは特に生々しく感じられた。

李奈はカクヨム出身のラノベ作家だから自分は業界でのヒエラルキーが低いと考えているが、新人賞を受賞した作家と編集者が発掘した作家、持ち込み原稿が切っ掛けでデビューした作家では待遇の違いを感じることはなくもない。純文学が上でエンターテインメントが下だった一九七〇年代頃まで、ハードカバーを出す作家が上で文庫書き下ろしの作家が下だった一九九〇年代末頃までと、いつの時代も作家のヒエラルキーは存在している。ただ二十一世紀に入って佐伯泰英が文庫書き下ろしの時代小説でベストセラーを連発し、日本経済の長期低迷もあって高額な本が売れなくなる（作中で李奈も文庫化を待つと発言している）と、各出版社は、雑誌掲載、単行本、文庫化という従来のビジネスモデルを壊し、文庫書き下ろしや雑誌から直接文庫化するいわゆる「いきなり文庫」に力を入れるようになったので、文庫書き下ろしの作家を下に見る風潮は払拭されつつある。ただ現在は、ライトノベルや小説投稿サイト出身の作家は、かつての文庫書き下ろし作家のような悲哀を感じているかもしれない。

著者の手腕が卓越しているのは、読書が好きなら思わず引き込まれる業界の内幕を、事件解決にも利用する緻密な構成にある。李奈の謎解きが始まると、周到に配置されていた伏線が回収され意外な真相が明かされるので、そのカタルシスは圧巻だ。ただ作中の出版界の描写には、意図的に改変されたところも少なくない。読者の興を削ぐことになるので詳細な説明は避けるが、第一弾の冒頭で李奈が参加する江戸川乱歩賞の贈呈式の会場は、講談社ではなく別のホテルである（著者は乱歩賞を主催する日本推理作家協会の会員なので、間違うはずがない）。似顔絵は写実的に描くよりもデフォルメした方が対象を的確に捉えることがあるが、著者の改変もこれに近く、絶妙なカリカチュア化がより業界の空気を再現しているのは間違いない。

シリーズ第三弾の本書『écriture 新人作家・杉浦李奈の推論 Ⅲ クローズド・サークル』は、サブタイトルの「クローズド・サークル」そのままに、孤島に集められた李奈ら九人の作家が、殺人犯と対峙する王道的な本格ミステリになっている。

乱歩賞に応募することになった李奈は、講談社の編集者・松下登喜子に、彗星のごとく現れた櫻木沙友理のような小説を書かないかとアドバイスを受けていた。作中に言及があるように、プロの作家や最終候補作の常連応募者が、編集者の指導を受けることは珍しくないが、一次選考の委員（いわゆる下読み）にその事実が伝えられることはまずないので、選考がフェアに行われていることは付記しておきたい。

さらにいえば、櫻木沙友理が出版のトレンドを塗り替えたように、一つのヒット作が生まれると多くの出版社が似た傾向の作品を求める状況は、現実の出版界でも起きている。料理もの、妖怪ものの時代小説が量産されたり、ライトノベルが無双系、異世界転生系一色になったりするのは、ヒット作に追随した結果である。櫻木沙友理風の作品を書くことを迫られた李奈の葛藤には、すぐにブーム便乗を狙う出版界への批判が込められていたように思えてならない。

櫻木沙友理は、平凡な家族の生活が核攻撃で一変する『最期のとき』、女子中学生ふたりがそれぞれに恋人を作る青春小説が、不良グループに暴行される悲劇で終わる『葵とひかるの物語』でセンセーションを巻き起こしていた。李奈は、前半と後半で転調があるがどちらも事実から目を逸らさず描写していく櫻木沙友理の才能を認めつつも、自分には同じタイプの作品は書けないと考えていた。『最期のとき』の前半は長崎に原爆が投下される前日のある家族の日常を追った井上光晴『明日　一九四五年八月八日・長崎』が、『葵とひかるの物語』の後半は、女性に平然と暴力を振るう若者たちを描いた石原慎太郎『完全な遊戯』がモデルのように思えたが、この推測が正解か否かは実際に読んで確認して欲しい。

櫻木沙友理を発掘し敏腕編集者として脚光を浴びた爽籟社の榎嶋裕也とは裏腹に、櫻木沙友理は表に出なかった。櫻木沙友理に原稿を依頼したい出版各社も連絡先を知らず、爽籟社前に張り込んだ「週刊文春」が短いコメントを取れただけだった。

そんな中、爽籟社が第二の櫻木沙友理を発掘する新人募集を始めた。それは榎嶋が応募作を読み、応募者と面接して審査する異例の新人募集だった。合格を勝ち取った李奈と友人でやはり売れない新人作家の那覇優佳は、瀬戸内海に浮かぶリゾートアイランド汐先島にある高級宿泊施設〝クローズド・サークル〟に招待されたが、そこには榎嶋と櫻木沙友理、カメラマンの曽根、バイトの管理人・池辺のほか、架空戦記を書いている矢井田純一、猟奇殺人ものが得意な渋沢晴樹、官能小説作家の蛭山庄市、青春恋愛ものの秋村悠乃、何気ない日常にこだわる篠崎由希、純文学の安藤留美といずれも売れない作家が集められていた。すぐに榎嶋が島に自生しているトリカブトを飲まされたかのような状況で殺され、作家たちが名刺代わりに交換したサイン本の山が消えるなど不可解な事件が相次ぐ。さらに姿を隠した櫻木沙友理が怪しい動きをし、島に集められた作家が一人、また一人と姿を消し、犯人の魔の手は優佳にも及んでしまう。

本書は業界暴露話も読みどころだった前二作とは作風が一変、李奈による名作文学の引用も極限まで減らされ、力と知恵を総意員しての殺人犯との戦いや、極限状態における作家同士の軋轢などが強調されており、文芸色を排したミステリのように見える。だが李奈の謎解きが始まると、前半の何気ない設定や描写の意味が変わると同時に、文芸色が浮かび上がり、前二作以上に作家の苦悩に切り込んでいたことも分かってくる。それだけに、読み終わったらすぐに、どこに伏線があったのか、どこで騙されたのか確認したくなるはずだ。

著者はアガサ・クリスティーの代表作『そして誰もいなくなった』風に始めた物語を、クリスティーの別の代表作を想起させるトリックに繋げ（この別の代表作が何か分からなかった方は、ぜひとも読んで見つけて欲しい。何度も映像化されている名作だ）、さらに『ギリシャ棺の謎』などエラリー・クイーンの作品を想起させるどんでん返しを用意してみせる。

李奈の推理は、クリスティー論としても、探偵の謎解きは絶対に間違っていないのか、探偵に犯人を裁く権利があるのか、探偵の介入で事態が悪化したら責任が取れるのかといった現代ミステリにおける重要なテーマを論じたミステリ論としても秀逸である（夢野久作『ドグラ・マグラ』、小栗虫太郎『黒死館殺人事件』は作中のミステリ論と深く結びついていて、この二作を読んでいる方は著者が冒頭に書名を出した理由がよく分かるはずだ）。北村薫の小説『ニッポン硬貨の謎　エラリー・クイーン最後の事件』が、第六回本格ミステリ大賞の評論・研究部門を受賞したように、優れたミステリは優れたミステリ論にもなっているが、本書もその一つなのである。

第一弾で盗作問題、第二弾でモデル問題というアウトとセーフの境界が微妙なだけに作家も出版社も扱いが難しいテーマを取り上げた著者が、本書で俎上（そじょう）に乗せたのは小説を書く意味は何かという根源的な問い掛けである。人は小説が好きだから、小説を書くのが楽しいから作家を目指すが、プロになったらアイディアがなくても〆切（しめきり）までに原稿を完成させ、編集者の指摘があれば書き直し、校正、校閲からチェックを受ければ修正するなど好き勝手に書けなくなる。こうしたハードルをクリアしても、完成した作品がお金にならないケースもある。そうなると売れるまで自分のスタイルを貫くか、編集者の助言を受け入れ方向転換するか、最悪の場合、作家を辞めるかを決断しなければならない。櫻木沙友理をめぐる奇怪な事件が李奈に突き付けるのは、作家として何を守り、どのように金を稼ぐのかという難問なのである。

「écriture」は「書くこと」を意味するフランス語で、文字と読者を仲介するメディアという批評用語でもある。探偵役として孤島での難事件に直面した李奈が、自分はなぜ小説を書くのか、読者に何を伝えるべきかに向き合う本書は、タイトルとリンクしているところも含め、シリーズのポイントになるといっても過言ではあるまい。

李奈の苦悩は作家の特殊事情に思えるかもしれないが、櫻木沙友理は太刀打ちできないほど実力差があるライバル、編集者のアドバイスは上司からのダメ出し、書きたい小説を書くか売れ線を狙うかは、好きな仕事を選ぶのか仕事は金を稼ぐ手段と割り切って嫌いな仕事でもするのか、売れるまで作家を続けるのか生活を安定させるため別の道に進むのかは、今の会社にいるか転職するかに重なる。その意味で本書は普遍的なお仕事小説になっており、働いている人は李奈たち売れない作家への共感も大きいだろう。

汐先島の事件で自分が書かなければならない小説を再確認した李奈は、一回り大きくなった。成長を続ける李奈が、これからどんな事件に挑み、どんな作家になっていくのか、続刊を楽しみに待ちたい。

本書は書き下ろしです。

この物語はフィクションであり、登場する個人・団体等は、現実と一切関係がありません。

écriture　新人作家・杉浦李奈の推論 Ⅲ

クローズド・サークル

松岡圭祐

令和4年 2月25日　初版発行

発行者●堀内大示

発行●株式会社KADOKAWA
〒102-8177　東京都千代田区富士見2-13-3
電話　0570-002-301（ナビダイヤル）

角川文庫 23049

印刷所●株式会社暁印刷
製本所●本間製本株式会社

表紙画●和田三造

●お問い合わせ
https://www.kadokawa.co.jp/（「お問い合わせ」へお進みください）
※内容によっては、お答えできない場合があります。
※サポートは日本国内のみとさせていただきます。
※Japanese text only

ISBN 978-4-04-112333-1　C0193

◇◇◇

角川文庫発刊に際して

角川源義

第二次世界大戦の敗北は、軍事力の敗北であった以上に、私たちの若い文化力の敗退であった。私たちの文化が戦争に対して如何に無力であり、単なるあだ花に過ぎなかったかを、私たちは身を以て体験し痛感した。西洋近代文化の摂取にとって、明治以後八十年の歳月は決して短かすぎたとは言えない。にもかかわらず、近代文化の伝統を確立し、自由な批判と柔軟な良識に富む文化層として自らを形成することに私たちは失敗して来た。そしてこれは、各層への文化の普及滲透を任務とする出版人の責任でもあった。

一九四五年以来、私たちは再び振出しに戻り、第一歩から踏み出すことを余儀なくされた。これは大きな不幸ではあるが、反面、これまでの混沌・未熟・歪曲の中にあった我が国の文化に秩序と確たる基礎を齎らすためには絶好の機会でもある。角川書店は、このような祖国の文化的危機にあたり、微力をも顧みず再建の礎石たるべき抱負と決意とをもって出発したが、ここに創立以来の念願を果すべく角川文庫を発刊する。これまで刊行されたあらゆる全集叢書文庫類の長所と短所とを検討し、古今東西の不朽の典籍を、良心的編集のもとに、廉価に、そして書架にふさわしい美本として、多くのひとびとに提供しようとする。しかし私たちは徒らに百科全書的な知識のジレッタントを作ることを目的とせず、あくまで祖国の文化に秩序と再建への道を示し、この文庫を角川書店の栄ある事業として、今後永久に継続発展せしめ、学芸と教養との殿堂として大成せんことを期したい。多くの読書子の愛情ある忠言と支持とによって、この希望と抱負とを完遂せしめられんことを願う。

一九四九年五月三日

松岡圭祐

écriture（エクリチュール）新人作家・杉浦李奈の推論 Ⅳ

シンデレラはどこに

2022年4月25日発売予定

発売日は予告なく変更されることがあります。

角川文庫

松岡圭祐

高校事変XII

2022年3月25日発売予定

発売日は予告なく変更されることがあります。

角川文庫

角川文庫ベストセラー

特等添乗員αの難事件 III　松岡圭祐

凜田莉子と双璧をなす閃きの小悪魔こと浅倉絢奈。水平思考の申し子は恋も仕事も順風満帆……のはずが今度は壱条家に大スキャンダルが発生!!〝世間〟すべてが敵となった恋人の危機を絢奈は救えるか?

特等添乗員αの難事件 IV　松岡圭祐

ラテラル・シンキングで0円旅行を徹底する謎の韓国人美女、ミン・ミヨン。同じ思考を持つ添乗員の絢奈が挑むものの、新居探しに恋のライバル登場に大わらわ。ハワイを舞台に絢奈はアリバイを崩せるか?

特等添乗員αの難事件 V　松岡圭祐

〝閃きの小悪魔〟と観光業界に名を馳せる浅倉絢奈に1人のニートが恋をした。男は有力ヤクザが手を結ぶ一大シンジケート、そのトップの御曹司だった!! 金と暴力の罠を、職場で孤立した絢奈は破れるか?

特等添乗員αの難事件 VI　松岡圭祐

閃きのヒロイン、浅倉絢奈が訪れたのは韓国ソウル。到着早々に思いもよらぬ事態に見舞われる。ラテラル・シンキングを武器に、今回も難局を乗り越えられるか!? この巻からでも楽しめるシリーズ第6弾!

高校事変　松岡圭祐

武蔵小杉高校に通う優莉結衣は、平成最大のテロ事件を起こした主犯格の次女。この学校を突然、総理大臣が訪問することに。そこに武装勢力が侵入。結衣は、化学や銃器の知識や機転で武装勢力と対峙していく。

角川文庫ベストセラー

高校事変 II
松岡圭祐

女子高生の結衣は、大規模テロ事件を起こし死刑になった男の次女。ある日、結衣と同じ養護施設の女子高生が行方不明に。彼女の妹に懇願された結衣が調査を進めると暗躍するJKビジネスと巨悪にたどり着く。

高校事変 III
松岡圭祐

平成最悪のテロリストを父に持つ優莉結衣を武装集団が拉致。結衣が目覚めると熱帯林の奥地にある奇妙な〈学校村落〉に身を置いていた。この施設の目的は？日本社会の「闇」を暴くバイオレンス文学第3弾！

高校事変 IV
松岡圭祐

中学生たちを乗せたバスが転落事故を起こした。過酷な幼少期をともに生き抜いた弟の名誉のため、優莉結衣は半グレ集団のアジトに乗り込む。恐怖と暴力が支配する夜の校舎で命をかけた戦いが始まった。

高校事変 V
松岡圭祐

優莉結衣は、武蔵小杉高校の級友で唯一心を通わせた濱林澪から助けを求められる。非常手段をも辞さない公安警察と、秩序再編をもくろむ半グレ組織。新たな戦闘のさなか結衣はあまりにも意外な敵と遭遇する。

高校事変 VI
松岡圭祐

クラスメイトからいじめの標的にされた結衣は、修学旅行中にホテルを飛び出した。沖縄の闇社会を牛耳る反社会勢力と、規律を失い暴走する民間軍事会社。いつしか結衣は巨大な抗争の中心に投げ出されていた。

角川文庫ベストセラー

高校事変 Ⅶ　松岡圭祐

新型コロナウイルスが猛威をふるい、センバツ高校野球大会の中止が決まった春。結衣が昨年の夏の甲子園で、ある事件に関わったと疑う警察が事情を尋ねにきた。半年前の事件がいつしか結衣を次の戦いへと導く。

高校事変 Ⅷ　松岡圭祐

心機一転、気持ちを新たにする始業式……のはずが、結衣と同級の男子生徒がひとり姿を消した。その裏には、田代ファミリーの暗躍が――。深夜午前零時を境に、生きるか死ぬかのサバイバルゲームが始まる！

高校事変 Ⅸ　松岡圭祐

優莉結衣と田代勇次――。雌雄を決するときがついに訪れた。血で血を洗う抗争の果て、2人は壮絶な一騎討ちに。果たして勝負の結末は？　JK青春ハードボイルド文学の最高到達点！

高校事変 Ⅹ　松岡圭祐

『探偵の探偵』の市村凜は、凜香の実母だった。これまで隠されていた真相が明らかになる。一方、国際交流でホンジュラスを訪れていた慧修学院高校3年が武装勢力に襲撃される。背後には〝あの男〟が！

高校事変 Ⅺ　松岡圭祐

日本で緊急事態庁が発足。そんな中、結衣の異母妹である凜香は「探偵の探偵」紗崎玲奈の行方を追っていた。やがて結衣が帰国を果たし、緊急事態庁を裏で操っていた優莉架禱斗が本性を露わにしていく――。